suhrkamp taschenbuch 3491

Hirn ist Schrift Zugabe zu *Krieg*.
Krieger: Wenn du singst, höre ich nichts. Erzähle mir lieber wirkliche Geschichten. *Hirn*: So eilten wir dahin, Stille, Schrift, und ich erzählte wirkliche Geschichten.

Rainald Goetz, 1954 in München geboren, studierte dort Medizin und Geschichte. Bei Suhrkamp erschienen die Bücher Irre, Krieg, Kontrolliert, Festung und Heute Morgen: Rave, Jeff Koons, Celebration, Abfall für alle, Dekonspiratione; zuletzt, bei Merve, Jahrzehnt der schönen Frauen.

Rainald Goetz
Hirn

Suhrkamp

suhrkamp taschenbuch 3491
Erste Auflage dieser Ausgabe 2003

Druck: Nomos Verlagsgesellschaft, Baden-Baden
Printed in Germany
Umschlag nach Entwürfen von
Willy Fleckhaus und Rolf Staudt
ISBN 3-518-39991-8

1 2 3 4 5 6 – 08 07 06 05 04 03

Hirn

One two three four
Living for today Living for today Living for today
And don't worry about tomorrow
Hey hey hey hey

THE LORDS OF THE NEW CHURCH

Subito

Eines Abends, oder war es später Nachmittag, die Wärme des vergangenen, seltsam überhitzten Frühlingstages lag noch auf den Sträuchern, Wiesen und Kieswegen, fand sich Doktor Raspe in grundloser Heiterkeit auf einer Parkbank im Innenhof der Klinik wieder, neben Kiener, der sich gewöhnlich Hegel nannte, und zwischen Raspe und Kiener flogen bisweilen Scherzworte hin und her, von einem hellen Witz. Nichts drohte. Oh, wie wohl ist mir am Abend, dachte Raspe und hatte ein Lied im Ohr. Melodien, Musik – wozu Kämpfe? Er fühlte die Wärme der Luft in seinen Körper dringen, blau und hoch der Himmel, kosmische Vereinigung, und mit der Wärme den Geruch der Erde. Fremd sah er seinen linken Arm, weißbekittelt, auf dem Knie liegen. Und die Hand, die aus dem Kittel ragte, soll die meine sein? Da wurde sie immer kleiner und verschwand. Alles will nackt sein, sagte Raspe, erhob sich von der Bank, streifte den Kittel ab, ging auf das Dunkel des frisch umgegrabenen Rosenbeetes zu, und legte sich auf die Erde und vergrub sein Gesicht in ihr.

War das ein Ende? Wer weiß. Einen Halt hatte Raspe verloren. Es war so sonnig. Mit den Irren saß Raspe im Park, stundenlang, nachmittags, man sprach oder schwieg, wechselte die Bank, und oben ging der Wind durch die jungen Blätter mächtiger Bäume. Ja, dachte Raspe, jaja.

Der Klinikdirektor hatte ihn zu sich zitiert. Raspe ging nicht hin. Was sollte er sprechen mit diesem Menschen? Der Stationsarzt beschwor Raspe. Noch vor kurzem wäre Raspe hingegangen, um dem Direktor voll in die Eier zu haun und ihm die Maske der braun gebrannten Gesichtshaut samt schlohweiß weißem Haar herunterzureißen. Doch wozu, fragte Raspe sich jetzt, sollte er den Direktor enttarnen?

Das ist doch ein Schmarren, sagte Raspe, das ist doch ein Krampf, denen was vorzulesen, was eh in meinen Roman hinein gedruckt wird, eine tote Leiche wäre das, die ich mitbringen täte und hier voll tot auf den Tisch hin legen täte, ich bin doch kein

Blödel nicht, ich lege denen doch keinen faulig totig stinkenden Kadaver da vor sie hin, von dem sie eine Schlafvergiftung kriegen müssen, es muß doch BLUTEN, ein lebendiges echtes rotes Blut muß fließen, sonst hat es keinen Sinn, wenn kein gescheites Blut nicht fließt, dann ist es bloß ein Pippifax oder ein ausgelutschter Büstenhalterträger, aber logisch nichts Gescheites, ein Blut ein Blut ein Blut, das müßte raus fließen, Spritz Quill Ström, so müßte es voll echt spritzen, am besten aus so einem fetten Direktor, das täte mir gefallen, in dem sein Fleisch hinein zumschneiden, den zumfoltern, und während er blutüberströmtmundig um Gnade winseln täte, täte er logisch gefilmt werden, wie dann hinein geschnitten wird in das nächste Fleisch, alles logisch in Farbe, das bleiche weiße fette Fleisch und das schöne rote Blut, alles blutig voll Blut, bis es enden täte, zum Schluß, er dauernd schon, Röchel Röchel –.

Was röchel, sagte der Krüppel, der Raspe gegenüber saß, Raspe saß nämlich im Zug. Wieso röchel, sagte Raspe. Du wieso dudu wieso, sagte der Krüppel, der Krüppel war eine junge Frau im Conterganalter, schluffihippiemäßig ausstaffiert, *du* hast doch eben röchel röchel gesagt. Was soll ich?, sagte Raspe, was wie ich?, und mit Ihnen bin ich übrigens noch lange nicht auf du. Da fiel das freundlich interessierte Gesicht des Krüppel in sich zusammen. So war wieder eine feine Ruhe im Abteil.

Und der Direktor, weißfleischig fett blutüberströmt, röchelte so bis es enden täte mit einem saubernen Genickschuß, und dann täte er daliegen, voll tot, so ein toter fetter Direktorsack täte tot am Boden liegen. Das wäre schön. Raspe sah alles vor sich.

Dankbar reiste er mit den Augen Claude Lorrains. Von Licht und Weisheit durchflutet lag da die herrlich hingemalte Landschaft, fern, so fern, da stand sie still. Das war eine Wiese, und die Felder blühten hell, in der Nähe, da verschoben sich die Hügel, dazwischen ein Flecken mit Kirchturm, in die Unendlichkeit hinverduckte Dorfnatur Bäume Silhouetten, sfumato und fort, der Bahnwall zog hoch, ein Himmelheben und Senken und Heben, plötzlich weitete sich wieder der Blick, und oben stand die Sonne, ja, diese Ruhe hinten in der Ferne, im Dunst, so ein Stillstand, da wußte Raspe die Hügelstreifen des Horizonts erstmals als Bläue zu sehen. Wie lange schon hatte er in die Ferne geschaut und ihren Namen nicht gekannt. Und nun sah er auch, wie der Meister jenseits der letzten Hügelahnung der sphärischen Dunstfarbe ein Hellstbraunpigmentlein eingemischt hatte, so sehr wollte der Himmel der Erde sich anverwandeln.

Mei, sagte Raspe, so etwas so etwas. Wenn die Welt so eine schöne ist, da gehen mir die Augen auf. Da darf ich die Schau in meinen Augen haben, und in meinem Herz zieht so ein schweres schönes Glück. Ratsch rasten die Masten rhythmisch vorn durchs Bild, Ratsch Ratsch, schwarze Blitze, die so nah und unsichtbar waren wie das unaufhörliche Kurz Zu Lang Auf Kurz Zu der Lider über Raspes Bulbi. So saß Raspe und schaute ruhig in das ferne Licht. Er vergaß, was er dachte. Er saß und schaute.

Da machte sich an Raspes linkem lateralem Augenwinkel etwas zu schaffen, ein Kratzen, nur so ein Schaben, ein stetes Schaben auf der Hornhaut, das nicht einmal die Retina erreichte, bis endlich, über den dicken Sehnervenstrang befeuert, die Hirnrinde ganz hinten im Occipitallappen wußte, daß da eine Lästigkeit links, was ist denn da los, da links, das muß doch der Krüppel, die bewegt sich doch, diese Frau, was macht denn der Krüppel da drüben. Raspe drehte seinen Kopf nach links. Das Innere des Abteils war den Lichtlandschaftsaugen düster. Der Krüppel hatte keine Arme, rechts waren drei fingerartige Stummel neben dem Hals, links an der Schulter war ein Fleischerhaken festgemacht, der war nicht sehr beweglich, und mit den angewinkelten Beinen, den strumpflosen Füßen, die Zehen behende als Finger benützend, fummelte der Krüppel an irgendeinem Leinensack einen Reißverschluß auf. Mensch ist das ein Gefummel, sagte Raspe, hat die vielleicht ein schönes Gesicht, Sakrament, so ein Gesicht und so verkrüppelt am ganzen Oberkörper. Dann wurde der Leinensack von einem Fuß auf den Fleischerhaken neben den Hals gehängt und mit einem Schwung zur Seite bewegt. Raspe schaute. Da traf ihn ein freundlicher Gegenblick, als die Frau ihr Gesicht hob. Das muß so einem Krüppel gut tun, wenn der mal sauber angeschaut wird, der wird sicher nie richtig angeschaut, auch wenn er eine schöne Frau ist, das muß doch eine Scheiße für so einen sein, daß immer alle schnell wegschauen. Da schaue ich lieber hin.

Schon aber war es eine Belästigung. So ein Krüppel wird einem mit seinem spastischen Gefummel in den Augen lästig, da kannst gleich nicht mehr ruhig schauendenken wie bei einer Lichtlandschaft im Fenster, da denkst automatisch sofort etwas Erinnertes. Raspe dachte an Baader, den saudummen Proleten, der jede Frau auf der Stelle in den Arsch rein ficken wollte, bis daß es sie zerreißt. Bis daß es sie zerreißt, hat der Baader allerweil gesagt, wenn er irgendwo irgendein geiles Gerät gesehen hat, die ficke ich in den Arsch, ha ha ha, bis daß es sie zerreißt, kruzifix kruzifix, so Baader ständig, jetzt brauche ich etwas zum Ficken. Der Krüppel saß endlich ruhig da und schaute an Raspe vorbei aus dem Fenster. Wie fickt so ein Krüppel? Was denkt der Krüppel? Der muß doch auch was denken. Was denkt der Krüppel sein ganzes Leben lang? Die ich nicht kenne, sagte Raspe, die kenne ich nicht. Da hilft alles nichts. Kein Mensch, der kein Krüppel nicht ist, kennt die Gedanken des Krüppels. Am wenigsten hilft die saublääde Phantasie. Nix hilft gegen das böse Leben. Das ist eine Scheiße, daß nichts nichts hilft.

Schon schläft der erste Kritiker ein, sagte Raspe, oder schon zwei schnarchen mit ihrem Gehirn, während sie auf das Papier hin schauen, und einer kratzt sich unter dem Tisch an seinem Sack, weil der ihn juckt, das kannst du dann nicht kontrollieren, während du liest, weil du ja voll in Panik bist, während die, vor denen du deine Panik hast, sich immer wieder fragen, ob sie vor lauter Langeweile vielleicht bloß noch einen Tannenreisig im Kopf drin haben, da wo vorher noch ein sogenanntes Gehirn gewesen ist, wenn vorher eines da gewesen ist, das ist ja von Mensch zu Mensch verschieden, was da ist, im Kopf, so eine komische Langeweile, so ein staunendes Daß ich jetzt dies Jahr hier schon wieder sitze und schon wieder so ein Blödel liest, die müssen sich das ja vier Tage soundsoviele Stunden an den Kopf hauen lassen, die ganze Literatenphantasie, so eine Riesenscheiße, sagte Raspe und Gagarin nickte, und du selber sitzt mitten in der

Scheiße drin, das ist das Gute, das Beste an Klagenfurt ist logisch, daß du selber voll in der Scheiße sitzt. So eine Scheiße ist das, sagte Gagarin, das muß ja eine Scheiße sein. Logisch ist das eine solche Scheiße, sagte Raspe und bestellte noch ein Bier. Gagarin stand breitbeinig da, schwankte langsam, steif und trinkermäßig vor und zurück, schluckte aus dem Glas in der rechten Hand das Bier mit dem Mund in den Bauch und sagte: Das muß ja dann eine Scheiße sein, wenn das so eine Scheiße ist, das Klagenfurt, dann fährst du da logisch hin, immer voll rein in die Scheiße, noch dazu wenn es so eine schöne Scheiße ist wie diese Klagenfurter Scheiße. Logisch Mann, sagte Raspe und trank das Bier schneller, daß er es schneller spüren täte, daß er nachher wenigstens schon sauber bedient im Subito einlaufen täte und nicht wie vorher hier sowas von nüchtern.

Artig und sowas von nüchtern hatte sich Raspe im Hamburger Hauptbahnhof schnell von dem Krüppel verabschiedet, bevor der ihn um irgendeine Hilfe hätte bitten können, und hatte eilig forteilend gedacht: ja ja, irgendwie sind wir doch alle behindert, schlimm schlimm schlimm.

Draußen aber war jetzt die Stadt so schön. Es war nämlich fast schon Nacht. Die Lichter haben ihren Schein herum geworfen. Ein Regen ist naß nach unten gefallen, und in dem schwarzen Asphalt hat sich vielfach glimmend alles noch einmal ab gespiegelt. Der Bahnhof hat mit seiner Fassade düster im Rücken gesogen, die Penner haben Raspe ohne eine Begierde angebettelt, das war ein kleiner Hauch von der Seite, aber stracks ist Raspe voran gegangen, auf die Schar der Taxis zu, zweireihig sind die da gestanden, von innen erleuchtete Limousinen, und gelb sind die Fahrer bewegungslos im Regen gesessen, hinter verschlierten Scheiben, und mancher Scheibenwischer hat Wischlapp Wischlapp manche stehende Windschutzscheibe sinnlos bewischt. Doch auch das Unbewegte war von Raspes Schritt bewegt, Schritt für Schritt ging Raspe auf der Stelle, drehte sich so die Welt entgegen. Da wechselte die Farbe einer Ampel, und ein magentaroter Strom von Rücklichtern ist strömend sich gegeneinander bewegend losgezogen, fort, einem weißgleißenden Gegenstrom entgegen, dann verschwand das Rot und die weißen Lichter zerstoben nach allen Seiten; doch schon schwoll, gemächlich und immer näher, eine neue Welle an, ampelgestaut, die sogleich wieder losfluten würde, gegen schwarze hohe Geschäftshäuser, deren Fassaden so ausschauten wie schwarze hohe Geschäftshausfassaden, da waren die bunten Reklamen angepappt, die Freundliches herabmurmelten, und hoch oben, jenseits der hohen Hausmauer, vor dem Himmel, da wo er bis zum Rand der Gewitterregenwolke fliederfarben leuchten durfte, hat ein weiß strahlender SONY-Schriftzug in herrschaftlich verschwenderischer Ruflust SONY ausgerufen. Raspe grüßte fröhlich zurück und bestieg die Taxe. Im Losfahren hat sich die Lichterlust augenblicklich noch vermehrt vervielfacht aufgesprengt in Zillionen und Zilliarden feinster Lichttröpfelein.

Doch da begann der Fahrer nett zu sprechen. Kein Schweigen hat gegen das Reden des Fahrers nichts genützt. Der Fahrer hat das dumme Zeug dahergeredet, das dem dummen Menschen notorisch und nicht aufzuhalten aus dem Mund heraus fällt. Das ist viel giftiger als der giftigste Schwefel, das dumme Gerede des dummen Menschen, das ist die Umweltverschmutzung, die Weltbedrohung, da ist jede Pörsching ein stählerner geistreicher Witz dagegen. Schnauze du Blödel, mußt dem dummen Menschen in sein Gesicht hinein brüllen, daß ihm die Spucke im Mund erfriert, daß er tot umfällt, auf der Stelle. Aber der Fahrer hat weiter gesabbelt. Raspe hat geschwiegen. Der Fahrer hat gesabbelt. Raspe hat sich wiedermal eine sauberne Apokalypse gewünscht. Wenn der dumme Mensch vernichtet ist, dann ist wenigstens endlich eine gescheite Ruhe, wenn die Bombe fällt und alles weggeglüht ist, dann ist endlich die viel zu viele dumme Dummheit weg. Das wird schön. Da war die Fahrt zuende, und dankbar hat Raspe dem Fahrer einen Batzen Trinkgeld gegeben.

Nüchtern, wie gesagt, noch sowas von nüchtern hat Raspe das Nachtcafé betreten, und gleich bin ich, hier kriege ich Lust auf das Ich, weil jetzt wird es lustig, vor meinen Göttern gestanden, die Maler und Musiker, die sind nur so rum gestanden, und auch mein Ultraheroe, der geniale Kulturkritiker Neger Negersen, genannt Stalin. Schnell schluckte ich schnell das erste Weißbier. Dann habe ich mit dem Maler Albert Gagarin geredet. Die Maler sind eh die Besten, die Maler und Popmusiker sind die Besten, und die anderen, insbesondere die Literaten, die gibt es gar nicht, weil die haben ihren Kopf voll mit der blääden Sensibilität und der Phantasie, oder sie sind selbstironisch und meistens sind sie obendrein das allerbläädste, nämlich engagiert. Dafür werden sie erschossen, Blaff Blaff Blaff. Mit einem gescheiten Maler mußt keinen gezwirbelten Schmarren daher reden, damit du die Welt verstehst, du sagst es 119mal, er so etwa 120mal, nämlich das Wort Scheiße, und schon ist alles Sagenswerte über Klagenfurt gesagt.

In dem Moment, sage ich zu Gagarin, wacht ein Kritiker auf und findet: Sehr seltsam. Was ist das? Das ist doch keine Literatur. Wir wollen doch die Kunst vorgelesen kriegen. So einen räsonierenden Schmarren könnten wir ja selber hinschreiben und vorlesen. Dann wäre alles anders. So geht das nicht. Hören Sie auf zum lesen Herr Goetz. Schnauze Kritiker, sage ich zum Kritiker, der mir das sagt, jetzt bin ich dran, sage ich zu Gagarin im Nachtcafé, wann fahren wir ins Subito. Langsam habe ich nämlich den normalen Blutalkoholpegel in meinem Blut, so daß wir so langsam in das Subito fahren könnten. Ich fahre nicht mehr in das Subito, sagte daraufhin Herr Albert Gagarin plötzlich wieder im Imperfekt. Und ich sagte, ich glaube, ich fahre jetzt bald in das Subito, weil ich fahre nämlich noch in das Subito. Jaja, sagte Herr Gagarin, ich fahre nicht mehr. Ich schonnoch, sagte ich, ich komme ja extrig aus München daher, wo praktisch Diaspora ist. Wann habe ich in München schon einmal mit einem Herrn Gagarin geredet? Statt dessen haben wir die Isar. Sie fließt. Selten gehe ich an ihr entlang. Dann sind da gleich die Nackten. Nichts ist schlimmer als der nackte Mensch. Seit wir den Sommer haben, kann ich aus meiner Wohnung überhaupt nicht mehr hinaus an meine Isar gehen, weil an meiner Isar liegen im Gras lauter nackte Menschen. Viele haben vorne dicke Fladen daran hängen, die dick und schwabbelig herunter hängen. So liegen die Nackten im Gras und winken mir mit ihren Knien zu und mit ihren schwarzen Unterhosen oder auch noch mit ihren schamlos schwarzen Schamhaaren. Alles schreit mich an. Es schreit: Ich bin eine Frau. Ich habe dicke Fladen vorne, und unten ist unter den schwarzen Haaren das Schrumpelige und ein rotes tiefes Loch. Da mag ich etwas hinein gesteckt kriegen. So schreit es mich an. Schaue ich weg, kommt schon wieder der nächste nackte Mensch daher, so obszön in seinem ordinär bewegten Fleisch. Da fragte ich: Kennen die Menschen keinen Anstand mehr? Ich will eine Ruhe in meinen Augen haben und nicht dauernd diese Stricknadeln hineingesteckt kriegen, die mir die nackten Menschen in meine schutzlosen Augen stecken, daß sie mir dauernd neu auslaufen und mein Gehirn schon ganz zerstochen und kaputt ist. Das ist eine böse Frechheit. Zieht euch etwas an, ihr Mein Gehirn Kaputt Zerstecher Menschen.

Da mußte ich wieder an die blutige Folter denken und an das lebendige rote Blut, das irgendwo heraus fließen müßte, damit alles einen Sinn ergäbe. Ohne Blut logisch kein Sinn. Und weil ich kein Terrorist geworden bin, deshalb kann ich bloß in mein eigenes weißes Fleisch hinein schneiden. Das habe ich schon gemacht, wenn mir das böse Leben zu schlimm unter der Haut gebrannt hat, habe ich in sie hineinschneiden müssen und so das Brennen weg gelöscht. Ich schneide in die Haut, Blut quillt hervor, und es macht: Fließ Rinn Zisch Lösch. In mir brennt es nämlich von innen, es brennt vor so viel Lebenbrennen, und außen ist die glatte Haut. Aber mit meiner Rasierklinge enttarne ich die Lüge. Mit ruhiger Hand setze ich die Rasierklinge auf eine beliebige Stelle unversehrter Haut und schneide gut sichtbar und tief in die Epidermis ein. Die so hergestellte Spalte ist für einen Augenblick von hell weißen Wundrändern eingefaßt und beginnt dann langsam, vom Wundgrund her, sich mit Blut zu füllen, das spannt dann zwischen den Rändern eine über das Hautniveau erhabene Wölbung, Blutkuppel, die dann, sobald die stetig von unten her nach sik-kernde Flüssigkeit die Oberflächenspannung gesprengt hat, zugleich ausläuft und in sich zusammensackt, schließlich den Blick freigibt auf den jetzt rot glänzenden Spalt und die jetzt rot überfluteten Wundränder. Das frische helle Blut sucht nun, der Schwerkraft gehorchend, seinen Weg nach unten und bildet so eigensinnige Ornamente auf der Haut.

Heil Hitler, sagte ich da, daß die Eingeschlafenen wieder aufwachen täten, wann fahren wir in das Subito, Heil Hitler ihr Ratten, wenn ihr überhaupt noch wißt was das heißt, replizierte der eben eintretende Maler Werner Andropov und setzte sogleich fröhlich hinzu: Fuck you fuck everything, Hose runter, Hand aufs Herz, Prost ihr Schweine Prost!

Da trat Neger Negersen herbei, jener begnadete junge Mensch, der die inzwischen eingegangene Popmusikzeitung SOUNDS gemacht hat. Sounds ist Deutschlands Rettung gewesen. Herr Negersen sagte: Voll gut Mann voll gut. Ich wußte nicht, worauf sich das bezog und sagte deshalb: Genau, voll gut. Darauf Neger Negersen: Gotta do that dance, do that dance, und ich nickelte mit dem Kopf im Takt. Einige andere kamen noch hinzu, Olaph-Dante Marx und der New Yorker Popstrukturalist Nicky Rydenback, und so stand die Gruppe der jungen Bolschewiken im Gespräch. Schnell war man wieder bei der Sache, denn ich sagte:

Das Beste an Klagenfurt, außer der Scheiße, ist der Unterschied zwischen Null und Titan. Denn es geht dort ja nicht um die fade Literatur, sondern um die lustige Hüftenschußkritik. Vier Tage lang geht das, vier Tage lang kannst du es dir anschauen, vier Tage lang sabbeln die Nullenkritiker ihr gut abgewogenes gut abgehangenes Nullengesabbele daher und der Titan wischt es gelangweilt oder angeätzt oder emphatisch, in jedem Fall mit grandios apodiktischer Gebärde, einfach und sauber, wie sich das gehört, vom Tisch. Das taugt mir. Das ist das Beste an Klagenfurt, noch viel besser als die ganze Klagenfurter Branchenscheiße ist der viertagelange unübersehbare und von jeder zweiten Null immer wieder dumpf attackierte Triumph des Titans. Vier Tage lang ist sichtbar: Die Null hat kein Recht zu reden, auch wenn sie dauernd nullenmäßig daher redet. Noch viel weniger hat die Null ein Recht zu schreiben, auch wenn die Papiere von Nullengeschreibe überquellen. So zeigt sich in Klagenfurt die Wahrheit. Die Null kennt keine Kühnheit, kein Vollgas, keinen Fehler, keinen Wagemut kennt die Null, die Null kennt nur das Nummersicherdenken, das meist auch noch mit drögem Wortwitz nullenmäßig aufgefitschte Nienixfalschdenken, das nie einen Fehler macht und nie die Wahrheit weiß, ein Denken, das gar kein Denken ist, sondern logisch und ewig bloß die dümmste Dummheit. Weg damit, hinfort, mir aus dem Blick.

Da sah ich schon wieder ein volles Glas in meiner Hand, voll mit dem Gelben und mit einem Schaum, und neben meiner Hand lag am Boden ein ausgetretenes zerquetschtes Zigarettenkippenstück als Weißes auf dem Schwarzen, Schuhe bewegten sich daneben, und von irgendwoher glänzte irgendetwas Glänzendes in eines meiner Augen hinein, vielleicht ein Stanniolpapier oder der Wasserhahn. Gab es einen Wasserhahn? Oder ist da ein nervöses Pferd mit seinem Huf vorbei gegangen?

Mann, nichts wie hin nach Klagenfurt, sagte Neger Negersen, zum Nullenanschauen und verhöhnen, auf nach Klagenfurt, vielleicht kann man auch beiläufig irgendeine Minderheit verunglimpfen oder ein paar Deppen sauber quälen. Genau, sagte ich, das macht mir einen Spaß. Er sagte: Einen gescheiten Spaß muß es schon machen. Und vielleicht ist ja auch Klagenfurt bedroht. Die Zukunft soll doch so bedroht sein, habe ich gelesen, ich glaube, das ist in einer Zeitung gestanden, daß alles so bedroht ist, sogar das Hörspiel, die ganze Kultur, alles muß verteidigt werden, alles ist bedroht, vor allem von der Zukunft glaube ich, oder von einer Rakete, oder von was ist jetzt gleich die Zukunft wieder so bedroht, fragte er. Ich glaube am meisten von der Zukunft, sagte ich, oder vielleicht vom Fernsehen. Darauf er: Genau!, vielleicht gibt es das gar nicht in Wirklichkeit, das Klagenfurt, das gibt es doch bloß im Fernsehen, oder ist das Fernsehen schon wirklicher als wie die Wirklichkeit, oder ist die Wirklichkeit wirklicher als wie das Fernsehen? Jaja, sagte ich, muß alles verteidigt werden, ist voll wichtig, muß gegen die Literatur verteidigt werden, oder für oder von oder wie oder was, für Literatur heißt es doch, jawoll Heil Hitler da reihen wir uns ein, Kulturverteidigung voll geil voll wichtig. Da brennen doch praktisch brennende Fragen, sagte er, die brennen bloß so bei diesem Thema. Gibt es eine literarische Literatur? Brauchen wir die Literatur? Hat es eine Zukunft, das Literarische? Alles voll wichtig, ist der Fußball rund? Hat jedes Spiel 90 Minuten? Ist das nächste Spiel wirklich immer das schwerste? Und ist das Atom beklagenswert? Das sind doch alles Fragen, die endlich einmal gefragt werden müssen. Genau, sagte ich, ich muß mich auch dauernd Fragen fragen: Wie geht es weiter? Wie muß es weitergehen, gerade jetzt, nach dem ersten Roman, was muß ich tun, daß ich nicht auch so ein blöder Literatenblödel werde, der locker und dumpf Kunst um Kunst hinschreibt. Nein nein nein, immer alles zerschlagen, sagte ich, das Erreichte sofort immer wieder in Klump und kaputt und mausetot schlagen, sonst hast du die Scheiße. Ja, sagte Neger Negersen, dann hast du die Identität, die Stabilität, und am Ende sogar noch einen Sinn. Da rief ich aus: Gehe weg, du blöder Sausinn, ich will von dir Dummen Langweiligen nie nichts wissen. Den sollen die professionellen Politflaschen, die Staatsidioten, diese ganzen fetten dummdreisten Kohls vertreten; den sollen die Peinsackschriftsteller vertreten, die in der Peinsackparade, angeführt von den präsenilen Chefpeinsäcken Böll und Grass, von Friedenskongreß zu Friedenskongreß, durch die Zeitungsfeuilletons und über unsere Bildschirme in der unaufhörlichen Peinsackpolonaise ziehen und dabei den geistigen Schlamm und Schleim absondern, den das Weltverantwortungsdenken, das Wackertum, unaufhörlich produziert, dieses ganze Geschwerl, dieses Nullenpack soll ruhig noch jahrelang den BIG SINN vertreten. Wir müssen etwas Wichtigeres tun. Wir müssen ihn kurz und klein zusammenschlagen, den Sausinn, damit wir die notwendige Arbeit tun können. Die ist was viel was Schwereres, die notwendige Arbeit ist: die Wahrheit schreiben von allem, die keinen Big Sinn nicht hat, aber notwendig ist, notwendig ist das einfache wahre Abschreiben der Welt.

Da hat es mich umgeschmissen, weil ich so Maßloses von den Göttern gefordert habe, muß ich zur Strafe als Todlahmer im Bett liegen, und die Angst geht nicht weg, und ich kenne mich selbst nicht mehr. In meinem Kopf tobt ein wildes Tier. Wer bin ich? Wozu gibt es das Denken in mir, wenn es nur ein Denkentoben ist gegen mich? Ich liege ruhig. Ich muß schlafen. Kein Schlaf kommt. Das Bett schwitzt, aber meine Füße sind an eisige Eisbrocken angeklebt. Ich werde Buße tun. Meine Augen sind ausgestochene rote blutige Löcher. Ich kann nichts sehen. Ich kann nicht denken. Die Welt ist tot. Keiner hilft. Meine Verzweiflung schreit. Sie schreit: Dich gibt es gar nicht. Du kannst das schwere Deutsch nicht. Da erbrennt mein Kopf vor Schmerz. Ich muß ihn aufschlagen an der Tischkante. Da fällt das Hirn heraus. Ihr könnts mein Hirn haben. Ich schneide ein Loch in meinen Kopf, in die Stirne schneide ich das Loch. Mit meinem Blut soll mir mein Hirn auslaufen. Ich brauche kein Hirn nicht mehr, weil es eine solche Folter ist in meinem Kopf. Ihr folterts mich, ihr Schweine, derweil ich doch bloß eines wissen möchte, wo oben, wo unten ist und wie das Scheißleben geht. Wie geht das Scheißleben? Wenn es mir keiner sagt, dann muß ich es eben tun, das Schreien, laut werde ich schreien, bis mir die Angst vergeht. Und ich schreie nichts Künstliches daher, sondern echte Schreie, die mir blutig bluten. Aber noch in meiner schwächsten Schwäche bin ich soo stark. Denn ein letztes Gehirnzellenlein in meinem Kopf weiß: Ich werde die Augen wieder öffnen. Ich werde die Welt wieder sehen. Ein Gieriger wird wieder schauen. Durch die weit offenen Einfallslöcher wird das Draußen wieder in mich stürzen, ja!, der Sog wird der alte sein, und dankbar, vieles viel Dankeschön, werde ich mich wieder verneigen dürfen vor der so sichtbaren Welt.

Da haute ich auf den Tisch, weil es so wahr war. Oder war das die Theke, wo ich daraufgehaut habe? Wir waren ja noch in dem Nachtcafé. Wann fahren wir endlich in das Subito? Sofort, sagte ich, ich muß bloß noch eines hier ausnützen, wo ich schon die prächtige Gelegenheit habe. Denn das ist ja das dritte Herrliche an Klagenfurt, neben der stinkenden Anwesenheit der vielen Scheiße und dem unübersehbar lehrreichen Triumph des Titans, daß man das eigene ausgedachte Denken selber öffentlich herzeigen darf und es nicht nur auf ein Papier hin gedruckt wird; Herrlich ultrawichtig wichtiger Moment. Und diesen Moment, sagte ich zu Neger Negersen, darf ich nicht vorbei gehen lassen, ohne zum Schluß wenigstens ein paar Sätze in der Sprache des Manifests gesagt zu haben.

Wir brauchen keine Kulturverteidigung. Lieber geil angreifen, kühn totalitär roh kämpferisch und lustig, so muß geschrieben werden, so wie der heftig denkende Mensch lebt. Ich brauche keinen Frieden, weil ich habe den Krieg in mir. Am wenigsten brauche ich die Natur. Ich wohne doch in der Stadt, die wo eh viel schöner ist. Schaut euch lieber das Fernsehen an. Wir brauchen noch mehr Reize, noch viel mehr Werbung Tempo Autos Modehedonismen Pop und nochmal Pop. Mehr vom Blauen Bock, mehr vom Hardcoreschwachsinn der Titel Thesen Temperamente Und Akzente Sendungen. Das bringt uns allabendlich in beste Trinkerlaune. Nichts ist schlimm, nur die Dummheit und die Langeweiler müssen noch vernichtet werden. So übernehmen wir die Weltherrschaft. Denn alles alles alles geht uns an.

Und jetzt, los ihr Ärsche, ab ins Subito.

Was Ist Ein Klassiker

Was ist ein Klassiker?

Blöde Frage Mann!, das weiß doch jeder Depp. Bloß ich weiß es nicht, ich arme Sau. Allabendlich, allnächtlich muß ich deshalb auf Streife gehen, alles wird mit Akribie geprüft, jeder neue Haarschnitt, jedes der zahllosen schon hundertvierundsechzigtausend mal stumm angeschauten Szenegesichter, mir alle wohl bekannt, gottseidank nur vom Sehen, jedes neue Schnurrbärtchen auf jeder Oberlippe, klassisch?, jede neue Paarung, ach der mit dem seit neuerstem, jede Trunkenheit von irgendwem irgendwo, jedes Schumanns, jedes Zoff, jedes P 1, ein Klassiker?, alles wird beharrlich überprüft und registriert, gespeichert und anderntags frühmorgens, während gemächlich der Blutalkoholspiegel sinkt, wird das alles aufgeladen mit Schillers Briefen aus dem heißen Weimarer Sommer von 1787, mit Lexikonartikeln über Arcimboldi, Triest, schon bin ich bei Winckelmann, dann kommt schnell noch die Bild Zeitung und Julie Burchills neueste Kolumne in The Face, aufladen aufladen, aufladen mit Goethes Winckelmann-Aufsatz, der so fette dicke schöne Klötze als Unterüberschriften hat, Freunde Welt Unruhe, nebenher stummes Vormittags-TV, weil man abends nicht zum Fernsehn kommt, weil man dauernd so viel trinken muß, weil dauernd so eine Hitze ist, und der Sound aus den Lautsprechern tönt dazu, You gotta say Yes to another Excess, logisch Mann logisch, immer noch mehr aufladen, Hans Henny Jahnn über Lessing, Lessing über Hamburg, Nick Rydenback über Foucault, Kaiser über Wagner, Namen Namen Namen, Denken Denken Denken, Schauen auf Abart Fotos von Miron Zownir, der totale Wahnsinn, und dann, jetzt ist es 16 Uhr 8, und ich bin endlich nüchtern, jetzt Zisch alles mit allem Zisch kurzschließen.

Deshalb ist klar, daß Andreas Dorau ein Klassiker ist. Wer das nicht weiß, kommt auf den Müll. Andreas Dorau war nämlich neulich in München, umgeben von lauter netten dummen kleinen Pillenbibis und noch netteren noch dümmeren Filmhochschulschülern, einfach reizend. Ein anderer definitiver Klassiker war eine Woche davor auch in München, und sein Name sei Stephan Oettermann.

Ich aber habe nach Marbach fahren müssen, weil ich einfach nicht weiß, ob Friedrich Schiller ein Klassiker ist oder ein Arsch. Adorno hat für Schiller in der Minima Moralia immer wieder mal ein böses Wort, was ich neulich mit meinem philosophischen langhaarigen Adornofreakbruder besprochen habe, und logisch war sofort klar, daß Adorno nicht wirklich Schiller bekämpft, sondern irgendeinen x-beliebigen Gauleiter oder Schrifttumspfleger, oder einen Sturm- oder Unterbann-Führer, vielleicht hat er auch an eine ideal gesinnte BDM-Mädchenschar gedacht, die zur Erbauung Schiller liest, weil im Völkischen Beobachter steht: Schiller ist der ewige Deutsche, der Prophet unserer Zeit. Heute muß niemand Schiller bekämpfen, statt dessen Adorno, mit dem das Denken eines jeden normalen Menschen losgeht, aber eben nur losgeht. Doch diese strategischen Fragen nehme ich in irgendeiner anderen Predigt durch, oder noch besser: ich verschweige sie, um Spione zu täuschen.

Lieber fahren wir jetzt nach Marbach, weil da zeigen sie die Ausstellung: Klassiker in finsteren Zeiten 1933–1945. Und finstere Zeiten werfen ja bekanntlich dieses merkwürdige Licht auf die Dinge, so ein schräges grelles Licht. Aber statt daß ich in Marbach erfahre, ob Schiller ein Klassiker ist, stehe ich in einer Gluthitze in der obligaten Marbacher Fußgängerzone. Noch das letzte Zehntausendeinwohnernest hat sich in den siebziger Jahren eine Fußgängerzone zugelegt, so wie in den sechziger Jahren jede armselige Mittelstadt dringend einen Fernsehturm gebraucht hat, vielleicht werden die ekelig geschmackvollen Stahlundglaspassagen die städtebauliche Epidemie unseres jetzigen Jahrzehnts, in den Siebzigern also Fußgängerzonen, kein Mensch weiß warum?, wozu?, wogegen?, wie ein göttliches Strafgericht sind die Fußgängerzonen über die deutsche Provinz hereingebrochen, und am Rand der menschenleeren Fußgängerzone stehen diese lieblichen Fachwerkhäuschen, und in den Geschäften reden die Menschen diesen lieblichen niedlichen Debildialekt, alles harmlos alles eine große Depression, die strukturelle Depression der deutschen Provinz. Schnell wieder retour in meine geliebten städtischen Betonwüsten, weg aus dieser Landschaft, deren Lieblichkeit ist ja, merke ich bei jedem Augenaufschlag jedem Blick, ein gnadenloser Tritt in meinen Sack.

Das Beste an Klassikern ist, so habe ich anderntags beim Überprüfen des satten materialreichen Ausstellungskatalogs kapiert, daß sie viel zu vielen Leuten viel zu bekannt sind und daß jeder Depp mit ihnen machen kann, was er will. Deshalb ist der Klassiker ein Popphänomen. Er ist benutzbar für die widersprüchlichsten Zwecke, ein Zitatenfundus, der geplündert werden möchte, und wahrhaft subversiv ist die offene Affirmation, die ihm entgegenschlägt, von einem Naziblödel genauso wie von den biederen verantwortungsvollen demokratischen Bewältigungsblödeln, die da in Marbach wacker verantwortungsvoll und demokratisch bewältigen, vor allem die Finsternis. Ist danach irgendwo heller?, in irgendeinem Kopf?, das ist sehr die Frage, aber wurscht. Im besten Fall ist der Klassiker logisch das, was auch Pop im besten Fall ist: nämlich ein Hit. Hits sind so gut, daß sie einen nie nicht langweilen, genau umgekehrt, je auswendiger man sie kennt, desto noch auswendiger mag man sie kennen lernen. Außerdem sind Hits von einer prächtigen Kurzlebigkeit, ein Hit stürzt den nächsten Hit, was insgesamt das totale Vollgastempo ergibt, in jeder Bewegung dieses Tempo, das es nicht gäbe, gäbe es keine Hits. Und, man kommt immer wieder zu ihnen zurück, insbesondere in Zeiten der Schwäche und Mutlosigkeit. Hilft da ein Huchel-Gedicht?, oder Babylon is Burning?, oder Grace Jones, oder Motown Alltimegreatests, oder Bacon über die Liebe, oder Charlotte von Kalb, oder Frieda Grafe, oder ist nicht auch heute wieder mal die beste Kur einer der gewissenhaft von mir gesammelten Gesammelten Aufsätze des klassischen Kulturkritikers Neger Negersen, irgendein alter Hit muß her in Zeiten der Schwäche, also gehe ich in das Größenwahn Tanzlokal, wo schon lange niemand mehr hin geht, der sich hip findet, weshalb ich, der ich so hip bin, daß ich nicht hip sein brauche, dauernd genau da hin gehe und da das Bier trinke. Also ist das Tanzlokal ein klarer klassischer Klassiker wie Goethe. Die Briefe von Schiller hingegen, die ich derzeit lese, legen den Verdacht nahe, daß er ein ziemlich doofer, überspannter, ängstlicher Wicht gewesen sein muß. Zu viel kann ich davon nicht lesen, weil es mich entmutigt. Also ist Schiller kein Klassiker. Denn ein Hauptmerkmal, geradezu ein Kardinalsymptom des Hits wie des Klassikers ist schließlich: daß er Mut macht, einem neue Kraft gibt, neue Stärke, neues Neu und neue Wut für die nächste neuerste Attacke.

Warum Die Hose Runter Muss

Warum muß die Hose runter?

Ärztlicherseits ist diese Frage bekanntlich zu bejahen. Können Sie bitteschön dann noch die Hose ausziehen. Das Höschen können Sie anlassen, danke. Dann geht die Abtasterei los. Weil eine anständige Eingehende Körperliche Untersuchung ohne Kontrolle von Abdomen auf Druckschmerz und Resistenzen, ohne Überprüfung ob nicht nur die Leber sondern auch die Milz nicht vielleicht doch ein wenig pathologisch vergrößert ist, und vor allem, ob nicht diese inguinalen Lymphdrüsen, so und jetzt nehmen Sie bitte die Beine ein bißchen auseinander, nein nein, ganz locker, ich tue Ihnen nicht weh, das kitzelt nur ein wenig, vielleicht doch aus irgendeinem Grund geschwollen sind, Tast Bohr Tast, tasten mit den Fingerspitzen und der Daumenballen arbeitet sanft auf der Pubis, und jetzt legen Sie sich bitte zur Seite und ziehen die Beine ein wenig an, und dann kommt die Geschichte mit Fingerling, Glycerin, Prostata und Enddarmkrebs, eine anständige Eingehende Körperliche Untersuchung ist nun mal ohne diese ganzen Schweinereien nicht zu haben.

Es ist also genau so wie im Arztroman. Junge gutaussehende dynamische Ärzte lassen junge hübsche schenante Frauen und Jungs die Hosen runter lassen. Bei geschlossenem Arztkittel sind irgendwelche Reaktionen ärztlicherseits nicht erkennbar. Das war der lustige Teil.

Im traurigen Teil kommen die restlichen 164 Prozent. Die Grätzen, Knoten, Bläschen, Quaddeln, Effloreszenzen, die giftigen Mischgerüche aus Eiter, Urin, Schweiß und Smegma, die Unterhosen mit den erdfarbenen stinkenden Flecken, die Fettberge, Fettlappen, die rechts und links über den Untersuchungsliegenrand nach unten lappen, und die Schamlosigkeit der Aussätzigen, die wissen, daß es nichts mehr zu verbergen gibt, die allen Körpereifer längst verlegt haben ins Gegenteil, in die Erregung des größtmöglichen Ekels.

An vorgeschobener Position arbeitet der Arzt für Haut- und

Geschlechtskrankheiten insbesondere an der Herstellung der Ordnung des Ekels. Da die Ursachen eines Großteils der dermatologischen Erkrankungen nicht bekannt sind, bearbeitet der Dermatologe, vergleichbar dem Psychiater, den Aussatz fast ausschließlich durch Betrachtung, Beschreibung, Benennen, Klassifikation. Daß die Erkrankungen hier sich so vorwiegend nach außen gestülpt, auf die Oberfläche vorgedrungen, im ganzen Ausmaß *sichtbar* zeigen, macht das Fach des Ekels, das ohnehin keine Therapie kennt, außer ein bißchen Reinigung Hautpflege Abwarten Schonen Corticosteroide, insbesondere für den ästhetisch interessierten Menschen so anziehend.

Kitzel entsteht bei sehr schwachen, aber anhaltenden Berührungen über Berührungsfasern. Die Abwehr erfolgt durch den Wischreflex. Auch Juckreiz entsteht durch sehr schwache aber anhaltende Reize, die scharf, stechend, umschrieben, oberflächlich, oder diffus, tief, fast brennend sein können. Abwehr: Reiben, Kratzen, Scheuern.

Das wird eine Epizoonose sein. Die Epizoonosen werden durch Krätzen, Milben, Läuse, Flöhe, Wanzen und andere Gliedertiere hervorgerufen. Sie nehmen in Elendszeiten, aber auch durch Promiskuität und enge Wohngemeinschaften zu. Unter zivilisierten Verhältnissen schwinden sie. Die Klinik der Krätze zeigt beim Mann typische Knötchen am Penis, die noch Wochen nach Ausheilung bestehen können. Bei Verwahrlosten und Hirnkranken extreme Verborkung, auch an sonst von der Milbe verschonten Gebieten.

Komm Asta Leck Mich.

Plötzlicher starker Pruritus in den Prädilektionsstellen kann erster Hinweis auf Scabies sein. Immer nach Milbengängen suchen. Stets bei guter Beleuchtung und eventuell mit Hilfe einer Lupe untersuchen. Auch Nissen und Läuse sind nicht immer leicht zu entdecken. Die 2 Millimeter lange Laus sitzt meist unbeweglich im Schamhaar. Sie kittet ihre Nissen an einzelne Haare. Langsame Vermehrung, Übertragung durch Geschlechtsverkehr. Sie können das Höschen jetzt wieder anziehen, und die Hose. Der nächste bitte.

Da kommt zur Überraschung etwas Feines, ein wohlriechender frisch gewaschener junger Mann, der linkisch da sitzt und auch nicht so recht weiß, wieso er jetzt hier ist, aber die Ehefrau möchte Kinder und hat ihn jetzt endlich her geschickt, weil Monat für Monat nichts ist, außer Geheule Brustspannungen Eierstockziehen und Blut, obwohl er Monat für Monat pünktlich zum Termin an mehreren Tagen hintereinander pflichtgemäß und mehrfach die Ehe auch im katholischen Verstande vollzieht, nichts.

Sehr eingehende Anamnese. Vita sexualis?

[redacted] [redacted] [redacted]

Vita sexualis. Vita sexualis. Vita sexualis.

Libido? Libido. Infektionskrankheiten, Hernien? Hernien. Alkohol und oder Nikotin? Alkohol und Nikotin. Intoxikationen? Intoxikationen.

Eine ebenfalls sehr Eingehende Körperliche Untersuchung schließt sich an. Tasten, Drücken, Schieben, Bohren. Genitalbefund, wenig erfreulich: Phimose, pathologische Konsistenz der Testikel, Induration von Nebenhoden und samenableitenden Wegen, druckschmerzhafte, höckrig verhärtete Prostata, Narben. Ejakulat: Volumen, pH, Verflüssigungszeit, Farbe, Geruch. Alles kaputt. Bei dem ist ja alles kaputt. Bei Ihnen, äh, ja, das sieht also alles äh etwas schwierig äh nicht so gut aus, da müssen Sie Ihrer Frau äh. Aber wie soll ich denn meiner Frau das das. Sie können sich inzwischen wieder anziehen.

Schon steht der nächste da. Guten Tag, können Sie bitte die Hose ein wenig herunter lassen, ja, so, äh. WÜRG.

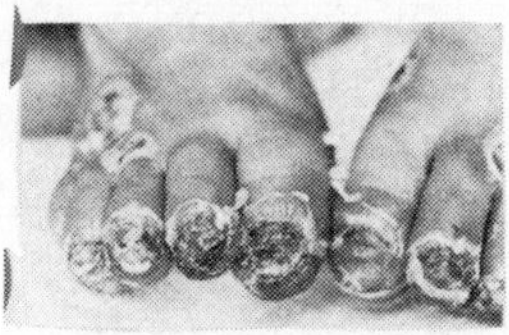

– Und wie gehts den Kindern, dem Geschäft, der Frau?
– Mußja mußja.

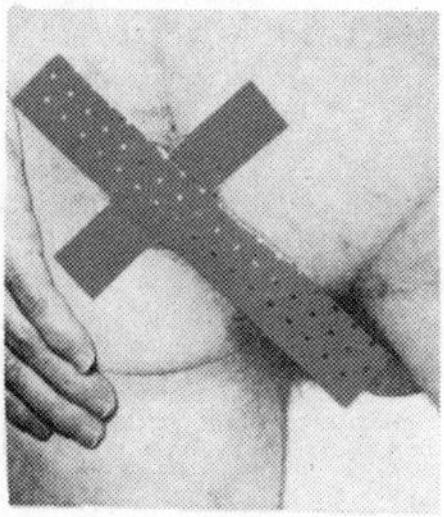

– Wie siehts aus?
– Sehr gut. Ist schon viel besser geworden. Sie können das Höschen jetzt wieder anziehen. Der nächste bitte.

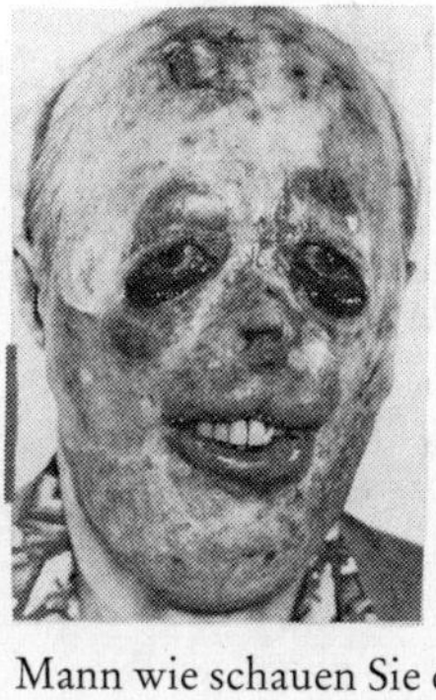

Mann wie schauen Sie denn aus!

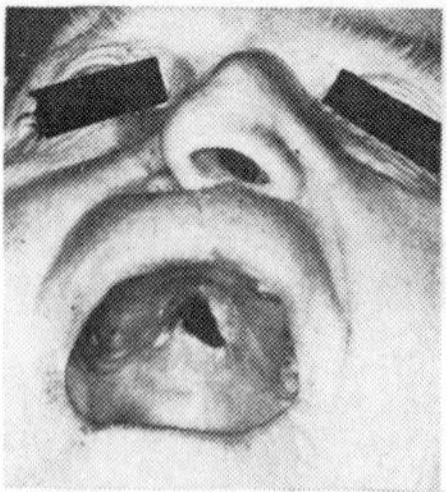

Hamse vielleicht mal ne Zigarette für mich Herr Doktor?

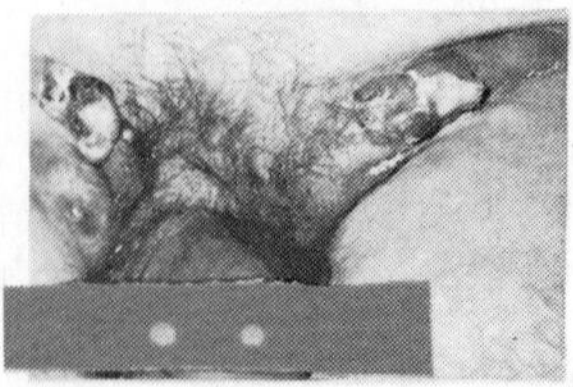

Aber wenn Sie so weiter machen, das muß ich Ihnen aber sagen, wird das aber nie besser, auch wenn Sie mir das auch nicht glauben.

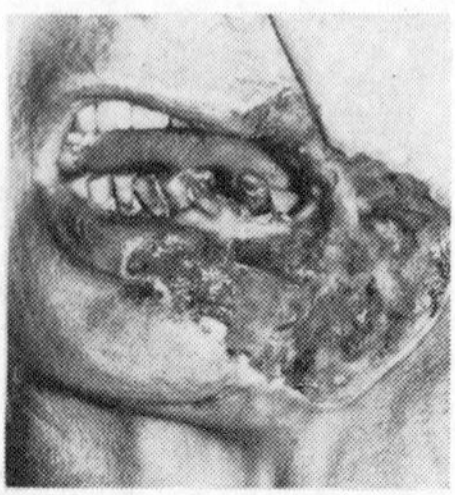

– Guten Morgen Herr Doktor, wie gehts?
– Kann nicht klagen, danke, und selbst?

– Danke danke, bis auf den Mund, aber der wird auch immer besser, bis auf die linke Seite, die geht immer weiter auf.
– Jaja, das fault so vor sich hin, das wird schon, das kriegen wir schon in den Griff.
– Genau, ich halte jetzt immer schon die Hand vor, beim Reden, daß es nicht so stinkt.
– Sehen Sie, Sie sind vernünftig, das sage ich den andern auch immer, Leute, macht den Mund zu, sonst läuft euch die ganze Soße raus, das schaut doch nicht schön aus.
– Hahaha, der ist gut Herr Doktor, der ist echt gut.

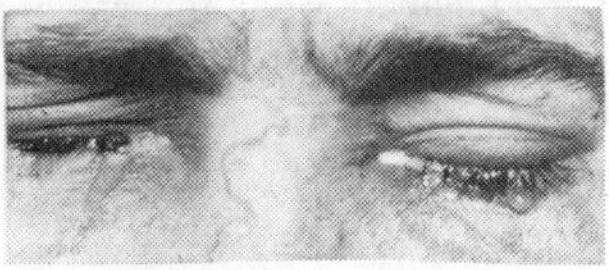

Gonorrhoische Blenorrhoe mit starker Sekretion des Auges. Nein, nix Träne. Auch hier bloß EITER.

Was soll das? Was ist das? Ist *das* das Leben? Ist das Dreckige Schmutzige Miese Eklige Das Leben? Ist die Wahrheit doch in Wirklichkeit lächerlich, nämlich ernst? Der Ernst, die Depression, das Nicht Wissen Wie Weiter, Wohin, die Niedergeschlagenheit? Muß deshalb Kippenbergers Hose runter? Wird deshalb getrunken und gesungen? O flieg du flammende, du rote Fahne. Muß wegen dem viel zu vielen Dreck in der Welt und im Hirn wie nichts sonst das Gegenteil studiert werden? Und geben Bilder nicht viel besser Antwort auf alle diese Fragen als die ewige Rede? Und sagen sie nicht: Ja ja ja ja ja ja? Ja. Und sage ich nicht trotzdem trotzig: Nein nein nein? Ja.

Gewinner Und Verlierer

Welt

Alles

In erster Linie ist alles natürlich ein IQ-Problem; zweitens ein Problem von richtig oder falsch. Alle anderen Fragen (wie: kann jemand ein Konzert schön nacherzählen, ein Argument entwikkeln, hat einer hier mal einen falschen Geschmack, da mal eine dumme Meinung) sind demgegenüber vernachlässigbar, unwichtig.

Bekanntlich sind circa 90 Prozent der Figuren, die sich schriftlich irgendwo äußern und damit an irgendeinem Ende am großen weiten Netz der öffentlichen Rede weben, schlicht aufgrund einer Ziffer, nämlich des Intelligenz-Quotienten, nicht berechtigt zu schreiben. Im Bereich des Popjournalismus haben in Deutschland 99 Prozent derer die schreiben aufgrund ihres IQ automatisch Schreibverbot. Es gibt nur einen einzigen anderen Bereich im geistigen Leben dieser Nation, für den ebenfalls dieses 99:1-Verhältnis gilt: Die Deutsche Universität. Bloß daß es da vergleichsweise gleichgültig ist, weil wen Professoren und Assistenten da verblöden, der ist entweder eh schon verblödet oder eh schon immun; und die Gegenstände universitärer Aufmerksamkeit sind unweigerlich unwichtig, weil vergreist, entweder zeitlos vergreist (sympathischer Fall) oder aktuell vergreist (voll ekeliger Fall: sagt der sich gegenüber den 70er-Schluff-Professoren durch kurze Haare absetzende, 1983 per Überleitung zum Professor hochgekrochene Prof. Dr. N. Wave: Ich plane für das folgende Semester ein Oberseminar zum Thema Mode mit dem Titel: Universale Simulation. Mode als Zeichen, Struktur, Strategie, Schein; unter besonderer Berücksichtigung von Baudrillard, Barthes, Buñuel, Benn, Benjamin, Bowie, und aktueller Popsongs der letzten zwei Jahre. Würg würg würg.), vergreist auf jeden Fall.

Genau umgekehrt ist es, wie jeder weiß, mit Hitparade, Diskotheken und der dazugehörigen Musik, dem einzigen wirklich weltumspannenden, rasend schnellen, sich rasend schnell immer neu selbst erneuernden Kulturphänomen. Nirgendwo konnte man in den letzten vier, fünf Jahren so viel Neues und Wichtiges über die Welt erfahren, wie im intelligenten Musikjournalismus. Gerade wenn man das nicht mit 14, sondern zehn Jahre zu spät (aber schließlich eben doch) kapiert hat, deshalb zunächstmal keine Ahnung hat, aber dafür genau die richtige Mischung von Spaß, Neugier, Naivität, Reife und geschultem Denken, hat man einen prächtig zuverlässigen Blick, um aus den 99 Dumm- den einen Gescheit-Schreiber heraus zu erkennen. Warum wiederholen wir das hier? Um uns an das traurige Faktum heran zu präparieren, daß das was mit Abstand das Beste sein könnte, der Popjournalismus, bei uns mit Abstand das Lächerlichste, Doofste, Armseligste ist.

Arbeit
Die andere Möglichkeit, daß es nicht so sehr um Richtigkeit, Wahrheit, Denken, Erkenntnis, also Politik geht, sondern primär um ein lustiges spaßiges vergnügtes fröhliches Leben, für das Geld und Macht herangeschrieben werden müssen, wollen wir nicht minder achten. Aber bitte dann wirklich Vollgas und full scale.

– Yes.

– Hallo?

– Yes.

– Is this Mister –, this is Wickert, ARD, is this –.

– Ja Goetz hier, ja ich weiß, Herr Sander hat Ihren Anruf angekündigt, worum geht es denn?

– Ja sehr schön, guten Tag Herr Goetz hier ist Ulrich Wickert ARD ich bin hier Chefkorrespondent der ARD hier und wir, äh, bereiten gerade so eine Diskussion vor, über Antiamerikanismus undso, und da habe ich unseren gemeinsamen Freund Sander angerufen, und der meinte, daß Sie da gut geeignet wären, weil Sie so antiamerikanisch sind und das außerdem sehr gut formulieren, also in so einer Diskussion gut ausdrücken könnten. Stimmt denn das?

– So aha das ist ja komisch. Was das erste anlangt, stimmt das wohl, aber eigentlich, oder ich weiß nicht, äh, auch wieder überhaupt nicht, auf jeden Fall also, und das mit dem Ausdrücken das weiß ich überhaupt nicht, kann ich nicht sagen, habe ich noch nie gemacht sowas, Livediskussion, ich glaube eigentlich nicht, daß ich das kann.

– Ach wissen Sie, das ist halb so wild alles, da sitzen wir in so einer Runde, und da wird dann so diskutiert, das ist ja live alles, da brauchen Sie gar nicht so viel überlegen, das geht 90 Minuten, und bevor Sie da groß zum rumgrübeln anfangen, da sagen Sie was Ihnen so einfällt, ich glaube schon Herr Goetz, daß Sie das können, wir sollten uns auf jeden Fall mal ausführlicher –.

Einen Tag später, 57. Straße, Ecke Broadway, 4. Stock, Suite 427, German Television New York Bureau:

– Ach, da kommt ja unser Dichter, guten Tag, das ist ja schön, kommen Sie kommen Sie, wollen Sie einen Kaffee?, na was macht die Dichterei?, kommen Sie wir gehen hier herein, so und jetzt legen Sie sich gleich mal da auf die Couch hier hahaha.

Ich ziehe mein rotes Jäckchen aus und bin wiedermal, wie sowieso meistens und ganz besonders in den letzten Monaten und noch besonderserer hier in der Fremde, sehr ernsthaft, nachdenklich, vergrübelt und verquält aufgelegt. Anhand von Kennedy, Vietnam, Grenada, Libanon und manch anderem mehr unterbreite ich Herrn Wickert in überaus geraffter, rasender, kaum mir selbst noch verständlicher Weise die Ergebnisse meiner studienmäßig besessenen, mit wahrhaft depressiver Altphilologen-Akribie betriebenen Analyse des hiesigen Fernsehns. Herr Wickert sitzt wohlgelaunt und lässig im Sessel, die unglaublich langen Füße ausgestreckt, Schuhe auf dem Glastischchen, wie man das hier so hat in Amerika, sagt manchmal naja oder jaja oder och hm nunja, und schaut freundlich zugewendet und amüsiert zu, wie ich mich abplage.

Es dauert ein Weilchen, aber dann begreife ich, daß ich das Spezialistengespräch, auf das ich scheinbar zusteuern wollte, mit Herrn Wickert gar nicht führen kann, weil Herr Wickert die entscheidenden Unterschiede zwischen Peter Jennings Schlappnachrichten, den lokalen Eyewitness News, den 7-Uhr-Nachrichten von CBS und der wahrhaft genialen einstündigen nächtlichen Nachrichtensendung News Overnight, die wegen zu niedriger Einschaltquoten von NBC in diesen Tagen liquidiert wird, um hier nur mal paar Nachrichtensendungen zu erwähnen, ganz zu schweigen von den Unterschieden in den stundenlangen Sportsendungen und den allabendlichen Talkshows auf den unterschiedlichen großen nationalen Kanälen, ganz zu schweigen von von von – weil der das alles gar nicht so genau kennt. Herr Wickert macht ja selber Fernsehn, der braucht nicht fernsehn.

Da ist mir eingefallen, daß ich das sehr gut kenne, aus der Welt Des Geistes die ganzen Literaturkritiker, die immer nur ihre eigenen, sonst nie Literaturkritiken lesen, weil ihnen das zu langweilig ist, und beim Funk sagt dir jeder Redakteur den du kennenlernst spätestens nach fünf Minuten, daß er selber nie Radio hört weil, und die paar Lachfiguren vom Fernsehn, denen ich bisher begegnet bin, die haben auch diesen Geständniszwang, der wie die meisten Geständnisse von dieser Schulterrempler-Zustimmer-Unter-uns-gesagt-lasse-ich-mich-ja-auch-einmal-die-Woche-von-einem-Kerl-in-schwarzem-Leder-auspeitschen-Präsumption ausgeht, weil sie alle irgendwie diffus finden, daß das was ihre Arbeit ist und wovon sie leben, imgrunde und in Wahrheit eine gigantische, ungeheuerliche Obszönität ist.

Hier allerdings, bei Herrn Wickert, ist das anders. Der findet sichtlich prächtig, was er macht, hat gute Laune, lacht viel, und weiß auch nicht so genau, was Haffner zum Antiamerikanismus denkt, Margarete Mitscherlich würde das wahrscheinlich so psychomäßig angehen, dann wäre da noch so ein rechter und ein linker Amerikaner, und Sie mein lieber Goetz müßten dann allen so richtig kräftig ans Schienbein treten haha haha. Wir müßten uns da natürlich so eine Art Position ausdenken, sowas überlegen, was Sie da so vertreten, wie könnten Sie denn da?, könnten Sie sich da irgendetwas vorstellen?

Voll seriös lege ich gleich wieder los, anstatt einfach was Lustiges zu sagen, produziere Delir das nicht auf den Punkt kommt sondern immer deliranter wird, daß ich gerade so ein Buch lese von zwei so Musikschreibern Engländern daß da in der intelligenten britischen Poppresse ein ganz toller politisch triftiger wütender Antiamerikanismus vertreten wird daß aber doch andererseits Andy Warhol als der einzige wirklich moderne Mensch dieses Jahrhunderts und nur in Amerika verstehbar und daß der gegenüber diesen ganzen versponnenen hirnverwichsten Franzosen, die seit ein paar Jahren in ganz Europa, daß doch überhaupt Europa in seiner notorischen Tiefgründelei, ganz wurscht ob das so eine krause französische Oberflächenmetaphysik oder so ein idealistischer Zukunftswahnsinn bei den Grünen, daß aber doch zugleich die westeuropäische Friedensbewegung gerade hier von Amerika aus gesehen, Reagan Grenada Libanon Washington Moskau Bonn Bonnistnichtweimar habe ich nicht gesagt sonst habe ich fast alles gesagt daß Europa ja doch immer nur Platon denken kann Sinn Philosophie Perspektive Idealismus daß ich das schon irgendwie als Rhetorik gewußt aber alles jetzt hier in Amerika erst wirklich kapiert habe und daß ich insofern logisch nicht antiamerikanisch aber wiederum eigentlich umgekehrt andererseits.

Dann hat mir Herr Wickert die Räumlichkeiten der ARD-Suite gezeigt. Im Schneideraum hat er nebenbei gleich noch überprüft, ob ihm jemand vom Personal schon wieder seinen Stern verschleppt hat. Die werden einem nämlich immer verschleppt, die Zeitschriften, und dann muß man überall rum suchen. Und hier machen wir die Aufnahme, wenn ich son Kommentar mache oder so, da setze ich mich hier vor dieser Jalousie auf einen Stuhl, und auf die Leinwand dahinter machen wir mit Dia so eine Nachtskyline mit Lichtern undso und dann denken die Leute ich sitze irgendwo ganz hoch oben vor einem mordsmäßigen Fenster hahaha mit ganz tollem Blick.

Arbeit

Am Heimweg war ich noch ganz auf meiner Seite. Fand zwar schon, daß ich mich da rundumschlagsmäßig ein bißchen übernommen hatte, aber daß man doch auch mal die großen Linien dürfen muß, daß das eben alles noch gearbeitet werden müsse, hart gedacht, zerschlagen, neu zusammengesetzt, wieder gehärtet, neu zerschlagen, das Hirnmaschinenradadadadad.

Vor allem fand ich mich wieder mal so viel seriöser als den Rest der Welt, war fest entschlossen, diesen Leuten, die sich selbst und ihre Arbeit noch nie ernst genommen haben, nicht auch noch als der schon von vorneherein als solcher eingeplante Diskussionshampelmann, als Der Kasper, zudiensten zu sein; auch wenn man mich zehnmal auf Fernsehkosten nach Berlin schaffen würde und dies im Augenblick so gelegen käme wie sonst nichts.

Der nächste Abend sieht den Helden dieses Geschichtleins, das bin immer ich, da kann ich mich noch so sträuben, auf der allmonatlichen Eröffnungsparty eines monatlich neu dekorierten, noch nicht so schrecklich (erst 3 Monate) alten und deshalb noch ziemlich angesagten Clubs. Da sind hinter dickem schalldichtem Glas in die Wände eingelassene Räume zu besichtigen, in denen echte Menschen selbstverloren ihrem Tun nachgehen, Herbarien, in denen jahrtausendealte Schlangen liegen, und eine Echse, die sich aus ihrer erstarrten Bewegungsstarre heraus (Ist die echt oder ausgestopft?) ruckhaft blitzartig nach der von hinten hereingeworfenen, sinnlos quirlig über Steine und Echse tobenden kleinen weißen Maus streckt, sie greift und sie kopferst mit ihrem jetzt ruhig auf und ab und auf klappenden Echsenmaul Zack Zack Zack in sich hinein verschlingt. Hast du das gesehen? Dann ist die Echse wieder ganz starr, nur wenn man sehr genau hinsieht, kann man den Kropf unter der gegerbten geschrumpelten Haut, das Schlundinnere noch leicht nach außen pulsen sehen. Da ist jetzt die weiße Maus.

Hinter einem anderen Glas spielen in einem lebensechten Jungmädchenzimmer zwei niedliche kleine 16jährige Mädchen, die sich im Pyjama so kindhaft berechnend verführerisch auf der Couch und am Boden räkeln wie sich solche Freundinnen miteinander räkeln, wenn sie wissen, aber so tun als wüßten sie es nicht, daß die Jungs ihnen zusehen, so spielen die da stundenlang mit eigens angefertigten Obeliskenschachfiguren Schach. Das Thema des Monats ist nämlich Obelisken, Ägyptisches. Und so sitzt auch ein Archäologe auf einem Drahtklappstühlchen in einem

Wüstensand, um sich archäologisches Besteck und Arbeitszeug in feinen aufgeklappten ordentlichen Koffern, und pinselt, auch er stundenlang, ausgegrabene Figuren, Scherben, Figürchen (oder ist das immer dasselbe Stück?) vom Wüstensand frei, zwischenrein wird poliert, mit sanften weichen Tüchern gewischt, dann wieder gepinselt. Und auch an dem Reißbrett, wo eine junge Frau technische Zeichnungen von sinnlosen, naturgemäß obeliskenartigen Körpern in Zentral- und Parallelperspektive von oben von unten von der Seite gesehen zeichnet, wird stundenlang selbstverloren besessen sinnlos gearbeitet.

Arbeit, wie wahre Arbeit immer ist, hier als zum Ausstellungsobjekt erhobene Skurrilität, eine Exotik des arbeitenden Menschen, die zugleich die Betrachter, die Vergnügungsarbeiter, die Nachtleben- und Trinkarbeiter erst richtig ins Recht setzt, sie als die letzten wirklichen Helden Der Arbeit erst erkennbar macht. Mit solchen schönen Gedanken stand ich da, trank das gute Bier, nicht einmal belästigt vom in der Nähe sein dummes wienerisches Geschnattere in die Luft schnatternden dummen Wolfgang Ambroß, das war nur so ein kleines Rauschen, und dachte an den lässigen slicken lustigen Chefkorrespondenten der ARD, der sich an uns Nachtarbeitern, an der Seriosität unserer Trinkarbeit ein Vorbild nehmen sollte könnte müßte, für seine nur zum Spiel betriebene wie unechte Fernseharbeit.

Und da das Trinken das Denken so sympathisch echsenstarr, unbeweglich, gebetsmühlenmäßig macht und zugleich und dennoch ganz auf der Oberfläche hält, weshalb der im nüchternen Zustand imgrunde und konstitutionell nachdenkliche tiefsinnige Mensch wie ich immer dümmer wird, wenn er nicht allnächtlich trinkt, und dabei anstatt nachdenkt denkt, umgekehrt jedoch das Das-Neue-Denken dem Trinken-Denken eher verschlossen ist, konnte ich weiterhin nur mich verstehen, meine Arbeitslogik, nicht jedoch die ganz andere Logik der Wickertschen Existenz, deren rechten Verstand ich mir hier unter dem Unterüberschriftlein Arbeit ursprünglich vorgesetzt hatte zu begründen.

Success
Doch es ist nie zu spät für nichts. Schon gar nicht für das Fehler-Korrigieren. (Es ist ja immer noch nicht ausreichend bekannt: das Erste Allgemeine Arbeits Gesetz ist nicht das Fehler-Vermeiden, sondern das die richtigen, die nichtdummen, die neuen Fehler richtig kräftig deutlich machen, um sie möglichst rasch zu korrigieren, anschließend Korrektur des Korrigierten, dann Korrektur der Korrektur undsofortadinfinitum.) Hierzu begeben wir uns in die Wallstreet, die für jedermann ein Name, ein Inbegriff, ein Signal ist für: Wirtschaft Geld Kapital Ismus Index Börse, ein Vorverstand, der wie so oft viel treffender ist als die wirkliche reale Wallstreet, die eine mickrige zukurzgeratene lächerliche Gasse mit leichtem Gefälle ist, wo nichts darauf hinweist, daß hier die Börse der Börsen, das Herz jedes Bänkers der westlichen Welt zuhause ist.

Hier sehen wir mich eines frühen Abends, der Himmel leuchtete noch grün oder pfirsichfarben oder rhabarbergelb oder wie jedenfalls als erschütternd glänzendes hohes steiles enges Rechteck zwischen die beiden düsteren Fassadenlinienenden eingeklemmt, und unten kruschpelten sich die noch bunteren noch strahlenderen aber dafür nur einzellerkleinen Autoampellichter-Lichter als Punktewirrwarr umher, verloren und getrieben auf und ab laufen. Ich wußte nämlich die Hausnummer nicht. Ich hatte nämlich die Einladung vergessen. Die Einladung hatte mir Herr Wickert zur Verabschiedung und in Verbindung mit einer rührend echten Visitenkarte überreicht. One Day In The Life Of Wall Street, ein 30-Minuten-Film aus der Reihe Ulrich-Wickert-New-York-Tagebuch, da machen wir so einen kleinen Empfang, mit Büffet undso, würde mich freuen wenn Sie da vorbei schauen wenn Sie Lust haben. Lust hatte ich schon, aber die Hausnummer die blöde fiel mir einfach nicht mehr ein. So habe ich Bankwolkenkratzereingangshalle um Eingangshalle abgeklappert, aber die uniformierten Eingangshallenbewacherneger haben mich Neger um Neger immer noch komischer und mißtrauischer angeschaut, mit meiner Geschichte von einem Preview von einem Film von der Wallstreet vom Deutschen Fernsehen, Here?! A Film?!

What?!, bloß weil die letzten zweihundert Jahre in keinem dieser Bankgebäude ein Film gezeigt worden ist, deswegen habe ich noch lange keine Bombe in dem Koffer, den ich gar nicht dabei habe, aber anschauen muß ich mich so lassen. Kurzum, ich kürze ab, lasse manches weg, schließlich schleppe ich mich die Freitreppe eines griechischen Tempels hoch, das ist The Nations First Capitol, öffne eine Glastür, und, ja das isses das müssense sein da sindse doch alle, bin erlöst: Rechts ein Mann im Frack am Flügel, eine Stehgeigerin zur Seite, Barockmusik, Marmorboden, Peterskirchenkuppel-Kuppel, und unten, wie angekündigt, das Büffet, und die Traube der Schwarzbeanzugten davor, Sektgläser, Nipp Nipp Murmel Murmel, und in der Mitte steht doch tatsächlich der etwa zwei Meter sechzig große Ulrich Wickert heraus, wie neulich wieder bestens gelaunt, und läßt sich von den schönen Männern und Frauen, die ihn umgeben, den Ring küssen.

Zweitens war der Film gut. Das hat mich am meisten erstaunt. Weil ich war ja noch mit dem Seriositätsproblem beschäftigt, wohingegen Herr Wickert locker lässig souverän einen sehr informativen und lustigen Film über die Wallstreet gemacht hat, der an den besten Stellen fast so gut war wie Kluge in seinen, in letzter Zeit leider immer selteneren, besten Momenten: Kamera drauf halten und die Leute reden lassen, und wenn so ein Bänker oder so ein Goldbarreneinschließer ganz ernst über seine Arbeit redet, ist das aufderstelle brüllend lustig. Daß der Film an manchen Stellen diesen optischen Standardfirlefanz hatte, diese originelle-l-e-l-e-n Schwenks und Zooms zwischen den Beinen unter der Achsel durch die Augenbrauenhaare hindurch gefilmten Krampf, geht weniger auf Wickerts Konto als auf das des Standardfernsehkameramanns, der wenn er ausnahmsweise mal nicht Pressekonferenz, Innenminister oder Hundeschönheitswettbewerb drehen muß, künstlerisch und als Künstler zu denken anfängt und einem reflexhaft (habe ich selbst schon mal erlebt) immer wieder das Froschaugenobjektiv draufschraubt und am liebsten pausenlos alles von unten nach oben gesehen filmen möchte.

Was ist hier eigentlich los? Irgendwie kommt dies hier einfach nicht so recht vom Fleck. Vor allem ist das hier ja erst der Erste

Paragraph des Vierten Abschnitts des Ersten Buches eines naturgemäß wieder mal auf Drei Bücher angelegten Aufsätzchens. Wir überschlagen also die schöne Stelle, wo ich beschreibe, wie sich dieser Wickert einfach durch seine relative Jugend, seine zentimetermäßige Höhe und insgesamtige Siegermäßigkeit aus all den schwarzbeanzugten 55jährigen, selbstverständlich auch wieder eine ganz homogene New Yorker Deutschen-Gruppe von privilegierten, weil mit Auslandszuschlägen und fama garnierten und also wohl dotierten, in Wahrheit jedoch logisch nur grandios kümmerlich durchschnittlichen Institutionskriecherlein-Existenzleins bildenden Existenzleins heraus hebt, wo in Klammer noch dieser Nebengedanke genauer ausgeführt wird über die ebenso homogene Homogenität der Szeneszene, die scheinbar wirklich auf der ganzen Welt gleich aussehend zur gleichen Musik jede Nacht das gleiche tut, was hier allerdings den guten Beigeschmack von soundsovielter Internationale hat, geheimen Logen, Debattierclubs, Moskau London Paris Moskau London, globale umfassende subversive Verflechtung und Vernetzung, die ja auch wirklich besteht, weil eben New York seit ein paar Jahren so ein Auffanglager für den Modernen Jungen Menschen in Sachen Mode Malerei Performance Tanz und Wasweißichnoch ist, so wie Griechenland und Spanien das Mekka des Menschen Der Siebziger Jahre waren, der bekanntlich weniger in Sachen Kunstkunst, sondern mehr so noch diffuser in Sachen Urlaub Daslebenleben Irgendeinehüttereparieren reiste, um endlich zum Zweiten Paragraphen, mithin zur Konklusio zu kommen.

Wenn man sich für Das Gute Leben entschlossen hat, wenn man von Konstitution her sich befähigt fühlt zu Genuß Spaß Ausschweifung Fröhlichkeit Vergnügen, wenn man also von Geburt an gewissermaßen auf der richtigen Seite des Lebens steht, dann macht man gefälligst eine Karriere, und zwar unaufhaltsam. Dann geht man in irgendeine dieser Institutionen hinein, das kann die GGK sein oder der WDR oder der BND, und fegt am Rest derer die sich da so nach den Institutionskriechergesetzen hochsitzenundkriechen in einem solchen Tempo vorbei, daß dem Rest der Atem stockt und die Ohren ab und steif stehen. So geht das. Und als Ausgleich dafür, daß man immer mehr Macht hat, immer mehr Geld, sich die schönen Menschen immer noch unaufgeforderter mit ihren schönen Körpern vor einem auf den Boden, auf die Couch, über die Tischkante, auf die Badezimmerfliesen werfen, genau so wie mans gerade gerne möchte, um einem als Lustbringer zudiensten sein zu dürfen, nimmt man in der nächsten Etage noch mehr Macht, noch mehr Geld und noch mehr Spaß locker ohne falsche Scham imperial großzügig und wohlgelaunt entgegen. Hat man das, auch hier natürlich mit einem IQ nicht unter 140, zehn Jahre lang gemacht, ist man mit Mitte Dreißig oben angekommen, ist also nicht mehr ganz jung aber immer noch kein Greis, und genießt fortan des Lebens.

Freunde

Ruhm

Man ist einfach andersherum auf die Welt gekommen, verquält weltgeschmerzt stets mit sich verfallen orientierungslos sinnsinnsinnsuchend prüde und der diversen Lebensfreuden schmerzlich doch unabänderlich wenig fähig, man muß also immer in den Dreck, immer in die Depression, also in die Medizin, also in die Psychiatrie, man muß also ein Buch schreiben, obwohl man wie jeder vernünftige Mensch genau weiß, daß Bücher etwa so notwendig und wichtig sind wie Achselhaare-Ausrasieren, also voll unnotwendig und voll unwichtig aber voll unvermeidlich, hat man es sich einmal in den Kopf gesetzt, und plötzlich hat man mit einem Schlag Rumps Zack Boing lauter

Neue Freunde, die einen da, wo man jahrelang unbehelligt sein Bier getrunken hat, mit der Distanzlosigkeit belästigen, die der Null fast immer eignet, die einem die Ohren mit viel Unsinn voll reden, die man aber trotzdem, es ist einem letztlich scheinbar doch keiner zu doof, keinen möchte man einfach so verloren geben, wie stets wenn man überhaupt was sagt und naturgemäß nach 6, 7, 8, 9 Halben Bier zusätzlich beschleunigt mit sehr viel Eifer und Zorn vom Richtigen und von der Wahrheit überzeugen möchte, und die einem anschließend in einer *Elaste* ganz locker das Unterhöschen runter ziehen, was man wenn es denn schon sein muß gerne bitte selber machen möchte, und die sich schließlich auch noch darüber lustig machen, daß man aufgrund der hartnäckigsten Eigenschaft die man nun mal hat, der Treue nämlich zu Lebens-Lehrern und -Freunden, mit den alten Freunden immer noch befreundet ist. So sind die neuen Freunde.

– Das hört sich ja fürchterlich jammerlappig, langsätzig an, das ist ja der volle Nerv.

– Ist es auch. Ist alles immer wie im echten Leben.

Fehler

Kritik ist Kontrolle der Korrektheit. Kritik ist sagen: Falsch, unrichtig, Fehler, sachlich und rechnerisch nicht korrekt. Die Lektüre von naturwissenschaftlichen Fachzeitschriften und Lehrbüchern, von Gerichtsurteilen und Gesetzestexten, von Vorschriften und Befehlen aller Art, von im simpelsten Fall Benennungen (Auto, Schallplatte) macht deshalb so viel Spaß, weil man immer den Stempel: Sachlich Und Rechnerisch Richtig drunter hauen kann.

Nun haben bestimmte Musikjournalisten, die sich das aufgrund von IQ, Persönlichkeitssubstanz und Jugend leisten konnten, in der vielleicht doch zum richtigen Zeitpunkt hingeschiedenen Musikzeitschrift *Sounds* (wenn man sich die in mancher Hinsicht vergleichbare Zeitschrift *Filmkritik* von 1964 und 65 anschaut, dann die von heute; wenn man sich weiterhin die Mühe macht und die lachhafteste [weil zeitlos ewigste, deshalb ist sie wichtig] Zeitung Deutschlands *Die Zeit* von der Mitte der 60er Jahre hernimmt und überprüft, wie das Denken und die Rede der *Filmkritik* in *Die Zeit* einwandert und sich dann in rasendem Tempo zu dem verdünnt, was heute als 64. Verdünnung und Verschleppung Hans-Christoph [früher nur: C.] Blumenberg heißt; wenn man sich dann nochmal die gestrige und heutige *Filmkritik* daneben legt, daneben *Fame*, daneben *Sounds*; wenn man also dieses ganze Delir von: wie geht was wie genau los und wird im Nu, obwohl es noch ganz ähnlich aussieht, wozu genau, nämlich zu seinem Gegenteil, mit nur einem kleinen Beispiel der jüngeren Vergangenheit historisch unterfüttert, dann: also mir ist das lieber, daß bestimmte letzte Soundsjahrgänge mit den Jahren berechtigterweise zum Mythos wachsen werden, als daß übermorgen einer dieser Steinhöfels als Soundschef wasjawas. So viel zum Zeitpunkt des Endes von *Sounds.*) Anfang der 80er Jahre, wir erinnern uns, eine prächtige, damals sehr wohltuende Großzügigkeit entwickelt, eine überdrehte egomane totalitäre manichäisch mutige Sprechweise, in der die Wahrheit über die Welt nicht als fitzelige krittelige Detailexegese, sondern als freches Urteil in einer Adjektivkette oder einem halben Nebensatz auszusprechen war.

Dann wird das, wie fast immer fast alles, natürlich und augenblicklich mißverstanden. Die Null, die von nichts keine Ahnung hat, liest schöne großspurige Sätze und denkt sich: Das ist ja toll, das mache ich auch so. Dann reißt die Null das Maul auf, und was fällt ihr heraus? Dümmste Fehler, Fehler, Fehler über Fehler.

Daß Jan Carl Raspe, derherrhabihnselig, nicht Jan Karl Raspe mit K geheißen hat, wie Lorenz Lenzilein von Seidlein in einem Textlein in *Elaste* Nummer 7 Seite 7, der meinen schönen Vornamen zur Überschrift hat, schreibt, und daß die Hauptfigur meines Romans weder Jan Karl noch Jan Carl sondern Wilhelm Raspe heißt, kann jeder überprüfen, ist vielleicht nicht so schrecklich wichtig, obwohl für einen echten Terroristenfreund wie mich durchaus.

Ebenso verhält es sich mit den frühen Büchern Alexander Kluges, deren korrekte Titel ich auch im betrunkensten Zustand so wie die O-Deklination und die richtige Zuordnung bestimmter Namen zu dem Urteil *genial* korrekt daher lalle, weil was einem wirklich wichtig ist oder mal war, das weiß man auch noch, wenn man nur mit dem Rückenmark als Hirn oder gleich aus den paralingualen Drüsen spricht. *Schlachtbeschreibung* (nicht Schlachtenbeschreibung) heißt also das 1964 erschienene Stalingrad-Buch von Kluge, das man dem heutigen Kluge und den ganzen Friedensärschen gleichermaßen heftig ans Herz legen möchte, weil sie alle, bloß weil wir uns zufällig gerade dem Jahrtausend-Ende nähern, nur noch von der Zukunft reden, von etwas also was es gar nicht gibt, anstatt die Geschichte zu studieren. Die gibt es nämlich. Aber für die interessiert sich kein Schwanz.

Zum Beispiel läuft hier im Fernsehn seit Wochen eine vielteilige Serie über den Vietnam-Krieg, die auf eine derart unfaßbar obszöne Weise alle politischen, geheimdienstlichen, wirtschaftlichen und militärischen Fakten und Faktenverflechtungen über diesen und damit über jeden Krieg öffentlich macht, daß man das entweder nur als Aufruf zur Revolution verstehen kann oder als Nacherzählung des Ersten Punischen Krieges, mit dem einzigen Unterschied, daß den die Römer bekanntlich nach langem Ringen in der Seeschlacht bei den Ägatischen Inseln 241 vor unserer Zeit schließlich doch noch gewonnen haben. Also Punischer Krieg, also Geschichte, Märchen, also wurscht, also nix Folgen. Aber wenn so ein vollkommen lachhafter, imbeziler, in Deutschland auch noch in die Kinos kommender Film wie *The Day After* im Fernsehn läuft, wenn sich Soap-Sciencefiction-Beckett-Gestalten durch einen Berliner-Schaubühne-Die-antike-Tragödie-Aktualisieren-Schutt über die Mattscheibe schleppenschießenoperieren, da bricht in Gods Own Country unter soundsovielhundertmillionen Menschen eine Hysterie aus, mit Notkirchenbeten, Psychologennottelefonlinien, Nachbarschaftshilfen, dem ganzen läppischen Kinderkram des guten dummen guten Handelns, daß man gleich wieder nur ein böser böser Mensch sein will.

Auch im Fall des nächsten Lorenzlenzileinschen Fehlers hängt an nur einem Buchstaben, recht betrachtet, die ganze Welt. Als an unserer Schule neue Biologiebücher eingeführt wurden, ich erspare uns allen die lustige Geschichte wie es dazu kam daß ich darin abgebildet war, ging ich ganz woanders zur Schule. Nämlich in einer mittleren Autostadt im mittleren Norden des mittleren Amerika, wo ich mir ein Jahr lang die US-essentials: geistige Drögnis, Denkwüste, Rassismus, Dummheit, Herzlichkeit und die kleinen thrills (sports, liquor, cars, cruisinwithefriendsandrinkinonafridinite) von Main-stream-Amerika-Amerika abgeholt habe (und wie habe ich es alles geliebt!), die man hier in New York fast nur vom Fernseher her kennt. Nach einem Jahr kehrte ich aus der Fremde in die Heimat zurück, hatte einen amerikanischen

Führerschein, botton-downs, und mit einem vom Leben noch kaum erfaßten Frohsinn stand ich als sonnyboy im Pausenhof. Aber, jetzt kommts, nicht als Schüler der Klasse 12b sondern der Klasse 12a. Ein jeder der die Verhältnisse kennt, weiß, daß die b-Klassen traditionsgemäß Politik, Vernunft, Subversion produziert haben und die a-Klassen das Gegenteil: Idealismus, Humanismus, Träumerei. Wenn man nun wie ich fast alles, was man gelernt hat, in der Schule gelernt hat, weil man das Lernen immer schon und deshalb auch die Schule geliebt hat, und wenn man 8 lange wichtige Jahre lang nicht in die a- sondern in die b-Klasse gegangen wäre, dann hätte man sich vieleviele Jahre dummer Umwege erspart, weil man den Kampf gegen sich selbst, also das Denken, schon früher angefangen hätte, und ich wäre heute vielleicht Karl Held anstatt ich.

Dummheit
Plötzlich wollen sie alle seriös werden. Kein Mensch versteht, wozu, warum, woher das kommt. Diese ganzen Jungen Modernen Menschen, die von Geburt und Beruf lebenslänglich Sohn sind, immer schon waren und sein werden, denen die schöne Aufgabe zugewiesen ist, an der Seite höherer Töchter Münchens Nachtleben zu verschönern, die nebenher von den 2 Ideen, die sie pro Jahr so haben, ein bißchen Fluxus, Luxus und *Elaste* machen, die teilen im Editorial mit: Wir wollen aufhören mit dem New Wave, normaler werden; alles viel normaler. Aber warum denn Jungs, umgotteswillen, ist doch gerade so richtig lustig, Bodoni Univers halbfett und gewöhnlich, Art Directors Club, Preise, lauter schönes Layout, so ein schöönes Layout findet doch jeder finde ich auch total schöön könnte man ja noch mehr verschönern, könnte man alles noch sehr verbessern, vor allem natürlich die Texte und das Denken, aber nee, die wollen jetzt plötzlich partout seriös werden.

Oder, umgekehrter fast noch lächerlicher Fall, die Musikzeitschrift *Spex* öffnet ihre ohnehin zumeist nicht gerade von den heftigst inspirierten Menschen vollgeschriebenen Spalten einem endgültigen Ultradrögsepp namens Dickhoff (wird ja alles kontrolliert, wird ja jeder Text wie die Bibel logisch als Heiliger Text gelesen), der auf so akademisch dummseriöse Weise mit dicken, schwerfälligen, deutschen Stapfen das von einschlägigen Franzosenphilosophen längst locker und also richtig umrissene Terrain der Mode abstapft, als wäre jeder gute Gedanke nur dazu da, daß in der Deutschen Universität eine neue Generation von Deppen in den Professorenrang einrückt, um als slicke moderne New Waver die nächsten 30 Jahre bis zur Rente professorales Simulationsgefasel von sich zu geben, komme was da wolle. Und man sieht schon, wie da so ein Dickhoff die neue feste Kiste zusammenzimmert, die nichts anderes ist als die 80er-Jahre-Neuausgabe der hippiesken Phantasie-Sensibel-Duichspüredich-nicht-Geschichte, mit Fondue-Besteck, Kerzenlicht und langen Gesprächsabenden, bloß daß ein paar einschlägige Worte heute anders heißen.

Oder, von Köln retour nach München, wir nehmen den anderen Lorenz, den Schröterschen, den Lorenz Lorenz, der aus guten Gründen vor ein paar Jahren zu einem Münchner local heroe, zu einer vermutlich überregionalen Szenegröße wurde, Intelligenz Schrägheit Wut Witz, hat der alles, kann eigentlich gar nichts schief gehen mit dem Jungen. Aber eben doch. Schreibt in der *Elaste* über Bücher und Platten, so als würde er sich bei dem franzosenverschleppten Dr. Dickhoff um eine Stelle als Wissenschaftliche Hilfskraft bewerben. Und was ist daran so schlimm? Daß es so aussieht, als ob der doofe Merve Verlag, der im doofen Berlin seit 64 Jahren seine doofe Franzosen-Eindeutschung betreibt, dafür schon vor zwei Jahren in *Sounds* und vor einem halben Jahr auch noch für seinen klapprigen Mercedes in der *Zeit* kräftig gelobt worden ist, an irgendeiner Front des avancierten, zeitgenössischen Denkens stünde, kämpfte, und sich dort eben, jetzt, heute, zu dieser Stunde einen Aktivisten-Orden verdient hätte. Den haben andere verdient. In einem Bereich, wo Verspätung der Tod ist, im Pop, wo eine halbe Stunde darüber entscheidet, ob etwas ganz großartig oder nur ein ausgelutschter Professorenhosenträger ist, kann man nicht ungestraft anfangen, ernst zu nehmen, und noch dazu die behäbige, sich meist überhaupt nicht bewegende, und wenn dann millimillimeterweise sich voran schleppende Welt Des Geistes.

Selbstverständlich ist Roland Barthes wichtig, seit 20 Jahren, selbstverständlich tut jedem denkenden Menschen eine Prise Baudrillard gut, auch das ist seit mehreren Jahren bekannt. Irgendwann entdeckt das jeder, der Bücher liest oder von einem nahen Menschen lesen läßt. Dann blättert man in diese strukturalistische oder post- oder postpost-Welt hinein, liest hier einen Satz dann dort, dann macht man das Buch zu, haut sich den Rücken an den Kopf, fertig. Dann mischt man das, was einem so ins Hirn gefallen ist, auf mit Gegenteil-Schreibern, mit eigenen hangups und Idiosynkrasien, dann vergißt man es, entdeckt es morgen neu, hat damit jede Menge Spaß. Aber wenn man, wie sich das gerade bei Lorenz Lorenz anbahnt, so richtig hardcoremäßig zum Ernstnehmer, zum Nach-Denker sich plötzlich aufschwingen und damit logisch herunter reduzieren möchte, kann unten nur noch Radio-Feature oder noch was Überflüssigeres, Erbärmlicheres raus kommen. Radio-Feature übrigens auch insofern, als der hohe Anspruch nicht nur dröge seriös ist, sondern im einzelnen gleich wieder jede Menge blöder Fehler stecken. Baudrillard wird von Lorenz eben nicht kontrolliert, auch nicht, stets der beste Fall, in Eigenes umgebogen verwendet, sondern samt Fehlern nachgeplappert. Das Thema Verführung sei theoretisch noch nicht behandelt. Großes Gelächter. Das war Ende der 70er Jahre von Baudrillard gesagt schon Unsinn, so als habe Kierkegaard nicht ein schönes fettes Buch darüber voll geschrieben, das Baudrillard genau zwei Zeilen wert ist; und das heute, Ende 1983, zu wiederholen, wo in den vergangenen Jahren von den Krauses-Denken-Denkern und ihrer deutschen Professoren-Verschleppung um die (natürlich auch wieder: Berliner) Zeitschrift *Tumult* herum über fast nichts anderes als über Verführung theoretisiert und spintisiert worden ist, macht diesen heute von Merve gedruckten und von Lorenz ahnungslos nachgeplapperten Satz etwa so brennend aktuell richtig wie diesen hier: Ein von der Popmusik noch immer nicht verstandenes und eingesetztes Instrument ist der Synthesizer, dessen Bedeutung in den kommenden Jahren punkt punkt

punkt. Auf diesem Aktualitätsniveau bewegt sich das meiste in diesem rührend naiv empfohlenen Baudrillard-Bändchen, was niemanden erstaunen kann. Denn fast alles, was da steht, hat man in seinen Folgen, manchmal eben wichtiger als die Ursprünge, von *NME* und *Sounds* schon sauber und viel aktueller eingebläut bekommen, vor zwei und mehr Jahren. So ist also, abschließende Benotung, Baudrillard-Lesen im Verhältnis zu Diederichsen-Lesen etwa genau so wichtig wie Hegel-Lesen: für den, der schon alle alle alle allerneuesten Zeitungen und Zeitschriften kontrolliert hat und immer noch Zeit hat, ein schöner Luxus. Und der Rest soll anstatt Hegel gefälligst gleich Karl Marx lesen.

Wahrheit

Nochmal New York, Ausstellungseröffnung. Gestern war ich in der traditionsreichen (sagt ein Informant) Sidney Janis Gallery auf der 57. Straße, für mich eine mordsmäßige Reise weil ich meine Wohnung nur zum Nötigsten verlasse, bei der Neger-Kunst. Der Neger wird jetzt nämlich auch seriös. Das ganze Pack der weißen reichen dummen bis zur Austrocknung gesundtrainierten schmuckbehängten Tanten, deren jeder ich gerne eigenhändig eine Abfalltüte über den verwöhnten Kopf stülpen möchte und dann am Hals zuknoten, daß eine Ruhe wäre, hat sich in scheinbar typischer Manier (ich habe es ja noch nicht oft erlebt, aber die Male wo ich es erlebt habe, in Deutschland, war es so wie hier) durch die Ausstellungsräume geschoben, gezwängt, gekrischen, und dabei immer wieder den einen Satz gekrischen: Oh, you are now also in graffiti, oh, and you too, oh oh!

Ja, sie sind heuer alle mordsmäßig in Graffiti, und der Neger, frisch aus der Bronx runter gekarrt und unterwegs zum Post-Graffiti-Artist, so nennen ihn die reichen Tanten, mutiert, hat natürlich nichts Besseres zu tun, als den reichen Tanten ihr reiches Geschwätz zu glauben: nimmt das, was er eine Zeitlang zum Spaß an U-Bahnen und andere öffentliche Flächen hin gesprüht hat, vorwiegend ziemlich psychedelisches, versyphtes, verkifftes, manchmal natürlich auch ganz witziges Zeug, jetzt voll seriös voll ernst, als art, als Kunst, und vorallem sich selbst natürlich als artist, aber nicht clever-modern-pop-business-art-mäßig, sondern reinrassiges 19. Jahrhundert. Einer der Künstler hat es danach in einem Lokal alles erklärt, die ganze Kiste, mit Ideen, Originalität, Kreativität, Galeristen, er als Künstler, doofe Galeristen, Ärger mit. Traurig, lachhaft. Es stimmt eben auch hier nicht, daß man ungestraft seriös werden kann, einfach so den Ort, das Medium wechseln, daß etwas was in einem Kontext lustig, vielleicht ganz interessant war, in einem ganz anderen Kontext auch noch recht hat, und am allerwenigsten funktioniert das beim bedenkenlosen Wechsel von Spaß-haben-und-machen in Kunstkunst. Alles Wild Style. Bloß daß das Problem nicht, wie in dem Ahearn-Film angedeutet, eines von Glaubwürdigkeit und Ausbeutung ist (das ist so eine ganz komische Sorte von Moral: die materiell Deprivierten sollen wenigstens, wenn sie sonst schon nichts haben, ihre Ethno-Street-Kultur behalten dürfen), sondern eines der Übertragbarkeit und der Qualität. Auch hierzu wurde schon vor eineinhalb Jahren in *Sounds* 9/82 unter der Überschrift Ein Paar Gedanken Zu Rap von Hans Keller alles Notwendige knapp und richtig gesagt. (Bezeichnenderweise ist der einzige, der von der Straßenmalerei kommt, der es im Moment ganz groß in den Galerien macht und zugleich etwas taugt, Keith Haring, eben kein naiver Autodidakt – worauf bekanntlich der schlechteste Maler Deutschlands, der der die Scheiße immer zu rot-goldgezwirbelten Zwirbeln zwirbelt, einen gewissen Wert legt –, sondern ein uramerikanischer, in der 25jährigen Poptradition verwurzelter, geschulter, konsequenter Reduktionist.)

Und noch eine, die letzte traurige Geschichte von falscher Verernstung, nochmal Lorenz Lorenz. Der schreibt mir also, vor paar Monaten, eine Postkarte, was mich mordsmäßig freut, weil ich ja so ein Fan von ihm bin, ich solle ihn anrufen, wird sofort gemacht. Ja er bereite so ein Literaturtreffen vor, wo so moderne Schreiber, Tödliche Doris, Stiller, Glaser, aus Berlin welche, so Texte lesen würden, vielleicht auch mit Musik irgendwas, und ob ich da auch mitmachen würde. Ich sage, daß ich da eh nicht mehr da bin und daß ich solchen Dingen im übrigen immer ziemlich skeptisch gegenüberstehe, weil für was braucht jemand Literatur auf einer Bühne? Daraufhin sagt Lorenz Lorenz zur Begründung ganz schnell hintereinander ganz viele ganz falsche Sachen: Provokation, in Bewegung bringen, Diskussion anzetteln, Leute aus dem Kulturbetrieb verunsichern, neue Generation, Lebensgefühl, wichtig. Ganz so, als hätte nicht so eine Flasche wie Peter Rühmkorf sein Jazz-und-Lyrik, sein Die-Literatur-muß-mit-der-Zeit-und-auf-den-Marktplatz-gehen vor Jahrzehnten in voller Lächerlichkeit schon vorgeführt. Man will doch keine Diskussionen anzetteln, man stellt bestenfalls eine Ruhe her, mit der Arbeit, eine Pause von Geschwätz, aber das ist eine Geschichte auf dem Papier und sonst nirgends. Das ist ja die Scheiße am Schreiben. Hilft aber nichts dagegen. Wenn man irgendwas anzetteln will, dann macht man auf jeden Fall ganz was anderes als Schreiben, zum Beispiel solche schrägen Bühnengeschichten, wie sie Lorenz Lorenz vor paar Jahren gemacht hat, und zwar nicht als Bewerbung um Einladung zur Lehmbachhaus-Performance-Kunst-Woche, sondern zum Spaß, das hat was angezettelt, auf jeden Fall bei mir. Aber die Literatur muß nicht auf die Bühne, in Pop-Konzert-Hallen, oder gar auf den Modernen Jungen Menschen zu gehen. Übrigens war ein paar Tage später eh alles klar. Weil ich meinte, wenn ich was mache, muß ich mir was Neues Bühnenmäßiges ausdenken und will dafür 500 Mark. Und Lorenz meinte: Man könne doch auf Früheres zurück greifen. Eben nicht, eben nicht, eben nicht. Kann Man Eben Nicht.

Aber die Wahrheit, die in der Unterüberschrift angekündigte Wahrheit? Wann kommt die Wahrheit? Jetzt. Die Wahrheit ist, daß Lorenz Lorenz seit geraumer Zeit eine sichtlich ältere, offenbar kluge Freundin hat. Die Bedeutung, die kluge Frauen meist im verborgenen für kluge und als klug hervortretende Männer haben, ist seit ein paar hundert Jahren gut dokumentiert. Wir verneigen uns vor diesen klugen Frauen. Aber wenn sie so eine tantige überflüssige doofe Seriosität introjezieren wie beim neuen Lorenz, dann hilft dagegen nur –

Tratsch. *Jäger und Sammler* heißt die wichtigste Rubrik in der *Elaste*, das was *Spex* immer schon fehlt, was jedes Fanzine vernünftigerweise hatte. Wer die dicksten Titten hat und wen ran läßt, welche Nymphomanin welchen Maler abschleppt, wer mit wem welche Hausflurerlebnisse teilt, und wessen Langzeitfreundin sich mit wem die Zeit vertreibt. Das wollen wir wissen. Das ist die Wahrheit. Wenn die Wahrheit auf der Tratschseite so wahr ist, daß man als Betroffener rot wird vor Scham, weil man immer gerne zur wahren Oberflächen-Wahrheit auch noch so eine andere In-Wirklichkeit-bin-ich-ganz-anders-Hälfte dazu addiert haben möchte, dann ist der Tratsch auf der Höhe seiner Möglichkeiten, wahr, unentbehrlich, notwendig, richtig.

Und natürlich muß jeder, aber auch jeder vorkommen, jeder muß ein Betroffener, ein Beleidigter, Denunzierter, Verunglimpfter, Lächerlichgemachter sein dürfen; oder ein andermal einer, der in diese unglaublich bewegende Romanze verstrickt ist, zu den Göttlichen emporgehoben, ein jeder muß gierig über die einschlägigen Spalten fliegen dürfen, ob diesmal auch sein Name und in welchem Kontext und mit welcher kurzen kleinen schnellen Geschichte verwoben, Erwähnung findet. Dann ist es richtig. Genau so muß es hin gedruckt werden, das Gerede, das Geplappere, dieser sich pausenlos erneuernde Kosmos von Geschwätz. Es ist eine ganz eigenständige Sorte von Wissen über die Welt, die da ständig im Umlauf ist, gerade da, wo Musik und Nachtleben ist, also immer neu Jugend, Erotik, Sex, Liebe. In diesem Kosmos sind die Intelligenten fast immer von vorneherein die Dummen, die Aufdenmundgefallenen, die also das Recht zur Rede nicht haben, und die Subdebilen treffen dauernd voll ins Schwarze.

Das ist der Ort, wo angezettelt wird, ausgelöst, fortgesponnen, Diskussionen, Telefonate, hast du gelesen, wie bösartig die in der Frau Im Spiegel wieder Brooke Shields durch den Kakao ziehen, wie bösartig die wieder über Harald Juhnke, wie bösartig die wieder über mich –; das ergibt Verunsicherung, Verletzung, Streitgespräche, kurzum: Folgen. Folgen, die voll auf der Höhe dessen sind, was sie ausgelöst hat. Wann kann etwas wirklich Hartgedachtes dies schon von seinen Folgen sagen. Es gäbe noch viele gute Gründe, diese Sorte von seltsam-weiser Welt-Wahrheit zu preisen, aber das ergibt naturgemäß doch immer wieder nur das Angestrengte, Verquälte, mithin das Gegenteil. Wessen

Wesen es ist, nicht auf den Punkt zu kommen, das soll man nicht auf den Punkt bringen wollen. Wessen Kraft zur Wahrheit genau die Lüge ist, dem soll man nicht mit der Wahrheit kommen wollen.

Aber man will eben doch. In Wahrheit ist es nämlich nur so, daß ich mich von dem jüngst über mich öffentlich gemachten Tratsch so richtig getroffen, so richtig heftig zuinnerst verletzt gefühlt habe, so richtig unfair angetastet, voll in die Eier gehaut. Und ich mir in der Folge wieder mal überlegen mußte, wer ich eigentlich bin. Weil ich meine Geschichte, an die mich keiner erinnern dürfen soll, lieber heute als morgen vergessen würde, bin ich so ein erzkonservativer unbeweglicher Kontinuitätsfanatiker. Deshalb kann ich nicht auf Früheres zurück greifen, deshalb bin ich aus eingeborenem Idealismus so Material-wütend, chronisch hektisch nach Neuem gierig, deshalb möchte ich meinen Kopf am liebsten dauernd 30 Meter weit nach vorne, voraus, in die Zukunft werfen. Deshalb bekämpfe ich die Zukunft, weil es keine Zukunft gibt. Deshalb bin ich immer so in Eile. Deshalb bin ich für Geschichte.

Unruhe

Geschichte
Mein Lieblings-Bettler an der 6. Avenue, an dem ich täglich vorbei gehe auf dem Weg zum Zeitungsstand, er kauert da an der immer gleichen Wand, bei Regen eine Plastiktüte über den langen düsteren verfilzten Haaren, eine Idee die ich so gut finde daß ich sie gleich übernommen habe, kauert auf so einem Stückchen Karton, die Beine Inder-gleich zusammengefaltet, die Füße am Po, murmelt Bettler-Worte vor sich hin, und erzählt den Vorbeigehenden auf einem zweiten abgewetzten Stück Karton hin gekrakelt diese Geschichte: Hungry. Homeless. Need Food. Thank You.

Denken
Denken ist Krieg, eine Frage von Tempo, Sieg oder Niederlage. Das Schlimme ist, daß dem kein Ende ist. Die Waffen, die im gestrigen Gefecht triumphiert haben, sind schon heute stumpf. Hat man sich eben zum Wagemut durchgerungen, kann einen das nur in den Untergang stürzen, da Vorsicht, Klugheit, Innehalten das Dispositiv für die neueste Attacke sind. Die Logistik ist permanenter radikaler Umsturz der Logistik. Plötzlich ist, was gestern richtig war, auch heute richtig. Es gibt keine Rast. Der Gegner ist das wichtigste Lageelement. Wie nichts wird pausenlos der Gegner studiert, seine Logik, seine Argumente. Der Kampf wird jedoch nicht auf der flachen bunten Karte, sondern im Gelände ausgetragen. Vor lauter Gegner-Studieren ist das Gelände unbekannt. Plötzlich sind die eigenen Qualitäten das Unbekannteste. Studium der eigenen Qualitäten, Angriff, schon läuft man wieder in die Leere. Der Gegner hat seine Lage verändert. Der Gegner ist meistens man selbst. Keineswegs ist die Guerilla stets im Recht. Es gibt Schlachten, die waterloomäßig durchgefochten werden müssen, mit vernichtender Niederlage, mit Untergang und allem drum und dran. Es gibt kein Diewundenlekken. Es gibt keine Wehleidigkeit. Der Schwächste macht seine Schwäche zur Stärke. Es geht nur um Sieg oder Niederlage, also um Tempo, richtig oder falsch.

Zahlen
Jeder darf in seinem Leben insgesamt circa 4 Dinge kapieren. Mehr ist auch bei den Besten nicht drin. Das ist noch schrecklicher als das, daß der Denkenkrieg nicht aufhört.

– Herr Ober bitte zahlen.

– Jawoll Herr General. 64 Bier macht 164 Mark. Aufwiedersehen.

S.S.
Geraume Zeit, bevor ich Stefan Svoboda kennengelernt habe, habe ich seine Artikel im *Musikexpreß* studienmäßig studiert. Ich wollte besser verstehen, wie das Hirn von einem funktioniert,

dessen unter anderem Namen andernorts veröffentlichte Hervorbringungen mir auf eine mir selbst ganz unbegreifliche Weise zum Denk- und also Lebenselixier geworden waren. Die Svoboda-Studie war eine der erstaunlichsten und also lehrreichsten.

Beziehungskrank
Alles gilt mir. Alles hängt mit allem zusammen. Jeden Fehler, den irgend jemand macht, habe in Wahrheit ich gemacht. Ist jemand der schlechteste Maler Deutschlands, bin in Wahrheit ich der schlechteste Maler Deutschlands. Ist jemand ein blöder Münchner Provo, stockbürgerlich, ekelig, und heißt Wolf Wondratschek, bin auch das in Wahrheit ich. Weil das Falsche und der Fehler ich selbst bin, müssen alles Falsche und jeder Fehler so gnadenlos bekriegt werden. Anders gefragt: Ist das, was juckt, echte Läuse Flöhe Wanzen oder der Dermatozoenwahn? Jede Frage ist eine Frage auf Leben oder Tod.

Altes Lied
Es war schon fast dunkel, die Straßenlichter flammten auf, der Himmel jedoch leuchtete so –. Wie der Name für die Farbe des Glanzes des Himmels zu dieser Stunde heißt, ist in Wirklichkeit das einzige, was ich wirklich wissen möchte. Deshalb muß nichts so sehr bekämpft, unterdrückt, vernichtet werden wie Stimmungen.

Mondaynight Football
They are all here: The stories, the dreams, the inspirations.

Kosmetikseite
Eigentlich wollte ich ja nur sagen: Man muß klären, wer man ist, was man kann, wo man das tut. Oder: Auch wenn du eine schiefe Nase hast, gelbe Skleren, in der Mitte zusammengewachsene Augenbrauen, auch wenn dein Gesicht mit der Unterlippe endet, weil darunter kein Kinn daran gehängt ist: Auch du kannst das Beste aus deinem Typ machen.

Plötzlich
sind die Haare so lang, daß ein Windstoß einen mit einem eigenen Haar innen im äußeren Gehörgang kitzeln kann. Das hat man doch schon Jahre nicht mehr erlebt. Und da soll mir noch einer von diesen Notorisch-Abfeierern und Konkurs-Rufern kommen, oder diese großväterlichen Wie-schaut-das-nächste-große-Ding-aus-Astrologen. Wo es doch einzig darum geht, möglichst viel von dem, was jetzt los ist, jetzt zu sehen, jetzt zu verstehen, jetzt einzuschätzen.

Nachts
Bier.

Jeden Morgen
Be A Success. Ein Letzter Wahrer Held Der Arbeit sein. Die neuen richtigen Fehler neu und mutig machen, Korrektur, Korrektur der Korrektur. Klug sein, glücklich sein, Spaß haben. Wo es weh tut, fester hin drücken, bis der Schmerz so schreit, daß man es versteht. Die Schwäche erkennen, bekämpfen. Material total sammeln sehen sichten auswerten. Es ist nie zu spät für nichts. Alles, was man weiß, vergessen. Immer neu loslegen wie neu.

Fleisch

Daß Pop kaputt und in Klump und zu Stück gehaut wird, daß diesen schönen harten Job die Bühne besorgt, was Die Bühne kann, wozu Das Wort da ist und wozu nicht, daß wer nichts will, wer nicht alles will, kein Existenzrecht hat und fort gefegt wird, daß die Kräfte hierzu sich genau jetzt sammeln, wo die alten Fraktionen sich neu mischen, daß dieser Moment, der Moment des Versprechens, der schönste, glühendste, glanzvollste ist, daß wir also allen Anlaß haben, hier zu jubilieren.

Luft

Kraft
Das konspirative Treffen in London, zu dem ich mich Mitte Februar unter strenger Geheimhaltung von Umständen und Zweck begab, was in einschlägigen New Yorker Emigrantenkreisen das unvermeidliche, geschäftsübliche Grumbeln, Rumoren und Geplappere auslöste, galt insbesondere der Kontrolle meiner nach mehrmaligem Schreiben der wohltuend eckigen Jahresziffer 4 und dem ungläubigen aufgeregten Schnuppern der New Yorker Landluft am Mittwoch den 25. 1. 1984 hochgekeimten Vermutung, daß es verdammtnochmal endlich wieder Frühling wird. Und zwar in jedem Sinn.

Knospen
Hat man es ausgesprochen, ist es schon vorbei. Trotzdem geht es natürlich um nichts anderes. Und man sitzt als alter Mann im Knast. Deshalb begrüßen auch wir, gemeinsam mit der dicklippigen linken Sabberunterlippe namens Peggy Parnass, die Flucht des schmuddeligen krebszerfressenen Peter Schult, von Beruf Päderast, der schon vor Jahren kurzerhand und rührenderweise seine sexuelle Perversion zu Lebensinhalt, Kampfziel und Existenzgrundlage gleichermaßen erklärt hat und unermüdlich lautstark fordert, was die Besten, also auch wir, seit mehr als zwei Jahrtausenden fordern: Kindersex.

Liebe

Tatsächlich stürzten an jenem ersten Londoner Sonntag aus einem tiefen blauen Abendhimmel die Vögel, ein dichter Schwarm, eine plötzliche schwarze Wolke von Kreischen und Geschrei. Und schon waren es die schweren weißen viktorianischen Fassaden, die schrien und krischen, was? wie? woher?, schwarze Pünktlein jetzt die zahllosen einzelnen Vögel, gut verborgen, kaum mehr auszumachen in den Falten des Prunks, zu dessen Füßen ein dichter, dennoch kaum hektischer, viel zu behäbiger, viel zu überschaubarer europäischer Kreisverkehrsautostrom sich hinschob und Pulks von abendlichen Menschen umher eilten, doch auch sie so seltsam gefaßt, konzentriert, ohne Überraschung und ausfallende Bewegung. Ich schaute wieder nach oben, in das Geschrei, und wieder auf die Autos und die Leute, und da verschob sich mein Auge nach draußen, hoch hinaus, und ich sah alles unterschieden, zusammengehörig, gleich zeitig: Amerika, Europa, Frühling, Kraft, Welt, unbändige Tatenlust.

Es ist die Zeit der frühesten Jugend, der ersten radikalen Liebe, die für einen Moment alles noch so Disparate zusammen zwingt: Sex, Leidenschaft, Liebe, Ich, Du, Tod, Die Ganze Welt. Plötzlich spricht die Natur zu einem in einer extremen Sprache, so extrem, daß man sie sofort versteht. Und diese heilige Kraft, die man in sich spürt, alles wahr zu machen, was man will, daß alles gut wird. Ich will daß alles anders wird, das Falsche und Schlechte soll weg, und für das Richtige und Gute möchte ich jeden Kampf kämpfen. Es ist die Zeit der Politisierung, total, diffus, kompromißlos und aufs Ganze, und es ist die richtige Zeit, alle Drogen zu nehmen oder Gedichte zu schreiben. Denn es ist die Zeit für Tiefsinn, düstere Choräle, Schmerzen, Schreie, Wimmern. Lebenslust fühlt sich an wie Todeswunsch, und all das ist nicht psychologisch zu erklären, nicht physiologisch, das ist Physik. Es ist alles ein solches Kuddelmuddel und zugleich ganz klar: Du bist soo stark. Nimm dir, was du willst.

Friede

Es ist *der* Moment der Musik. Existenzaufbrechen: Ausdruckswut und Sagenwollen, neue Worte suchen, alles erklären wollen, Nichtzurandekommen. Die Musik läuft. Warum sagt die Musik genau all das, was ich sagen muß. Sie sagt: Sehnsucht, Wille, Überschwang, Passion, Triumph. Die Musik sagt, was ich will. Die Worte kruschpeln so komisch im Kopf herum, kommen raus, und sagen, was sie wollen. Die Klarheit der Musik hingegen, alles logisch und Leidenschaft.

– Hörst du das, hörst du das?

– Logisch, klar, genau.

Es ist der Moment, wo man mehr versteht als man versteht, wo man zustimmt und nicht weiß wozu, außer zu dieser Verschwörung, die die restliche Welt ausschließt und so alles, den ganzen Kosmos einschließt. Für das Gute, für Wahrheit, Versöhnlichkeit, für Friede.

Lüge

Alles Lüge, weiß man nach einer unterschiedlich langen Inkubationszeit mit diesen hochfahrenden schönen Ideen. Und die folgende Krise stößt manchen sehr jungen Menschen von einem Hausdach herunter oder in Denkkrankheiten hinein, doch die meisten machen jenen kräftigenden vernünftigen Gebrauch von ihr, der zu Frechheit, Leichtigkeit, Heiterkeit, Arroganz und Überlegenheit führt und fast jeden Jugendlichen, auch den, der sich gleich wieder in Halbheit, Sichschicken, Unterwerfung aufmachen wird, für einen Moment von natürlicher Schönheit strahlen läßt. Es ist der Zeitpunkt für Hirn, lachendes, ungestümes, wildes Ja zur Lüge, Zeit für spielerische Philosophie, Mode und Pop. Wie gerne würde ich all das noch einmal feiern. Doch es ist angekommen, es ist das denkbar Angekommenste und wird nun, wie alles Angekommene, wie das Angekommene stets, ohne Sentiment und mit Lust zu Stück gehaut.

Kalkül

Anderntags, am Montag, schaute mir von einem Londoner Zeitungskiosk aus ein aufs gräßlichste vertrautes New Yorker Gesicht entgegen: Kathy Acker, ausgerechnet Kathy Acker, diese

Fick-Schreiberin mit Pseudo-Intellelen-Touch, deren Sex-Textlein mir wohl vertraut waren aus jenen großformatigen kunstambitionierten Halbsubkulturzeitschriften, die in New York nicht *Elaste* oder gar *Apart*, sondern *ZG, Bomb, Island* heißen, beidseits des Atlantiks mit notorisch viel Fotto und von Menschen mit kleinen Gehirnen gemacht, Kathy Acker, die gerade erst die Schreiber der britischen Magazine *The Face* und *Blitz* mit ihren geschickten Dummheiten so trefflich eingewickelt hatte, die war nun also auf dem Titelbild der wöchentlichen Londoner Stadtzeitung *City Limits* (wer sich eine Kreuzung aus der selbstzufriedenen, sich selbst programmatisch unterfordernden Attitüde eines Münchner *Blatt* mit dem Auf-den-redaktionellen-Teil-kommt-es-eh-nicht-so-genau-an-Professionalismus des Berliner *Tip* vorstellen kann, kennt Niveau und damit Entbehrlichkeit von *City Limits*). *City Limits* also gekauft, Titelgeschichte überflogen, sofort wieder angeekelt von der Frau, von ihren Texten, und beschlossen zu der dort angekündigten Lesung zu gehen. Alles kontrollieren.

Gibt es was Falscheres als Dichterlesungen? Und gerade wenn sie von Leuten abgehalten werden, die dick und fett von sich behaupten: I've always associated with rock'n'rollers and shit, and they don't usually read. I wanted them to read what I wrote. Aber bitte warum soll ein einziger Mensch, der aus seiner Erfahrung sehr genau und treffend weiß, daß Bilder oder Fußball oder Bands anschauen oder Platten hören einfach mehr Spaß macht als Lesen zum Lesen gebracht werden? Und noch dazu von jemandem, der von sich selbst sagt: I wanted to write a lot but I had nothing to say. Und: Maybe that's the difference between male and female. I really don't want to be a winner. I simply want to write stories in my own weird way. Gibt es eine trostlosere Selbstbestimmung des Weiblichen? Also ein klarer Fall von Frauen-Schreiber-Schwachsinn. Nein, aus zwei Gründen: Ihre Cleverness (allein diese großartig widerlichen Namedropping-Buchtitel: The Adult Life Of Toulouse Lautrec By Henri Toulouse Lautrec; My Death, My Life By Pier Paolo Pasolini; und der wirklich ultimative weil ultimativ verkäufliche Titel des eben in England erschienenen Bandes: Blood And Guts In High School) und ihr Erfolg, erstens. Und zweitens sieht sie auf allen Fotos so verdammt gut aus, was mehr als nur ein kleines Pluspünktchen ist.

Sex

Der Camden Palace ist ein Londoner Disco Palast ohne Entsprechung in Deutschland, der das vergleichbare New Yorker Ritz locker und auch sonst jeden art-ambitionierten, in irgendein ausgedientes Warenhaus hineingebauten Club wie das Area lässig hinter sich läßt, weil er von einer natürlichen, alten, reichen, sinnlos überbordernden 19. Jahrhundert-Architektur-Schönheit ist. Auch an einem Dienstagabend ist er gut gefüllt mit aufmerksam gestylten jungen Leuten, überwiegend sichtlich einfach strukturiert, und doch in der Bewegung und im Blick gelassen, ruhig und sehr selbstbewußt, wie man es von BRD-Prollis nicht kennt. So wie auch die junge Frau, Marke Sekretärin, einem auf der Straße mit einer Entschiedenheit entgegentritt, die man sich mühsam historisch erklärt, von Victorias, Königinnen, Eisernen Ladies; jedenfalls scheint das ganze Geschlecht dort in England seit Generationen zu wissen, daß die Macht der Frau gehört. Wurst wieso, der Effekt ist toll.

Als eine namenlose Schlappgitarrenband zu spielen anfing, war der Platz vor der Bühne, die Tanzfläche, im Nu leer gefegt. Man begab sich zu einem der fernen hohen Balkons auf der gegenüberliegenden Seite des ehemaligen Theaters, an eine der Bars, wo es das Bier endlich mal wieder, anders als in New York, humpenweise gab, und machte Schütt Schütt. Dann war Ruhe, die Band hatte aufgehört, und im nächsten Moment fetzte eine Power durch den gewaltigen Raum, die mich herum fahren ließ. Da war auf einer großen, über der Tanzfläche heruntergelassenen Leinwand ein schnelles, wildes, ekstatisches Video zu sehen und forderte mit der Musik: Relax! Don't do it when you wanna come Relax! Inzwischen ist die Nummer auch in Deutschland auf Platz 1 der Hitparade gekommen, ohne die freundliche Schützenhilfe, die der staatliche britische Rundfunk der Platte durch Sendeverbot gegeben hat. Die ganze sexuelle Attraktion, der sexuelle Akt,

Stoß, Hämmern, Gewalt, ist in dieser Musik, unüberhörbar, körperlich, evident. Die Musik, nicht der Text und das Spiel mit der Verruchtheit der Homosexualität, macht den Erfolg der Platte. Die Musik kann durch den Rhythmus, durch den Schlag, der, wenn er richtig schlägt, Blutschlag, Herzschlag ist, Sex pur werden, wie das Wort niemals. Deshalb gehört die Liebe nicht dem Wort, sondern der Musik.

Zur Nachfolge von Frankie Goes To Hollywood hat sich der vielleicht doch allzu oberschlaue Kalkülkalkül-Denker und Labelchef Paul Morley eine gesichtslose Kölner Gruppe, an der nichts gut ist außer ihrem Namen, geholt, einen mordstheoretischen Geschwätzwind veranstalten lassen, von wegen deutsch und deutsch und deutsche Unterhaltungstraditionen (wie man es von Hiller kennt, bloß viel dümmer), und neulich habe ich endlich die *Musik* zu alledem im Taxi aus dem Radio kommen hören. Ja mei Maxl, die Platte brauche ich mir nicht kaufen. Superproduzierter Supersound von Herrn Horn (wie soll der auch bei diesem Namen anders produzieren als er produziert), und das wars dann auch schon. Die Gute Produktion ist so ekelhaft wie das Gute Foto und so dumm und überflüssig wie der Gut Geschriebene Text; man muß richtig denken und was wollen, dann ist der Rest eh klar oder eh wurst. Nichts davon hier, statt dessen: bei der Bankangestellten-Intelligenz angekommene Popsubversion. Sagt der Bandleader dem *Melody Maker*: Ich arbeite in einer Bank. Aber vielleicht arbeite ich gar nicht in einer Bank. Da hat also wer irgendwie mal was von Verwirrung stiften gehört und stiftet jetzt voll subversiv, wa. Wie sagte doch Peter Hein so treffend: Wenn man irgendeinem nichts gönnt, dann dem Vacant, der überhaupt nichts getan hat und nur klaut. Und kann eine Band recht haben, nein natürlich nicht, die eine Goldschmiedin zur Sängerin hat. Goldschmiederei ist gleich Töpferei ist gleich Kunsthandwerk ist gleich Würg, Stumpfsinn, Würg, Liebe zum Detail, Erbrech. Und in *Smash Hits* gibt sie zu Protokoll: We all like to have work outside music, because it can sometimes take you far away from reality. Abgelehnt.

Kathy Ackers Texte sind deshalb so schwer erträglich, weil sie wie diese Kölner Band ein einstmals richtiges, emphatisch erkämpftes Programm vertreten und zugleich auf eine nicht leicht faßbare und deshalb irritierende Weise verfehlen und diskreditieren. In den späten 40ern geboren, hat Kathy Acker im Jahrzehnt der Privatheit, Stille und Staatsskepsis (hier: Sozialdemokratie, Radikalenerlaß; dort: Vietnamdesaster, Watergate), also im vorderen Hauptteil der 70er Jahre zu schreiben begonnen: Arbeit an privaten Obsessionen, am Perversen, das in jedem schlummert; Arbeit an dieser Stille, Stillstand, das weiße Rauschen von Beziehungsgesprächen, oder auch das schon abgebrochen und nur noch die Sprache des Schweigens. In dieser Zeit wurde eine in Frankreich gedachte, schwierige, gefährliche, weil so gefährlich und verführerisch anstrengungslos beerbbare Philosophie auch in Deutschland populär. L'écriture et la différence, 1967; L'anti-Oedipe, 1972; L'échange symbolique et la mort, 1976. Ich habe bisher wenige Menschen getroffen, genau genommen 2, die wirklich wissen, was in diesen Büchern steht. Aber sehr sehr viele, die mit Brocken daraus in der präpotent kindischen Manier universitärer Hauptseminare um sich schmeißen: als Beleg eines Gedankens einen Namen oder ein Zitat nennen anstelle eines Arguments; das ist Universität. Außerdem Flucht vor Festlegung, Klarheit, Überprüfbarkeit. So konnten sehr lange sehr viele mit fast allem recht haben. Es ist merkwürdig, doch durch die notorische Trägheit des Geschriebenen gegenüber der Musik erklärbar, daß die Musik der ersten Jahre dieses Jahrzehnts, geboren immerhin aus so etwas Hartem, Klarem, Entschiedenen wie dem Punk, sich eine Zeitlang geradezu begeistert mit irgendwelchen krausen, seltsam wirren Versatzstücken dieser kaum verstandenen Philosophie behängt hat. Was der Musik natürlich überhaupt nicht geschadet hat. Das ist ja das Großartige an der Musik, daß da andere, vom Wort abgekoppelte Gesetze der Wahrheit herrschen.

Aber der Sprachemann, der Aneinanderfüger von Worten, der Schreiber, der Hin Steller von Schrift, also der Denker (das ist ja eine der allerläppischsten und unausrottbarsten Idiotien des bürgerlichen deutschen Feuilletons [in England, Frankreich, USA ist das anders, vernünftig geregelt], sich die einen als Journalisten, andere als Dichter, andere als Philosophen und wieder andere als Wissenschaftler vorzustellen, die dann das der jeweiligen Rubrik Gemäße tun sollen, was immer das sei), jeder der schreibt, tritt an unter diesem einem strengen Gesetz: Ist das die Welt? Ist das richtig? Ist das wichtig? Ist das brauchbar im Kampf?

Kathy Ackers Geschichten handeln vom Sex, auch ein bißchen von der Liebe, von dem Hunger danach, und wie alles zusammen plötzlich nur noch Wahllos-Ficken, Zwangs-Ficken heißt. Sie reden also vom Schwierigsten, vom nicht nur den Jugendlichen wie nichts Zweites Schüttelnden, sie stoßen also gleich vor zur Mitte der Welt. Nur leider wissen sie gar nichts von der Schwierigkeit ihres Unternehmens; eine Ignoranz, die der Normalfall ist. Der Dumme kennt ja keine Schwierigkeit, weil ihm nichts eine Schwierigkeit ist, weil nichts ihm ein Widerstand wird, weil er nicht denkt.

Pornographie. Die Realisation der prekären, genialen Idee, daß die Hitze des Themas Sexualität, der Eifer des Schreibens, die Manie des Zählens, Klassifizierens, Ordnens auf der Ebene der Worte eine distanzierte, eisige, von ihrem Gegenstand weltraum weit ferne Wollust am Text herstellen könnte, bleibt den Besten vorbehalten Punkt. Jemand wie Kathy Acker, der sich ein bißchen dieser Idee bedient und dem doch alle Strenge und Besessenheit fehlt, typisch Amerika, typisch Kalifornien, wo sie jahrelang gelebt hat, der das dann noch mischt mit meta-meta-philosophisierendem Geseiere und diesem verhängnisvollen, wenn nicht sehr genau reflektierten, kontrollierten Hang zur Rockmusikszene, hat kein Recht auf Pornographie.

Strich

Batcave: gestrichen. Nur ein Wort: Es war der allerschönste Abend. Die Specimen, die ich Ende Dezember vor einem stumpf bedröhnten, verständnislosen Publikum im fast leeren New Yorker Ritz gesehen hatte, sofort total begeistert, hatten hier ein beengtes, schwitzendes, furioses Heimspiel. Daß das Ganze schon ein Jahr alt ist und der Stern es schon mit seiner Jugend-hechel-hechel-Dummheit in den Dreck gezogen hat, ist mir wurst. Ich sah so schöne junge Menschen, wie ich sie monatelang in New York nicht gesehen hatte, und der allerschönste Junge hatte lange dunkle Haare, eine Hakennase und ein rotes Stirnband aus gebündeltem Tuch, und er tanzte mit ausgebreiteten Armen und in Kopfhöhe geschwenkten Fäusten, der ganze Körper eine jugendlich feminine Bestimmtheit. Ich brauche mir nur Baby Turns Blue von den Virgin Prunes aufzulegen, dann sehe ich alles genau vor mir. Wenn er nicht tanzte, redete und lachte er mit einem kleinen dicklichen krauslockigen Niedlichen.

ZDF
In dem Moment, wo ich dies schreibe, das ist unglaublich aber wahr, hängt doch glatt ein riesengroßer Busen riesengroß über einer haarigen Männerbrust und bewegt sich da sehr langsam auf und ab. Ich stelle die Sisters Of Mercy nicht einmal leiser, um den Fernsehton zu kontrollieren: ein elegisches Saxophon, was sonst. Es ist der Vorspann zu einem Fernsehfilm und der Busen gehört vermutlich der Hauptdarstellerin Gudrun Landgrebe. Da sieht man auch schon ihr vollkommen seniles Gesicht. Ich habe noch nie einen Film mit ihr gesehen und hasse sie trotzdem noch mehr als Hanna Schygulla, weil ihr die Dummheit noch grausig deutlicher ins Gesicht geschrieben ist. Jetzt ist sie auch noch eine Aerobic-Lehrerin mit den einschlägig obszönen, penetrant demonstrativen Bewegungen. Ich hasse dieses traurige Volksballett, dieses perfekte Tanzen als Massenkrankheit, diese Dreckscheiße, diese ganzen befreiten Körper.

Sprache
Es sind ja nicht nur die Körper, es ist die Befreiung überhaupt, was man so haßt, weil die Befreiung längst der neue Knast der Distanzlosigkeit, Unverschämtheit und Menschenwürdeverachtung ist. Unvergeßlich jene Taxifahrt in New York zu sehr vorgerückter Stunde mit drei Frauen der deutschen Emigrantenszene, alle jenseits der 30 und eine von ihnen ganz besonders trostlos voll befreit, und wie die dann ungebeten, hysterisch kichernd und kreischend und nicht zu stoppen über ihre Masturbationsprakti-

ken Auskunft gab und daß es schön und wichtig sei und daß ich es doch endlich zugeben solle. Was? Daß ich es auch tue. Und man kann nur dasitzen und schweigen und immer heftiger und entschlossener schweigen.

Der Dummkopf meint, man könne und müsse über alles reden; was nicht ausgesprochen sei, sei entweder nicht existent, oder bedrohe, falls doch existent, aus dem verborgenen die psychische Gesundheit, das Glück; wobei niemand weiß, was das ist und ob es das gibt, ob das eine Menschenseele je erlebt hat. Diese schreckliche Aussprechwut kommt in gut rekonstruierbaren Wellen über die Menschheit, wenn zu lange der andere Irrglaube geherrscht hat, daß man alle Probleme löst und auch die Liebe so vollzieht, indem man schweigt, sich tief in die Augen sieht und viel und heftig fühlt. Vernunft in diesen Fragen ist so selten, weil es so schwer einzusehen und natürlich noch viel schwerer zu ertragen ist, daß jeder Mensch alleine ist, abgeschnitten am Entschiedensten vom Nähesten, daß Verständlichmachen unmöglich ist, daß es das nicht gibt, und daß es deshalb auf eine hochkontrollierte, hochkalkulierte, hochpassionierte Weise immer wieder in Angriff genommen werden muß.

Ich glaube, daß Kathy Acker dies weiß. Deshalb ist sie so schön. Sie ist nämlich schön. Sie steht in der Mitte eines viereckigen düsteren Schluffi-Theaterraums, von oben mit einem Spot beleuchtet, ihr Gesicht leuchtet hell, wenn sie es hebt, um ins Publikum zu schauen, mit einem dunklen Blick, und mit einer seltsam tonlosen, das Vorgetragene dennoch dem Inhalt entsprechend modulierenden Stimme ist sie eine homerische Sängerin vor Guttenbergs Revolution.

Das Sprechen ist vor der Schrift, vor der Sprache aber ist die Musik. In der Erinnerung an die Lesung höre ich den Gesang. Seine Melodie hat sich tiefer eingesenkt als die damalige Wut über den vorgetragenen Text, die Worte, den Sinn. Zur Abwehr der Pornographieattacke, aus Zorn, zur Selbstverteidigung und als Schutz gegen die jenseits irgendeiner Wortbedeutung von der Melodie des Vortrags ausgehende Verführung machte ich rasend Notizen der allerblödesten ekeligsten Sätze. Jetzt lese ich sie und finde sie gar nicht schlimm: Pleasure. How exactly does my body feel pleasure? To make sure his cock stays in my cunt. I'm still coming off time. Openness makes me open. Whenever Edie comes. I can't come in this position. And who is responsible for the violence in the world? Therefore I love you. What is the function of darkness? This is my life. You know what I mean. My life is not easy. The extra skin of your cock tip. Schlimm ist das nicht. Was sagen solche Sätze?

Geschrieben sind die Worte tyrannisch, hermetisch, abweisend, dogmatisch und das ist ihre Kraft. Es ist der Kampf beim Schreiben, den Ton der Wahrheit zu treffen, und es gibt keinen anderen Ort als die Stille der Lektüre, wo die Hermetik der Worte und ihr maßloses gleichzeitiges Begehr, verstanden zu werden und recht zu haben, miteinander kämpfen. Brüderlichkeit ist den Worten und ihrer Wahrheit fremd, total feind. Die Worte, gleichermaßen das Urteil über sie, sind immer absolut terroristischen Charakters und kennen nur Härte..

An der Abschaffung all dessen arbeitet die Lesung, der Gesang, die Melodie, die Musik. Kathy Acker sehen, ihren Körper, ihre Stimme die Worte singen sehen, und augenblicklich wissen, daß sie alles weiß. Das ist das eine. Doch kann sie es sagen, hat sie die Worte, kann sie es schreiben? Von dieser entscheidenden Frage, denn sie schreibt ja und singt nicht, ihr Medium sind die Worte und nicht die Bühne, möchte die Lesung den Zuhörer dispensieren, indem sie das Versöhnungsangebot der direkten menschlichen Begegnung macht.

Im Umgang mit Menschen gibt es nur Verständnis, Rührung, Zartheit, Takt, Verstehen und nochmal Verstehen. Alle Härte ist da nur Grobklotzigkeit. Je deutlicher man das weiß, umso radikaler hütet man sich, Menschen kennenzulernen. Beim Urteil über Produkte hingegen, Öffentlichgemachtes, Platten, Bücher, Aufsätze, Kritiken, gibt es nur härteste Härte, Unverbindlichkeit, Maßlosigkeit, Exekutionen, Massenexekutionen, Stalinismus. Alles andere, also das meiste, ist Gesabbere, Geseiere, unendlich entbehrlich, einzustampfen.

Das Rauschen von Geschwätz und Dummheit in den Medien

wäre ein bißchen leiser, wenn über Härte und ihre Funktion Klarheit herrschte. Dann wäre auch klar, daß das Urteilen aufhört, sobald man jemanden kennt, weil sich Zartheit für den Menschen und Erbarmungslosigkeit seinem Produkt gegenüber so schwer trennen lassen, imgrunde unentwirrbar mischen. Das wäre dann auch das Ende jenes Nepotismus, der das Feuilleton zum Ort der Lüge macht. Und es hat mich sehr erstaunt, daß wir Jüngeren diesen Nepotismus nahtlos von den Alten übernehmen wollen. Nein, wollen wir nicht. Da will man bitte dagegen kämpfen. Da will man möglichst wenig Leute, die Platten, Bücher, Filme produzieren, kennenlernen. Und wenn es sich nicht vermeiden läßt, will man wenigstens die Kraft entwickeln, den Mund zu halten.

Tempo
Hektik, Mobilität, rasende Ortswechsel, Gedränge, Massen, Reize, Reize und ein von keinem Hirn erfaßbares Übermaß an Informationen sind die großen glühenden Versprechen der Moderne. Europa betrügt uns um die Hälfte von dem, was andernorts, in Manhattan, als schon möglich vorgeführt wird. Und so leben wir dümmer als wir müßten.

Aus den USA kommend einen britischen Fernseher einzuschalten, ist aufderstelle die Folter. Denn die Sprache verspricht ein Tempo, das die trägen Bilder nicht halten. Und selbst direkt aus den USA übernommene Serien und Sendungen (die gleiche Sprache rückt England übrigens näher an die USA auf der anderen Seite des Atlantiks, als wir, auch wenn man den Kanal voll betonieren würde, England je kommen können) sind ihres Besten beraubt: ohne die Unterbrechung durch die Commercials, ohne das Zerhacken der Erzähllinie nach der nackten Dramaturgie von Kapital und Mathematik, war sogar einer meiner Lieblingsserien, Blue Thunder, ein lappes schlappes Helikopterabenteuer. Auch die wichtige Jugendsendung The Tube ist fehlerhaft langsam und langatmig. Aber dafür hat Marilyn, der schöne Riese, mein Begleiter im verzweifelten letzten Herbst, seine Sehnsuchtshymne ohne ein einziges Mal, das fand ich so rasend liebenswert diskret, mir in die Augen zu sehen gesungen: Cry And Be Free.

Tod
Ein paar Tage London haben New York erkennbarer gemacht als ganze Monate zuvor in der Stadt. For those of you who are returning home, we'd like to be the first to welcome you, hatte die Stewardess von Peoples Express nach der Landung gesagt. Und ich merkte, daß es tatsächlich ein Heimkommen war in die Downtown-Straßen, die ich mir auf immer gleichen alltäglichen Wegen ergangen hatte, und daß ich nun also ruhig wieder fort gehen konnte von hier. Das Zerhaute, Ländliche, Provisorische, alles eckiger als in London, einzelner, und das dunkle schmutzige Rot der Häuser. Ich konnte nicht schlafen nachts und ging draußen umher. Ich versuchte zu arbeiten und schlief ein. Ich träumte, daß die Violent Femmes auf Platz 8 der britischen Charts waren, mit Good Feeling. Und ich wachte auf und war so untröstlich wie dieses Lied. Eine aufgebrachte Wirrnis der Zeit und zugleich nur Schwäche war in jeder Körperzelle. Dann, in der Nacht vom 23. auf den 24. Februar, es war die erste warme Sommernachtluft in den wunderbar belebten Junge-Menschen-Straßen, wußte ich: Jetzt, endlich: leichte Zusammenballung einer verschollenen Energie.

Sehr viel später stand in der Zeitung: Das Todesdatum von Uwe Johnson konnte jetzt ermittelt werden. Er starb in der Nacht vom 23. auf den 24. Februar 1984 in seinem Haus in Sheerness-on-Sea bei London. Die von den englischen Behörden angeordnete Obduktion ergab eindeutig Tod durch Herzversagen. Dem Testament von Uwe Johnson folgend, das ein englischer Anwalt deponiert, findet eine Kremation ohne Förmlichkeit statt.

Alles meine Schuld.

Gewalt
Das folgende Wochenende brachte zwei Konzerte, die den Knoten durch hackten, und ich beschloß, das gezielte Konzertprogramm der letzten zwei Monate in den verbleibenden Wochen total zu radikalisieren.

Blixa Bargeld (vielleicht kommt das Beste doch aus Berlin) ist ein großer, imposanter muskulös hagerer Mensch mit einem wunderschön übertrieben drogensüchtigen Gesicht, Augen für die Ewigkeit, und einer dämonischen Stimme, die er sich nur durch einen Pakt mit dem Teufel erkauft haben kann. Obendrein hat er ein tadellos funktionierendes Stück Hirn im Kopf, was man am deutlichsten daran merkt, was er in Interviews nicht sagt, zurückhält, verschweigt und dennoch weiß, wissen muß, beweisbar an Platte, Auftritt und deren Differenz, alles bestes Kalkül mit einem Schlag von Chaos.

In seinem schwarzen Leder-und-Metall-Outfit steht er pünktlich kurz nach 2 Uhr nachts auf der first-floor-Bühne der New Yorker Danceteria, grölend, rufend, wimmernd, inmitten des eigens herangeschafften metallenen Schrotts, inmitten seiner tierischen düsteren fleischigen Mannen, die im Takt zu dem Hämmern, das vom Band kommt, sinnlose, mechanische, gewalttätige Metall-Arbeit verrichten. Wenn es politische Agitation, Aufruf zur Revolte, zur Anarchie, den Schlachtruf Proletarier Vereinigt Euch! doch noch gibt, dann muß das genau so aussehen. An dem Punkt, wo das Desinteresse an derartigen Fragen genauso wie das Desinteresse an Musik so militant zum Äußersten gebracht ist, kann beides plötzlich überraschend wieder da sein. Was das nette bürgerliche Publikum in der vollgestopften Danceteria natürlich keinen Pfifferling interessiert, gottseidank, weil das wäre schon wieder das Ende von Politik und Musik.

Die vielen niedlichen kleinen Japsen rufen immer wieder Blixa Blixa mit sehr spitzem i, Blixa ruft düster Sehnsucht Sehnsucht Sehnsucht, der Schlag wird schneller und härter, die Mannen packen die Flex aus, Funken sprühen ins Publikum, Bierflaschen werden zerschlagen, Glassplitter spritzen umher, ein großer metallener Schrank wankt, vom Hämmern des elektropneumatischen Hammers getrieben, droht zu stürzen, da schlägt unerwartet ein großes Metallrohr zu, trifft einen Kopf, der Mensch schreit gellend auf, reißt die Hände an die Schläfe, Blut fließt, das rot überströmte Gesicht entfernt sich entsetzt nach hinten, die Reihen schließen sich sofort, rücken wieder vor, da stürzt der Schrank, man springt zurück, drängt erneut nach vorn, man will noch mehr, kriegt mehr Hämmern, Härte, Toben, Tumult, Hitze.

Musik ist nicht hermetisch, im Gegenteil, die Explosion. Die Bühne ist die Drohung. Die Bühne muß die Drohung sein.

Haue

In der nächsten Nacht kommen das Stampfen und der Schlag nicht nur von oben, von den Fleshtones, nicht nur durch meine Augen und Ohren in meinen Körper, sondern zusätzlich durch die Beine, weil sogar der Boden den Rhythmus schlägt. Nie zuvor, nie danach habe ich das bei allen Bands, von Specimen zu Eurythmics, immer gleich zugekiffte, ohiomäßige Vorortspublikum im Ritz derartig furios in Stimmung gesehen. Die Fleshtones sind eine alte gut eingesessene New Yorker Auftrittsband, die seit den Tagen des Punk eine eigene Sorte von rasender Kraft-R&B-Musik macht, alle Trends der letzten Jahre ziemlich unbeirrt untertaucht hat, und heute überall Begeisterung hervorruft, wie viele Bands, die nicht nur Musik bieten, sondern Bühne, Show, Schweiß, Theatralik, Wille, Entschlossenheit und Kraft.

Peter Zaremba ist einer jener Sänger, der deshalb in einer Band spielt, weil er seine Kindheit und Jugend lang die Rockstars geliebt und angebetet hat, immer schon so schlaksig und linkisch war und klug genug zu wissen, daß er nie einer werden kann, und genau aus diesem Widerstand eine großartige Bühnenpower, Wildheit und Ausstrahlung entwickelt. Deshalb arbeitet er wie kein zweiter, um das Publikum selbst zu Rockstar zu machen, um alles noch einmal umzudrehen. Und so ist der Auftritt Arbeit an der Abschaffung der Bühne, wird dauernd und gemeinsam mit dem Publikum auf die natürlich unabschaffbare Grenze eingeprügelt, eingeschlagen, eingehaut. Der Effekt nach verlorenem Kampf ist ein erschöpfter Optimismus. Ist nicht ein Nichts, wie ich es bei den Cocteau Twins oder Liquid Liquid erlebt habe, oder tiefste Depression, die, Sprung nach München, kunstvergrübelte alte Männer von Tuxedo Moon hervorrufen.

Noch extremere Bühnengrenzenniederhauer als die Fleshtones sind die U.K. Subs gewesen, in New Yorks Only Rock Hotel an der Janestreet, wo die Bühne von Kinderskins und Kinderpunks immer wieder gestürmt wurde, um sie dann, nach der Eroberung, mit einem Hechtsprung in das Publikum drunten sogleich wieder aufzugeben, um sie neu stürmen zu können. Die Musik, die Arbeit des Sängers spielte da kaum noch eine Rolle, nur der Name, nur der Mythos, daß die Fotogesichter plötzlich echte sind. Und mit einer wunderbaren großväterlichen Güte war der dicke Charlie Harper so punk und schnell er konnte und gab den Kids, was sie wollten.

All das findet statt meilenweit weg von jener intimen Kennerschaft, mit der Populärmusikliebhaber und -wissenschaftler im emphatischen Sinn genau beweisen können, daß das 64. Revival dieser bestimmten Richtung damals in den 20er Jahren ante Christum dem heutigen einfach deshalb überlegen gewesen ist, weil. Nein, die Musik und gerade die auf der Bühne muß nur eines, nämlich den Imperativ sprechen, und nicht irgendeinen, sondern diesen: Du mußt dein Leben ändern. Nach einer Stunde Kampf gegen die Bühne, gegen die Musik, gegen diesen Imperativ geht man erschöpft und glücklich heim. Und alles bleibt beim alten. Für einen Augenblick ist man vielleicht ein besserer Mensch, die radikalere Realisation dessen, der man ist.

Stil

Ein paar Tage nach den Fleshtones sah ich die erste Modenschau meines Lebens, im Area. Da gibt es ja auch eine Bühne. Da werden Kleider vorgeführt. Ich habe mich schlapp gelacht.

Ist Mode wichtig? Natürlich überhaupt nicht, nicht ein zipfelbißchen. Mode kann mal Gegenstand und Auslöser intelligenten Delirs werden, wie jedes andere Stück Welt auch, vorausgesetzt der Delirierende ist intelligent. Ansonsten wird Mode im Vorbeigehen mitgenommen, natürlich mit größter Aufmerksamkeit, weil es eine andere vernünftige Haltung zur Welt überhaupt nicht gibt, aber im Vorbeigehen auf jeden Fall.

Mode ist das Gegenteil von Stil. Stil ist die ununterbrochene, besessene, hochgeheime Arbeit am Selbst. Diese Arbeit schließt alles ein, von der Formung des Fleisches nach dem Willen, der

Entscheidung zu einem bestimmten Lebenstempo, einem bestimmten Gang, der Auswahl eines letzten kleinen scheinbar bedeutungslosen Accessoires, bis hin zur entschlossenen Negation dieser Arbeit. Mode hingegen ist ununterbrochenes Kleidung hervorbringendes Gerede über die Arbeit am Selbst, die so extrem narzißtisch ist, vorausgesetzt man hat tatsächlich Stil, daß sie Gerede und Offenlegung nur schwer erträgt. Deshalb ist Mode für die Erwachsenen und Stil eine Sache der Jugend: Eingebildetsein, conceit: Wissen, daß die anderen nicht wissen, aber ahnen, was man sich selbst bedeutet, alles natürlich, und mit welchen Details man das zeigt. Deshalb konnte Paul Weller mit 18 als Musiker und Songschreiber von natürlicher betonter Klasse ein wunderbarer Heroe der Modjugend sein und ist heute mit seinem endlosen Gerede über Stil und dessen politische Bedeutung ein aufs traurigste sich anbiedernder Volksschullehrer.

So ist jede noch so treffliche Analyse dessen, was Mod ausmacht, eine Beleidigung des Mod. Es gibt hierzu nur halb verschluckte Geschichten. Ein 15jähriger fährt in der U-Bahn, Freitagabend hochgestimmt zum Ausgehen, und findet den eleganten Anzug eines erwachsenen Mitfahrers dem eigenen Niveau an Stil so quälend lachhaft unterlegen, daß er ihm im Rausgehen auf die Schulter tippt und leise sagt: – Bilgorri of Bishopsgate. – Wie bitte? – Mein Schneider. Zack, fertig, weg, aus. Das ist Mod. Aber vielleicht muß man als Deutscher, und gerade so ein inbrünstig deutscher Deutscher wie ich, dies alles doch den Engländern überlassen. Aber im stillen bete ich für Wellers Seele, daß ein Wunder geschieht und alles wieder gut wird, einfach weil alle alle alle ihn so lieben. Auch meine Kassiererinnenleins bei Tower Records, Broadway und 4. Straße, haben mir bei jeder Weller-Platte, die ich kaufte, so rührend ihre Liebe zu ihm anvertraut, als würde ich durch den Kauf der Platte Mitglied einer überaus exklusiven eingeschworenen Gemeinde, das sogleich herzlich und freudig begrüßt wird. Das tat so wohl.

Meine private Definition heißt eh ganz anders. Stil ist, daß man sich für nichts zu schade und zu blöde ist, aber für das allermeiste bei weitem zu gut.

Tratsch
Nach der Modenschau wurde mir von einem metzgerhaften Charakterkopf mit blondem Hitlerbart eine hünenmäßige Walküre vorgestellt, die sich mit der Erklärung einführte, sie schreibe im selben Blatt wie ich und heiße Helba Membel Fembel. Was! die Modetante! umgotteswillen!, entfuhr es mir und ich sank zu Boden. Nachdem ich mich wieder aufgerichtet und halbwegs Haltung angenommen hatte, erklärte ich ihr aufderstelle, daß ihre Modeschreiberei Unsinn ist, großgroßtantenhaft, verboten, was schon damit losgehe, daß Doppelnamen verboten sind. Reflexhaft sagte daraufhin Frau Helba Membel Fembel: Aber alles ist erlaubt, es ist doch alles erlaubt. Nichteinmal ein dreifaches ebennicht ebennicht ebennicht kam mir daraufhin noch über die Lippen, weil ich sogleich wußte, daß ich wieder einmal mit dem Stern spreche: man kann Unterhosen auch wieder als Ohrenschützer tragen. Höflich erkundigte ich mich also nach Beruflichem. Sie schreibe, sei ja noch jung, sei 21. So, aha, dachte ich, so kann man sich täuschen, und schaute hoch hinauf, ich gehe Frau Fembel nämlich etwa bis zur Brust, und versuchte diese Haut da oben im Gesicht, dieses Löchrige, dieses Augenfaltrige mit der Ziffer 21 in Einklang zu bringen, und fragte mich tastend, traurig, erschreckt: Was?, wird die Jugend etwa auch immer älter, oder wie? Später mußte Frau Helba Membel Fembel mitten im Satz dringend weg, aufs Klo, zum dummen Kokain.

Ein paar Tage später erfuhr ich aus einer anderen Quelle, von einer ebenfalls schreibenden Frau, die in der deutschsprachigen Emigrantenkolonie New Yorks eine zentrale Rolle spielt, als Informationshaber und Einladungsbekommer, die leider nicht genug Größe hat, ihre rattenhafte, genialisch geradezu ausgebildete soziale Intelligenz ausschließlich zu ihrer Berufung und Profession zu machen (etwa nach dem Vorbild der gottgleichen 26jährigen Star-Reporterin Susan Mulcahy, die als Tratschkolumnistin der Boulevardzeitung *New York Post* auf Page Six, so heißt ihre Kolumne, jeden Tag der Stadt das Knappste, Schnellste, Frechste, Witzigste und Wichtigste zu lesen gibt), daß Frau Helba Membel Fembel sich dort, bei der anderen, als 26jährige vorgestellt hat.

Alles klar. Und beruhigend: Nicht die Jugend wird älter, sondern Frauen bleiben eben Frauen.

Wobei ich, um das klarzustellen, gar nichts gegen Frauen habe. Sie müssen nur extrem klug sein, oder wenigstens extrem hübsch oder extrem jung.

Auswurf

Und was machen die Götter? Sie machen und machen und machen weiter und weiter. Oder sind, falls sie schon tot sind (Picasso), ein Vorbild an Radikalität des Ausstoßens, selbst in hohem Alter, des Delirs von Nochmalversuchen, neues Bild, nochmal sagen, neues Bild, nochmal verbessern, nochmal korrigieren, nochn Bild, Korrektur der Korrektur, noch noch noch: großartig, unglaublich, erschütternd. Das ist die Ausstellung Picasso The Last Years 1963–1973 im Guggenheim Museum, ein einziges wildes Argument gegen den Aberglauben, das Richtige, Gelungene entstehe langsam, selten, am Ende grüblerischer Prozesse, unterbrochen von Denkpausen. In Wahrheit entsteht das Richtige vorwiegend da, wo ununterbrochen, un-un-ter-bro-chen produziert und ausgestoßen wird. Denken kann man ja beim Zähneputzen. Und unsere Parole für Leben und Arbeit heißt schon immer: Der Tag hat 24 Stunden, wenn das nicht reicht, nehmen wir noch die Nacht dazu.

Götter, die noch leben, tragen Ersatzteile vom Besten: ein makelloses godfothermäßiges 3. Gebiß (James Brown) und eine in ihrer künstlichen Künstlichkeit echter als echte Andy-Warhol-Perücke (Andy Warhol).

James Brown habe ich im kleinen prall prall gestopften Lone Star Café gesehen, logisch ganz aus der Nähe, aus der ersten Reihe. Er war ein einziger Schweißtropfen, und ich weiß nicht, was gegen Schweiß und andere Körperflüssigkeiten auf der Bühne zu sagen sein sollte. Bei Try Me hat er mir fast Tränen, zumindest einen Glanz in die Augen gesungen, und auf der Platte läßt mich das Lied ganz kalt. Aber er tritt ja auf, man kann ihn ja live auf der Bühne als vitales tolles Fleisch-Fett-Paket sehen, the hardest working man in soul.

Andy Warhol hat das am rührendsten verkruschpelte schönste Altmännergesicht dieser Erde. Und er muß sich, nur weil er höflich ist, von befreiten jungen Menschen ohne Anstand, Takt und Benimm die dümmsten Fragen, die frechsten, ungezogensten Distanzlosigkeiten gefallen lassen. Elaste: Hast du noch andere Freunde in Deutschland? Warhol: Ja, in Frankfurt. Wir besuchen sie morgen. Es sind einige Beauties. Sie sind schwul. Elaste: Bist du auch schwul? (*Elaste* Nr. 3, Seite 33). Aus geziemender Entfernung habe ich sein Gesicht im Area einmal 3 Stunden lang angeschaut. Ich wollte so gerne, daß seine Haare echt wären. Ich Dummkopf.

Sixties
Parallel zur Zeitschrift *Interview* produziert Andy Warhol eine Kulturfeaturesendung für das Kabelfernsehen. Das Beste an ihr ist, daß sie auf MSG TV gezeigt wird, dem Madison-Square-Garden-Sportkanal, wo stundenlang abartige Sportsendungen laufen, zum Beispiel Professional Wrestling, wo sich fette Männer oder Zwerge gegenseitig durch die Luft und krachend auf die Ringplanken werfen, bis irgendwo Blut fließt, ganz ganz toll. Dann kommt Andy Warhol's TV. Es ist eine völlig enttäuschende konventionelle Kultursendung. In einem Interview sagt er, daß seine Leute dauernd alles schneiden wollen, er würde lieber nur drehen und zeigen. I like to shoot and show, but people want cuts. It's a new way I guess. Es ist leider überhaupt kein neuer Weg, so wie seine Leute das realisieren, sondern ganz ödes Breifernsehen.

Daß Shoot And Show tatsächlich interessanter, vor allem total lustig ist, habe ich neulich im Münchner Werkstattkino bei Bike Boy (1967) an bestem Männerfleisch 30 Minuten lang überprüft. Dann mußte ich schnell weg, um die Late Night Show der Milkshakes in der Alabamahalle nicht zu versäumen. Shoot And Show, wäre das heute auch noch richtig? Was kann man mit den Lehren der 60er Jahre heute machen? Die Musik hat es einfach besser: die Milkshakes sind eine großartige, Spaß und Glück produzierende Revival-Band mit Tempo, Power und totalem Aufderbühnesein, das grüblerische Fragen, wie man was wie richtig macht, nicht beantwortet, aber, viel besser, Ragagagag weg schlägt. So muß es sein.

An der Theke, ich habe mir gerade das vierte oder fünfte Cornettonußeis gekauft, trat ein dicker, verschlampter, bärtiger, betrunkener Mann auf mich zu, haute mir auf die Schulter und brüllte: Du bist doch der Irre, ich bin der Hübsch. Was soll man solchen Menschen sagen?

Hölle
Möchte ich etwa endlich heim? Nur noch von München erzählen? Den ganzen New Yorker Rest streichen? Heroin streichen, John Sex streichen, Alien Sex Fiend, Cat Club, nochmal Mode, Models, Dummheit, Ledermänner, Straight To Hell. Alles gestrichen.

Der Winter ist dann noch einmal ausgebrochen. Schnee, Regen, Sturm, alles schrie: Hau endlich ab!, und es war ein Wetter so zur Unzeit und gewalttätig, daß er am Freitag dem 30. März die Titelseite aller New Yorker Zeitungen machte. Time to go.

Wasser

Ozean
Endlich war ich in der Luft, über dem Atlantik. Während der Einschlaffilm gezeigt wurde, las ich ein Buch, das, dereinst verfilmt, einen wunderschönen Film geben wird: Limelight Blues. Ein Buch, wie es nur in der prächtigen unvergrübelten englischen Sprache geschrieben werden kann, in dem Männer noch Männer sind und Frauen noch Mädchen und wo jeder einen dieser knappen schnellen Sätze auf den Lippen hat, die Kühle und Unberührbarkeit signalisieren und Tiefe des Sentiments und Leidenschaft: ... and his heart was heavy. Mod was dying.

Hier wäre jetzt das Kino dran. Doch die ganze andere Hälfte, Entgrenzung Trauer Zweifel Auflösung Schwächlichkeit, wird diesmal programmgemäß gemieden. Nicht ganz. John Ford, She Wore A Yellow Ribbon, gab mir wieder mal mein Programm: Das

Hirn muß die Welt so hart denken, daß das Herz weinen muß.
Und schon fliegen wir wieder über alles Blaue hinweg.

Erde

Bunte

Ich hatte solche Angst, daß in Deutschland der Frühling schon zu weit wäre, über die erste Forsythienahnung hinaus, mitten drin in den Farben und Gerüchen, aber es war alles bestens, die Welt hatte gewartet, es blühte noch nichts. In der Stadt war alles so wie ich es wußte, ich erschrak nicht, kein Erstaunen, kein Schock der Verlangsamung wie in London, kein Kontrast, was mich sehr verwunderte, alles aufs wohltuendste vertraut und wie ich es liebe, weil ich es so inundauswendig kenne, daß es mich sofort neugierig macht. Nirgendwo sieht man mehr, besser, genauer, neuer als da, wo man alles schon gesehen hat. Ich hasse die Fremde und ich liebe die Heimat.

Die *Bunte* begrüßte mich mit dem Titelblatt Tournee-Fieber. Unterzeile: Die Jugend treibt es in die Säle – wo das Leben brodelt. Richtig, genau, so ist es. Die *Bunte* ist ja so viel, viel besser als der *Stern*. Denn Affirmation der Welt gibt es nur bei den Allerbesten und bei Rechtsradikalen, Anenzephalen und Vollidioten. Der Rest, inbesondere die Linke natürlich, ist ununterbrochen mit Weltdementi befaßt. Was man sieht, muß man weg reden, weil man es böse findet. Allwöchentlich bietet das besonders kompakt der *Stern*, wo die Attraktion der Bilder, der Fotos, die die Welt zeigen wie sie ist, von Bildunterschrift und Text bestritten werden muß, damit unten so etwas Lächerliches, Diffuses, Unrevolutionäres, Falsches wie die Haltung des Engagements herauskommt. Die Rechten schauen sich die Welt einfach an, steigern und steilen, was sie sehen, mit offensiver Lüge, um zu zeigen: Ist doch alles prima, wie es ist. Hierin hat sich Pop aus der Musik zurückgezogen, um zu überwintern: auf den Umgang mit den Medien. Und da ist er wichtiger denn je.

Blues
Außer der Bunten, Kohl, Blüm und den führenden Wirtschaftsforschungsinstituten findet leider niemand hier, daß eine neue Power abgeht. Alle haben scheints immer noch irgendwie den Blues, der doch in jenes ferne elende Jahr 1983 datiert.

Frankreich ist schuld. Wann ist das letzte Mal eine gute, brauchbare, richtige Idee aus Frankreich gekommen? Was anderes als Intellektualismus, Hirnkrampf und Gefasel? Trotzdem ist allerorten viel franzosophiles Gemurmel zu hören, einer guten deutschen Tradition verpflichtet, derzufolge der Deutsche die Erbfeindschaft mit seinem westlichen Nachbarn in der Kriegsstrategie des Schwächlings austrägt: durch Zustimmung, Umarmung, Liebe. *Actuel*, das französische *Twen* (es spricht sehr für den deutschen Twen, daß er das neue *Twen* vor zwei Jahren ganz schnell hat eingehen lassen, indem er es nicht gekauft hat), hat vor einigen Monaten entdeckt, daß Europa sich selbst entdecken muß, Europa entdeckt Europa, wir leben alle irgendwie in einem Boot. Natürlich wird auch heftig Antiamerikanismus ausgerufen, den man denen lassen sollte, denen er berechtigterweise, weil sie so nahe daran sind, gehört, also kriegerischen, herrisch klugen Engländerinnen, von denen es nicht die Positionen zu übernehmen gilt, sondern die Hitze des Argumentierens, die polemische Passion. Entspannte Straßencafémusik, ewig wechselnde Stimmungen, Stil Konzile und dergleichen, all das ist abzulehnen, weil es nichts ist als der untaugliche Versuch, Trägheit, Bewegungslosigkeit und Faulheit zu tarnen. Außerdem ist es verboten, eine Stimmung, das ästhetische Surplus, zum Gegenstand oder gar zum Programm zu machen, und schon gar nicht die Stimmung der Schwäche. Die Phasen der Schwäche steht man mit Anstand durch, hält den Mund, beißt die Zähne zusammen, daß einem ja nichts raus fällt, weil das kann nur Welt-Lamento sein, weil Lamento ist immer drin und fällt raus, wenn sonst nichts drin ist.

Bubi Scholz sagt: Ich würde sagen, es ist wie weltweit: mangels Masse wenig Aktivität. Dann hat er gar nicht zugeschaut, sondern im Programmheft gelesen, mitten während des Boxkampfes um die Europameisterschaft im Leichtgewicht. Unterdessen hat der schöne René Weller den Spanier José Antonio Garcia in neun Runden zusammen geschlagen. Bubi Scholz ist 54. Und René Weller nimmt sich, wie die Jungen immer, unbekümmert um Altmännerdiagnosen, nach eigener Façon die Welt. Wie sagt er doch so treffend: Wo ich bin, ist oben, falls ich mal unten bin, ist unten oben.

Bewegung

Mein Jahreszifferndelir: Bewegungen beginnen gegen Ende der Jahrzehnte und kommen gegen die Mitte des nächsten Jahrzehnts an.

Was das UBW der Weltgeschichte 1938 mit Hitlers Hilfe angezettelt hat, war im Frühling 45, der einem damals 19jährigen als der früheste je erlebte Frühling mit bereits am 17. März aufgesprungenen Kastanienblättern unvergeßlich ist, erreicht: der NS-Staat in Klump gehaut (30. April: Hitlers Suizid; 2. Mai: Kapitulation Berlins; 7. Mai: Bedingungslose Kapitulation der deutschen Wehrmacht). Die Aufbruchseuphorie der späten 40er Jahre (Stunde Null, skeptische Generation) war 54 angekommen: Wirtschaftswunder, Deutschland Weltmeister, ich geboren.

Der Sumpf des Satten in den ausgehenden 50ern und die davon erzürnten Zornigen Jungen Männer, beeinflußt, befeuert, angestachelt insbesondere von der in Frankreich von den späteren Filmern der Neuen Welle entwickelten Argumentation im Kampf gegen falsches Kino, damit zugleich von modernster französischer Philosophie (Maladie mentale et psychologie, 1954; Mythologies, 1957), haben in Deutschland in den frühen 60er Jahren mit einem Knall und explosionsartig Richtiges, immer noch Lehrreiches ausstoßmäßig und massenhaft ausgestoßen (longum est); und als den Moment des Ankommens kann man die Gründung der Zeitschrift *Kursbuch* im Frühling 1965 ansetzen, deren größtes Verdienst in den allerersten drei, vier, fünf, sechs Nummern liegt, wo Übersetzungen aus Frankreich, Finnland, Mexiko, England, Schweden, Iran, Italien, USA für eine rasende Beschleunigung und Internationalisierung des deutschen Denkens sorgten, für den stets wünschenswerten Kurzschluß der besten Hirne einer Zeit.

Und 67, Staatsidealismus, war 72 angekommen, beim Terrorismus erster Generation. Und 77, England, Kraft, Schlag, Härte, ist dieser Jahre hier endgültig angekommen, und wir wollen uns an diesem Moment der Ankunft freuen, unseren Respekt vor Bewegung und den Haß auf Stillstand feiern, indem wir ihn kräftig zu Stück hacken.

1974
war ein gutes Jahr. Deutschland wurde Weltmeister. Die New York Dolls brachten ihre zweite LP mit dem tollen Titel In Too Much Too Soon heraus und sangen There's Gonna Be A Showdown. Velvet Underground war schon so legendär und die 60er so fern, daß die Live-Doppel-LP 1969 heißen konnte. Die erste Judas Priest LP, Rocka'Rolla, hatte einen fast Warholmäßigen, Warholverschleppten Coca Cola Cover. Und ich, von alledem unberührt, stand als triumphaler Dionysos in den Bacchen des Euripides auf der Schülertheaterbühne, um mein triumphales Abitur triumphal zu krönen, und war als ideal gesinnter junger Mensch natürlich in much too less much too late. So war es der Sommer einer verstohlenen, verbotenen, der schönsten Liebesgeschichte mit geheimen Treffs in nächtlichen Parks, dem Schauder, verborgen Hand in Hand zu gehen, und unsere Hymne war die Heimliche Aufforderung von Richard Strauss.

Provinz
Wer richtig lebt, macht nichts falsch. Es kann lange dauern, bis man sich dazu durchringt, die besonderen, seltsamen Wege und Umwege der eigenen Entwicklung, alle Lächerlichkeiten, Peinlichkeiten, das Schräge, Komische, Andere der äußeren und inneren Bedingungen nicht nur zu bekämpfen, sondern zu lernen, davon zu lernen.

Wer irgendwo auf dem flachen Land lebt in vierstelligen Postleitkennzahlorten, jung, wild und isoliert ist, hat den Vorsprung einer alles steigernden Überanstrengung beim Aufnehmen, Verstehenwollen, Nachmachen des Neuen. Und keine Redaktion sollte sich über Leserbriefe von dort und aus diesem Gebiet lustig machen. Wer in München aufwächst, wo das Denken gegenüber anderen größeren Städten Deutschlands notorisch zwei Jahre retardiert ist, wo die Szene dafür ihre gesteigerte Lebensart feiert, als würde pausenlos gedreht (und in Florenz da kann ich dir ein Lokal empfehlen, da kriegst du so aus-ge-zeich-ne-te Langusten, so was hast du noch nicht gegessen), wird zum Ausgleich zeitschriftenwütig, lesewütig mit Hang zur Exegesepedanterie eines Bibelforschers und kultiviert sein Fernweh nach Städten, wo der Geist lebt, und betrinkt sich dennoch nirgends lieber als in wohlvertrauten heimatlichen Kneipen. Nichts ist falsch, alles ist und war gut, wenn man es nur offensiv genug ausbeutet.

Streetcredibility
Die Toten Hosen haben keinen Blues. In meiner ersten Woche daheim habe ich sie gleich zweimal gesehen, in der Alabamahalle und im Libella in Kirchwaidach, und bin schier ausgerastet vor Glück; da war doch alles wonach man sich sehnt, Jugend, Power, ultimative Bühnenaktion, rasender Drive. Campino weiß, daß er derzeit der genialste Sänger Deutschlands ist, arbeitet bei jedem Auftritt an der Zementierung und Verbreitung dieser Wahrheit, und ist zugleich in Panik vor seinem eigenen Genie, das dafür sorgt, daß ihn jetzt schon Leute meiner Sorte unsterblich finden. Vor einem Jahr war natürlich alles besser. Der Anfang ist immer leicht, und nichts ist so schwierig wie das Beifallkriegen.

Act your age, hieß es im Zusammenhang mit den Hosen schon vor einem Jahr. Wer an solche Disziplinierungsparolen glaubt oder das gar selbst fordert, der ist den allertraurigsten, sozialliberal wohlwollend permissiven Elternweisheiten aufgesessen: In der Jugend hat man etwas Wildes, Erstgeborenes an sich und ist sehr geschüttelt, soll das auch sein. Später wird man ruhiger. Dieses Denken tut so weh, das ist so traurig, da würde ich lieber gleich ins Grab steigen wollen. Und wie sollte jemand, der schon als alter ernster Mensch zur Welt gekommen ist (nein: nix Entwicklung, man schlägt die Augen auf und wird erkannt und erkennt umgekehrt im gleichen ersten Augenblick die ganze Tragik dieser Welt), der also mit 5 etwa 17 war, mit 19 genau 12, mit 21 fünf Jahre lang 46, der schließlich, die Erlösung, mit 25 endlich 14 wurde, der sein Leben lang unter der Diskordanz dieser Ziffern gelitten hat, einer wie ich, der in diesem prächtigen 84er Jahr, und es ist eine biographische Katastrophe und es gibt keine Koketterie und kein Nichts dagegen, 30 wird, jetzt plötzlich anfangen sein age zu acten. Nein, die Natur wird bekriegt. Der Körper wird nach dem Hirn geformt.

Schon ist man eine Lachfigur, was wurst ist. Streetcredibility gibt es nicht. Es gibt nur Selbstglaubwürdigkeit, das heißt, man macht alles was man macht, ohne Augenzwinkern, ohne Ironie, ohne bei irgendwem Komplizenschaft zu unterstellen, schlicht zum Besten seiner eigenen Möglichkeiten.

Geschichte

Als das Wort Cineast noch kein Schimpfwort war und ein junger ehrgeiziger scharfsinniger Mensch von 23 Jahren sich die Berufsbezeichnung Filmkritiker mit Stolz und Würde zulegen konnte, weil sie noch nicht nach der brabbelnden Hirnlosigkeit von Zeit-Filmschreibern klang, sondern nach Scharfem, Heftigem, Feurigem, vor 20 Jahren also, da war auf dem Titelbild der Zeitschrift *Filmkritik*, dem damaligen Zentralorgan des jungen harten Denkens, das große Frühlingsthema Liebe mit einem wunderbaren romantisch melancholischen Foto vom Verliebtsein bebildert, starring Nino Castelnuovo und Catherine Deneuve. Und auf der Innenseite: Gedanken und Fotos zum Kuß, der teure Kuß, der Kuß mit sechzehn, der Kuß am Abend, der Judaskuß. Heute kann nicht vom Kuß, muß vom Fleisch geredet werden. Denn all das, wofür vor 20 Jahren in subkulturellem Kontext gekämpft wurde (Strukturalismus, Pop [Everything went young in 64]), ist heute aufs trostloseste Das Angekommene, also der Fehler. Wer heute französelndes Denken und Pop-Unverbindlichkeiten bekämpft, kämpft im Geist von 64 mit 74 zurechtgeschmiedeten 76er Waffen.

Deshalb haben heute nicht Style Council oder gar Tuxedo Moon oder gar Residents recht, sondern die anderen Weitermacher, Fleshtones, Gun Club, Cramps, Fall, auch Clash, U.K.Subs, die Metaller, und Blixa und natürlich die Lords und erst recht die Hanoi Rocks; und die amerikanischen Gitarren, Violent Femmes (Fämms! Fämms! Fämms!), R.E.M., Schottland vielleicht noch (Aztec Camera), aber keine englischen Smiths, von dort lieber schwermütige powervolle Düsternis, Todeskulte, Sexkinder, Sexgangs, Sexfreunde, Sexfeinde, all die Wallah Wallah Stampfe Stampfe Bands der Bat Cave Crowd. Und natürlich außer Konkurrenz, unangefochten, über allem thronend: Die Toten Hosen.

So haben wir in diesem 84er Frühjahr also diese gute Lage: Die nach wie vor gültige Allianz aus Populismus (Liebe zu Verkaufe, Charts, Prollkultur, Ja zum Debilja) und radikalem Denken samt Einsamkeit und Isolation (Liebe zu Underground, Geheimtip, elitärer Arroganz, Ausgedrehtheit) sorgt im Augenblick für eine herrliche Durchmischung aller alten Fraktionen, neue Fronten reißen auf, progressive Verwirrung, Desorientierung, Zwang alles neu zu kontrollieren, neu zu denken, Verkomplikation der Lage, damit Aufbruch und Hermetik.

Lords
Die New York Times vom 9. März meldet titelblattmäßig und mit riesigem Bild, daß die Studentenproteste in Polen anschwellen, daß mit Tränen in den Augen die Rückkehr der Kruzifixe gefordert wird. Das Foto zeigt Studenten in Garwolin, Polen, die, wie man sieht, massenhaft und in Ekstase der englischen Rockband The Lords Of The New Church zujubeln. Dazu singen sie Marienlieder und ihre anderen Hymnen: Little Boys Play With Dolls. Und: Holy War. Und: Live For Today, mit dem schönen Chorus: One two three four, living for today, living for today, living for today, and don't worry about tomorrow, hey! hey! hey! hey!

Hanoi
rockt doch wirklich im Moment. Es ist Krieg mit China. Wie lange habe ich in den Nachrichten neben Köpkes Kopf schon nicht mehr die aus alten Vietnamtagen so urvertraute S-Schleife

der beiden Vietnam gesehen. Und allerorten demonstrieren auch noch die Metaller. Da möchte man doch meinen, daß ganz München zu den Hanoi Rocks geht. Aber es waren nur 50 Leute in der Alabamahalle, und von einer Sorte, wie ich sie noch nie da gesehen habe, so definitiv ungestylt, unhip, simpel und supernett. Aus zwei Marshalltürmen kam ein fetzender klarer ohrenbetäubender Gitarrenkrach ohne Mätzchen, und um Mike Monroes stolperndes Bühnenrasen und seine Schönheit angemessen zu beschreiben, fehlt nun leider definitiv hier der Platz. Sie ist äh äh atemberaubend. Ganz zum Schluß, es war eine wunderbare Mitgröl- und Fußballplatzstimmung aufgekommen, sagte Mike Monroe glücklich: I love you boys you'r beautiful.

Zähne
Vorher, bei Ronnys Pop Show, der ganze Synth'n'Pop-Schrott, sanfte Gitarrenjungs, Klavierjünglinge und Frauen, rebellomäßige (Cindy Lauper), Ziegen (Pat Benetar) und Muttis mit gebärfreudigen Becken, die angestrengt Fasching spielen (Annie Lennox, Kopf ab und ausblutenlassen), Frauen der Vollekelkategorie also; da ist Van Halen, obwohl ohne Zack, schon eine Richtigkeit dagegen. Und leider hat eben auch der Megastar Nena, nein wir kommen nicht darum herum, jenen mäuschen-raff-und-nagmäßigen Überbiß, der bei Ruhestellung die Zähne des Oberkiefers auf der Unterlippe absetzt, so jedes Gesicht ins Sanft-Debile ruiniert, vom Fachmann so treffend und vernichtend Lutschprognathie genannt.

Gitte 84
Liebe, nein danke, dabei kommt ja doch nichts raus, singt Gitte live und wälzt sich am Boden. Ich habe das Gefühl, dies ist wirklich ein Gitte-Jahr, sagt Herr Biolek. Und kümmert sich überhaupt nicht darum, wie ich mich für alle immer bis ins Mark hinein schämen muß. Da setzt Gitte schon nach und schlägt nochmal zu: Ich mag gerne Leute berühren und spüren und fühlen und ich glaube, daß die Platte deshalb Berührungen heißt. Ich hasse sie.

Daß heute Tom Jones und Heino so lustig und liebenswert sind, ist Arbeit der Jahre an diesem Haß gegen das, was einem beim Anschauen die Scham aufzwingt. Die Schauplätze alter Kämpfe, die dazugehörigen Insignien, Symbole, Melodien, Signale, gehen mit der Zeit ein in den reichen Schatz der Folklore, aus dem sich gerade die Jungen immer neu bedienen, bevorzugt mit dem, was die eben ältere Generation erkämpft hat und noch nicht an die Folklore abgeben mag.

Die Friedenshetze, das Wackertum und Peinsackdenken, über das sich die Popgeneration seit Jahren lustig gemacht hat, ist inzwischen als Anliegen im emphatischen Sinn weitgehend aus den Multiplikationsköpfen und Medien verschwunden. Jeder bedient sich locker und kampflos an den Symbolen der Friedfertigen und das Lachen darüber ist ein billiges Einverständnisvoraussetzerlachen ohne Erkenntnisgewinn.

Unterdessen sind die Popkämpfer selbst beim Rundfunk, beim Fernsehn, bei Verlagen, Zeitungen und Zeitschriften, den ganzen bürgerlichen Kulturmedien, kurzum beim Establishment angekommen, wir sollen plötzlich ganz echt mitspielen dürfen, man redet mit uns wie mit Erwachsenen, zahlt uns eine Reise, nimmt uns seltsam ernst, legt uns wohlwollend die Hand auf die Schulter, und wir sollen dankbar sein, anstatt zurück zu spucken. Da steht jeder wieder alleine da und muß sich entscheiden, wieviel Schneid er sich abkaufen lassen kann, wieviel Verführung und Korruption sein Hirn schadlos übersteht. Und gleichzeitig ist es so lehrreich, daß sich ganz offensichtlich mancher 17jährige überhaupt nicht für den Kampf der Popkämpfer interessiert, weil ihm deren Sorgen, gegen Innen für Außen, gegen Form-Inhalt-Gerede, gegen Weltverantwortung, Tiefsinn, Wahrheit und Ernst, und für Leichtigkeit, Oberfläche, Spaß, Lüge, eben keine Sorgen sind, sondern wurst und Folklore.

Elemente

Schließlich ist der Frühling doch noch gekommen, genau am 14. April, die späteste Obstblüte, hat es geheißen, seit 20 Jahren. Man ist mittags im Venezia gesessen, die Autos sind vorbei gerauscht und die Sonne war warm. Die Leidenschaft für Luft und Erde, wie das riecht und wie es sich im Tages- und Jahreslauf verändert, macht auch nicht dümmer, wenn man auch alle anderen Weltelemente gleichermaßen lustvoll an sich reißt. Als Weltwissenschaftler Krieg führen, für Hitze, Feuer, Licht.

Männer Fahrten Abenteuer

Was bisher geschah: Meine Heimkehr war von den für immer geborenen, den unsterblichen Göttern beschlossen. So machte ich mich auf. Das Volk höhnte, und ich war arg bekümmert. Doch die Gefährten lösten die Hecktaue unseres kräftigen Schiffs, und gemeinsam setzten wir uns in die Ruderbänke. Und da schickte uns einen günstigen Fahrtwind die helläugige Führerin Vernunft, einen frischen West, der rauschte über das weinfarbene Meer.

Aktion Direkt
Der Herrgott hat endlich verstanden, daß er seit geraumer Zeit allerorten, wo nachts junge Menschen sich vergnügen, im Herz der Bewegung also, als Lieferant von Kerzen, Kruzifixen, Knochen, Schädeln, Totengebein und dergleichen heiligen kultischen Schrotts ekstatisch angebetet wird, und er hat der sündigen Menschheit auch heuer die von unsereinem schon so oft abgemahnte Plage des Sommers geschickt, mit der ganzen sommerlichen Dumpfheit, Brunst, Lebensfreude, all diese sich nach außen stülpende beulenpestige frohsinnsvereiterte Menschheitsfürchterlichkeit, dieses alljährliche Herausbrechen des Existenzjammers, um so jämmerlicher als er sich selbst alles andere als das, nämlich großartig fühlt, angesichts dessen man vor sinnlosem Mitleid und Kummer sinnlos dennoch unweigerlich zusammenbricht, dieser allsommerliche Gravitationskollaps, der einen als schwarzes Loch hinterläßt, als lichtloses Nichts, aus dem kein Licht und kein Nichts mehr nach außen dringt.

Nicht genug damit. Eine ganze Serie alttestamentarischer Plagen kam über uns. Ein Blitzschlag fuhr in die Kathedrale von York und steckte sie in Brand. Dann der Münchner Katholikentag, den wir alle so inbrünstig verflucht haben, obwohl er doch in Wirklichkeit nur ein Termiteneinfall rührender pickeliger kinnloser sehr ländlicher junger dummer Landmenschen gewesen ist. Im Fernsehn sah es anders aus. Da wurden bei Prozessionen mannsgroße Kreuze umher getragen, was ich zuletzt im New Yorker Lokalfernsehn anläßlich der Eröffnung der in eine ausgediente

Kirche hineingebauten Diskothek *Limelight* gesehen habe, und noch zuletzter in dem Hardcore-Sex-Magazin *Hustler,* wo das Kreuz aber gläsern und der daraufgebundene Christus nackt, eine Frau und also keine Erlösung, sondern eine Sauerei war. So lustig konnte der Münchner Katholikentag sein, wenn man nur im richtigen Moment ans Richtige gedacht hat, bei Hans Maier an Kultusminister Larry Flynt, bei Kardinal Glemp an Kardinal »Lechz« Walesa und bei Kardinal Wetter ans Wetter.

Denn zur Strafe der frevlerischen Katholikentagerei hat der Herrgott am Wochenende darauf das große Münchner Hagelunwetter geschickt, das uns alle an den Krieg erinnert hat, vor allem wenn wir ihn nicht mehr erlebt haben, weil wir damals noch tot waren. Das muß eine schöne Zeit gewesen sein damals, nach so einem abendlichen Bombenangriff, diese Mitmenschlichkeit auf der Straße, dieses Endlich Wieder Miteinander Sprechen, dieses nette: Ach Ihre alte Großmutter liegt wahrscheinlich auch unter diesem blöden Steinhaufen da, der vorhin gerade noch ein Haus war, und jetzt ist sie bloß noch ein Brei. Danach sehnen wir uns alle zurück. Bei mir hat auch im Arbeitszimmer eine eisige Golfkugel eingeschlagen. Jetzt eitern die Glassplitter aus der Händehaut in aller Ruhe zurück ans Licht. Soviel zum Herrgott.

Epoche Der Entscheidung

Alkoholismus: Ja oder Nein. Fünf Jahre habe ich jetzt nach der Devise gelebt, jede Nacht so viele Biere in den Mund zu schütten, wie ich bei gegebener Trinkzeit und maximalem Schütt-Tempo hinein schütten konnte. Das waren lustige Zeiten.

Jetzt stellt sich eine erste Symptomatik ein. Und so stehe ich am Scheideweg. Was habe ich mir ärztlicherseits da zu empfehlen? Jeder Arzt weiß: Nicht-Trinken macht traurig, gefräßig, dick und dumm; Schon-Trinken hingegen macht im Gegenteil, also gut und kaputt. Kaputt ist aber gar nicht toll, wie der Ahnungslose in seiner kümmerlichen Naivität meint, sondern final am allerdümmsten.

Das normale kleine Alkoholentzugsdelir dauert nur ein paar Tage und wird mit Distraneurin (0,8%ige Lösung, Tröpflein, elastisch dosierbar) bestens kupiert. Aber ich denke an den Patienten, den ich ein paar Tage im Leberkoma habe liegen sehen, mit Flapping Tremor, das ist ein ununterbrochenes, nicht beherrschbares, wildes Zittern der Hand, Amplitude zwanzig Zentimeter. Der schrie und brüllte auch dauernd laut, obwohl er ohne Bewußtsein war. Schließlich hat man den Vater, den letzten Angehörigen, noch einmal zu einem Besuch bestellt, da kam ein kleiner ernster würdiger Herr von achtzig Jahren, der hat aus der rosigen dünnen Gesichtshaut des gesunden Greises traurig und wortlos auf das große dicke Fleischgebirge geschaut, das mit der zitternden Hand auf sich selbst einschlug, und das ja ein Sohnesfleischelend war, und der Alte hat nach einer Weile wie seltsam staunend und zugleich weise immer wieder den Kopf geschüttelt. Dann ging er weg. Dann hat man in der nächsten Nacht die Apparate abgestellt. Dann war der Leberkomafleischberg tot.

Totsein ist aber die dümmste Existenzform: überhaupt keine Gehirnaktivität mehr, Null-Linie im Elektroenzephalogramm. Und das Schlimmste am Totsein: Es dauert für immer. Es ist die endgültige Dummheit, die geht nie mehr weg, die bleibt ewig.

Kann man, all dies wissend und wissend, daß man am Scheideweg steht, offenen Auges und zielstrebig in das nächste Bier und so in den Alkoholismus und also in die Leberalkoholzirrhose und so in die Männer-Asyl- und schließlich Flapping-Tremor-Fleischgebirge-Existenz und also final in die finale Dummheit gehen? Kann man das? Wird man das? Muß man das?

Physiognomische Fragmente

Anders als das Münchner Hagelunwetter richten die wirklich ekelhaften bösartigen biblischen Plagen nicht in zehn Minuten unübersehbaren lustigen schlagzeilenproduzierenden Milliardenhöheschaden an, sondern sie kommen schleichend nach Art der blanden juvenilen Hebephrenie über die Menschheit, heißen Hermann Peter Piwitt, dauern nicht weniger als drei Monate und sind das fürchterliche göttliche Strafgericht für die betrübliche beschämende Dummheit deutscher Kommunisten.

Die Zeitschrift *Konkret* hat nämlich einen neuen Kulturredakteur, der in der Chef-Mitteilung vorne im Heft Autoren-Redakteur genannt und dem Leser mit den widerwärtigsten lächerlichsten Qualifikationen angedient wird, die das bürgerliche Feuilleton noch dem letzten Idioten irgendwann hinterher schmeißt, wenn er nur lange genug, es ist wirklich nur eine Frage der Zeit, seine schwächlichen mickrigen Dummheiten öffentlich vor sich hin brabbelt.

Hilflos gedrechselt, krampfhaft Witz Witz schreiend, läßt so ein Mehrfachnamenhaber über sich mitteilen: »Um das heitere Standort-Raten der gesinnungspolizeilichen Stäbe in Landesämtern und Feuilletonredaktionen abzukürzen: Wer den parteilosen Autor einen nicht renegationsfähigen National-Kommunisten nennt, muß nicht unbedingt mit einer Beleidigungsklage rechnen. Das hat Piwitt fest versprochen.« Ach!, hat er das!, tatsächlich!, wie ist das nur die Möglichkeit. Man möchte nur in Gelächtertränen ausbrechen, weil das so eklig ist, daß man vielleicht doch lieber argumentiert.

Es ist ein Fehler, die Ordnungskategorien anzuerkennen, mit deren Hilfe Wahrheit, Radikalität, Subversion staatstragend gemacht werden sollen und gemacht werden. Wem es so wichtig ist, ein Revolutionär zu sein, daß auch der letzte Dödel es weiß und anerkennt (Du böses Extremist, du kriegen Telefonüberwachung und nix Staatsdienst), der kann nur stützen wollen, was zu bekämpfen er vorgibt. Und es ist noch falscher, die zwangskranke Mühsal der anderen, einen irgendwohin zu kategorisieren, gar zur eigenen Sorge zu machen. Und, die allertraurigste Lächerlichkeit: ausgerechnet als ein Piwitt, nachdem man zwanzig Jahre lang seine vollendete Harmlosigkeit mit sparsamem Eifer bewiesen hat, sich nun eine Gesinnungspolizei zu erfinden (die es ja leider nicht gibt) und diesem fiktiven Konstrukt ein Problem, das es gar nicht hat. Denn nirgendwo fragt sich irgendjemand: Wo steht Hermann »Peter« Piwitt? Denn man liest vier Zeilen von ihm und weiß, wo er steht: auf der Seite der Dummheit, mithin der Reaktion.

All das hätte ich schweigend zu meinen Notizbuchakten genommen, als eine der zahllosen Lehren (ja: noch die dümmste

Dummheit macht man vernünftigerweise sich zum Lehrer), was genau vermieden werden muß und warum. Wenn ich nicht aus guten Gründen die Doppelseite 82/83 dieses Juli-*Konkret*-Hefts aufgeschlagen und kontrolliert hätte. Dort steht so zwischenrein und ziemlich entbehrlich und also um so aufschlußreicher der wahrscheinlich von Piwitt geschriebene, aufjedenfall von ihm zu verantwortende Satz: »Es gibt Frauen, die besser nicht den Mund aufmachten, außer bei Essen und Fellatio.« Was?, Wie bitte?, Wer?, und auch noch dieser übersteile Konjunktiv.

Nein, dreimal nein: Dafür haben wir uns nicht über die Lächerlichkeit der Frauenbewegung lustig gemacht, daß jetzt die Alt-Schweine ankommen, ihre *Freibeuter*-Hefte über das Thema Geilheit machen, oder wie dieser blöde Nichtsnutz Piwitt, der da solch geiferndes sabberndes Zeug öffentlich vor sich hin sabbert. Da fühle ich mich nämlich betroffen, nichts weniger als das, getroffen, traurig, verletzt, da werde ich selbst zur Frau: Von so einem verschlampten aufgeweichten Widerling, den ich in seiner ganzen unscheinbaren Mehlsackhaftigkeit kürzlich in den *Konkret*-Redaktionsräumen sich umher schlabbern, schleimen und schleppen gesehen habe (– Das ist wohl der Piwitt? – Ja.), brauche ich mir gar nichts vorschreiben lassen, und schon gar nicht, was ich mit meinem Mund mache.

Mit dem spreche ich nämlich jetzt diesen Fluch aus: Hermann »Peter« Piwitt wird verflucht, und jedes seiner dummen schweinischen Worte wird noch mehr Dummheit über seine schweinische dumme fette Unexistenz bringen, so wahr der Herrgott, der die Piwittsche Plage geschickt hat, mir helfe inewigkeitamen. Und wenn er es nicht glaubt, werde ich vom Himmel herab steigen und mit meinen Füßen von München nach Hamburg gehen und mit meinen eigenen heiligen Händen werde ich den Vorschlaghammer halten, mit dem ich in die Piwittschen von nichts als einer ekeligen glatzköpfigen Stirnhaut zusammengehaltenen Lobi Cerebri hinein hauen werde, bis es jeder sieht, daß er oben kein Hirn hat sondern Matsch.

Putzlumpen Kann Man Auch Als Kleider Tragen
Aber eigentlich sind sie zum Aufwischen da. Das heißt: Das Leidwesen liegt im richtigen Konjunktiv. Nicht daß man nicht auch mal einen richtigen Konjunktiv verwenden könnte, wenn er einem unterkommt, aber das Elend ist der emphatische richtige Konjunktiv, die emphatische grammatikalische Richtigkeit, das emphatische Korrekt Im Bild Bleiben, das Die Stilblüte Meiden, dieser ganze Krampf von Sprachkritik, der mit Pedanten-Akribie am Feuilleton und am Politikergewäsch rum enttarnt, um zu beweisen: schlechtes falsches Deutsch.

Dieser trostlose Karl-Kraus-Komplex also, der jeden etwas mehr als durchschnittlich intelligenten Schreiber eine pubertäre Phase lang plagt, aber mit dem man doch bitte nicht lebenslänglich hausieren geht, weil der Feind nicht das falsche Deutsch, sondern das falsche Denken ist.

Nichts liest sich so gut, wie ein herrischer Tagesbefehl vom Führer, eine gestoßene NS-Propaganda-Rede, oder die rechtsradikalen FAZ-Kommentare oder Welt-Feuilletons: alles strotzend von Menschenverachtung, Täuschung, Lüge, Fehler, alles geradezu atemberaubend korrektes Deutsch.

Hermann »L.« Gremliza hat leider auch diesen Sprach-Wächter-Wahn, und so lesen wir allmonatlich nicht nur seine meist lehrreiche Politkolumne vorne im Heft, sondern müssen auch ganz hinten noch seine gratislustige Express-Zitaten-Sammlung kontrollieren, und immer wieder über diese Gremliza-Kalauer, dieses Schenkelschlagen, Grölen, Dertolleseppsein traurig sein, weil dieser Express-Gestus von hinten durch das ganze Heft hindurch die Kolumne vorne diffus affiziert und entwertet.

Dieses O-Ton bringen, die Dummheit selbst sprechen lassen, dieses Sammeln von Partikeln der öffentlichen Rede und nur prustend darauf zeigen: irgendwann hat auch diese Karte ausgespielt. Dann muß wieder argumentiert werden, und zwar voraussetzungslos. Dann muß man allen Grundkonsens vergessen können, bei Null und Adam und Eva anfangen. Sonst ist die sektiererische Presse, zu der *Konkret* genauso wie *Spex* gehört, tatsächlich nur: Preaching to the converted. Was noch nicht einmal das Allerschlimmste wäre, wenn damit nicht einherginge, daß sich die sektiererische Presse eben dadurch des Besten beraubt, wozu sie eigentlich fähig ist, weil sie Der Verborgene Ort schlechthin ist, und was nirgends sonst geht: schnell und radikal reagieren; das Denken schnell und radikal voran treiben; die Avantgarde sein im Kampf. Andernfalls hat man, und leider herrscht das vor und das wissen auch alle, das genaue supertraurige Gegenteil: Stillstand des Denkens, Ödnis, Muff, und die alte Trias: Fehler, Faulheit, Dummheit.

Dummheit. Wie Geht Das?
Gremliza ist ein Fehlermacher, dem man seine Fehler noch vorrechnen und widerlegen möchte. Hingegen die nach dem Bissinger-Weggang-Rausschmiß-Whatever übrig gebliebene Gremliza-Clique, eine Rotte namenloser Nichtse, ist so strohdumm, daß auf sie, wie auf diesen Piwitt, nur mit Beschimpfungen eingedroschen wird.

Wie mit falschen schwachen Freunden, umgibt sich Gremliza mit falschen Gegnern: Theo Sommer, Raddatz, Augstein.

– Einwand: Gerade gegen diese unerschütterlich fest installierten Monumente widerwärtigster Liberalität muß mit revolutionärer Beharrlichkeit immer wieder und von jeder Generation neu angekämpft werden, auf daß sie immer unerschütterlicher und widerwärtiger und weithin sichtbar da sitzen. Plötzlich fallen sie tot vom Stuhl. Auf dem der nächste von ihrer Sorte auch schon Platz genommen hat.

– Das ist sicher richtig, aber

– Was aber?

– Es ist kein Aber, es ist ein Zusatz: Es ist grundsätzlich richtiger, auf die Schwachen und Kleinen einzuschlagen, als auf die Großen, Starken, Exponierten, die man lieber, egal wie sehr man sie haßt, liebevoll studieren sollte, um zu erkennen, welcher Qualität genau sie die Kraft verdanken, den Kopf weiter heraus zu strecken als der Rest.

Der Hauptfehler von Gremliza sind aber natürlich nicht die falschen Gegner, sondern daß er selbst nicht Augstein ist. Denn als

Gremliza kann man nur Augstein sein, alles andere ist Scheitern, verpfuschtes Leben, weil nicht Top, was eben Augstein ist: Stratege, Selberdenker, Selberkrieger, und zugleich wie jeder erfolgreiche Heerführer auch ein Delegierenkönner, Fürstenzüchter, Hofhalter, und zugleich immer Autokrat, Absolutist, Standrechtlicherschießenlasser, und zugleich einer der die Menschen liebt.

Früher, heißt es, war Augstein so: »Ein ganz junger Mensch von äußerster Sensibilität, mit rasiermesserscharfer Intelligenz ausgestattet, erfüllt von Trauer und Pessimismus, von der Sorge, das Gefühl könnte ihn überwältigen und dahin bringen, auf den Schwindel hereinzufallen, voller Dégoût und voller Erwartung, ob nicht doch vielleicht einmal etwas Unerwartetes passiert, unerwartet für einen, der unausgesetzt alles erwartet und dessen zur Schau getragene Blasiertheit Rüstung ist.«

Na!, wie!, das muß wirklich jeder wirklich wunderbar finden. Und wer als Selberschreiber von dieser Beschreibung nicht selber beschrieben sein will, der soll in ganz Deutschland kein Recht mehr haben, auf eine Schreibmaschine einzuschlagen. Der soll schweigen.

Der General, Genannt Der Schwarze Papst

Zu lebenslänglichem Schweigen verurteilt wird auch der Marxist Harald Kuhn. Das ist ein kleiner dicker dummer bärtiger Student, der als sogenannter Fachschaftssprecher Philosophie und im Namen der dreifach gebenedeiten Marxistischen Gruppe (M »SJ« G) neulich zu einem Teach-In eingeladen hat, das den großartigen Titel hatte: Dummheit – Wie geht das?

Ich ging nämlich durch Münchens nächtliche Straßen, an meiner Seite der Chef des bunten Propaganda-Ministeriums, dessen Propaganda eine untere Charge wie Böhnisch erblassen läßt, und er, der Propaganda-Minister selbst, und ich, ich selbst, waren ins Gespräch vertieft, das ich nicht anstehe, das Dasgutegespräch zu nennen. Da pfeilte mir durch den Augenwinkel ein hyperrotes Plakat ins Hirn, ich fuhr herum, sah, las, lachte auf, riß ab, und jetzt hängt es bei mir daheim, unterm Stuck, neben den Terroristen (ich grüße vonherzen und segne die noch verbliebenen mit der Waffe in Wohnungsböden hinein schießenden kämpfenden Genossen draußenimlande mit einem fröhlichen aufmunternden: Vivat Aktion Direkt) und murmelt aus dem Hyperrot schwarz auf mich herunter: Teach-In. DUMMHEIT. Wie geht das?

Anderntags saß ich im Auditorium Maximum, denn eine Frage, die mich mehr plagt als diese, wird sich schwerlich finden lassen. Und was ich erhofft hatte geschah: Der schöne Hohepriester selbst, Doktor Karl Held, M »SJ« G, trat ans Mikrofon und begann mit wohl gesetzten Worten seine Rede und machte in wenigen Minuten diese beiden Argumente: 1. Dummheit ist Einsatz vorhandener Intelligenz, aber in einer Weise, die ihr selbst zuwider läuft. 2. Dummheit ist parteiliches Denken, denn wer parteilich denkt, konstruiert sich selbst dumme Gedanken.

Was ist daran so grandios? Am ersten, daß es mich wiedermal an Descartes erinnert hat, an den herrlichen Anfang von »Discours de la méthode pour bien conduire sa raison et chercher la vérité dans les sciences«, wo Descartes auf meine im Februar-Spex unter dem Titel »Gewinner Und Verlierer« öffentlich gemachte fatalistische IQ-Philosophie mit dem Argument antwortet: Der gesunde Verstand ist die bestverteilte Sache der Welt. Ich weiß ja nicht, ob es wirklich stimmt, aber gewißlich ist es viel schöner und menschenfreundlicher, sich die zahllosen Idioten, die mit ihrer Dummheit die Welt verseuchen, nicht als unheilbar vorzustellen, sondern im Gegenteil: als erziehbar, als Haber von ausreichend Vernunft, als Auch-Hirne, die man nur zu richtigem Gebrauch ihrer Vernunft überreden muß. Es ist dies eine Arbeitshypothese, die jeder, der eine bessere Welt will und dafür kämpft, lieben muß, weil sie ihn aus der Resignation reißt und tätig macht.

Am zweiten Heldschen Argument war das Wunderbare, daß es mir das wunderbare prächtige Hirn dieses Menschen bei der Arbeit vorgeführt hat. Man muß sich das ganz plastisch vorstellen: Als Held, als Hirn, als echter Philosoph, als marxistischer Denk-Krieger sitzt man vor den besten Mannen des von einem selbst gegründeten Vereins, und die heißen dann Doktor Fertl oder Doktor Ebel oder Nochnichtdoktor Kuhn, und die sind von einer so pechschwarzen Dummheit, daß man sich als Held wohl dann und wann bestürzt fragt: Warum hilft mir von diesen Idioten keiner beim Denken? Warum nur plappern die mir alles so seltsam automatisch nach? Und in welcher noch viel schwärzeren Denkdüsternis mag der vielhundertköpfige Gefolgsrest von Gemeinen Soldaten seine tieftraurige dumpfe Marxistenexistenz fristen, wenn schon mein Generalstab, meine Ebels und Fertls, auf jede Frage nur immer wieder irgendeine Stanze des schmerzensreichen oder auch mal des segensreichen Rosenkranzes an mich hin beten? Was kann denn das nur sein?

So mag es ein trauriges Heldsches Hirn sekundenweise durchzucken, dann weiß es wieder, daß sein Verein eine ganz normale revolutionäre Partei ist, nach den vernünftigen autoritären Kaderprinzipien Lenins vernünftig organisiert, nicht dazu da, Wahrheit zu erdenken, sondern durchzusetzen. Aber kein Gedankenblitz durch so ein Heldsches Hirn, der nicht irgendwo irgendwann ein kleines nicht unhelles Lichtlein hinterließe, so dieses Argument von der Dummheit als parteilichem Denken.

Nach zehn glücklichen hellen Held Rede Minuten trat besagter dicker dumpfer Harald Kuhn ans Mikrofon, um einmal mehr vorzuführen, deshalb erzähle ich das Ganze, wie sektiererisches Argumentieren vor zustimmend nickenden Sektenmitgliedern auftritt: als Nicht-Argumentieren. Dummheit – Wie geht das? Genau so, wie hier vorgeführt. Und so mußte Held selbst immer wieder aufspringen, seinen Knecht fort drängen und selbst ergänzen, korrigieren, verbessern, mit jener Präzisierungswut, die in seinem schönen Kopf so schön umher tollt.

Kottan Ermittelt

Aus traurigem Anlaß, denn der Münchner CSU-Stadtrat hat mir eine achttausendmarkschwere Literaturförderpreiskeule übergezogen, mußte ich mir Gedanken über den Beifall machen, und es ist etwas Schlimmes dabei raus gekommen. Nicht das, was wir alle eh längst wußten, daß wir natürlich auch den Beifall von der falschen Seite locker nehmen, erst recht, wenn er gut genug dotiert ist.

Das Schlimmste ist: daß das viel Schlimmere, das wahrhaft Tükkische, Gefährliche wahrscheinlich doch der Beifall von dort ist, von wo wir ihn so gerne kriegen möchten. Denn dieser Beifall baut uns auf, macht uns Kraft, Mut, und das wäre doch alles wunderbar, wenn nicht, ja, was, also: Wir wollen ihn wieder kriegen. Und Beifallkriegenwollen, egal von einer wie richtigen, wie sehr verehrten Seite, ist ein Hirntumor, der sehr schnell und destruktiv wächst, das gesunde Resthirn zerstört, das Richtige vereitelt.

Es ist die großartige traurige Geschichte mit der Grazie: Wir wollten etwas ganz Vernünftiges tun, den Fuß abtrocknen, haben das eher versehentlich so schön getan, daß wir im Spiegel des Beifalls von der richtigen Seite nicht ohne Schreck die Grazie unserer Bewegung erkennen mußten und rabberdiboing: alles kaputt, Unschuld, Grazie, Schönheit, Richtigkeit, alles weg.

Das Beste, das Richtige gelingt einem, und dazu braucht man keinen östlichen Zen-Quatsch, sondern es ist tägliche Evidenz bei der Arbeit, nebenbei, im Epizentrum, das das eigentliche Ziel der Anstrengung umgibt. Deshalb ist das Beste nicht willentlich wiederholbar. Jedoch will man es mit dem Willen, womit sonst?, willentlich wiederholen. Deshalb liegt der Fehler so nahe, und jeder kräftigende Beifall möchte einen genau dazu verführen, daß man das beklatschte Epizentrum zum Zentrum der Anstrengung selbst macht.

Habt ihr alle die neue Kottan Ermittelt Folge gesehen? Wart ihr auch so traurig? Habt ihr auch gedacht: Alles was einst unsterblich war am Kottan, diese seltsamen Brüche, dieses gezielte Stolpern aus der Kommissarfilmlogik heraus, diese ganz schräge große Komik, wohin verschwunden?, als zum Gegenstand erhobenes ununterbrochenes Gewitzel, als Witzelsucht-Gesetz? Nichts mehr, nur noch Wien, Schmäh, Bäh, todtraurig. Waren Zenker-Patzak nur zu schwächlich, um sich nicht kaputtapplaudieren zu lassen? Vor allem aber: Wer hilft einem selbst und wie gegen den ersehnten Beifall mit welchem Zuspruch, mit welchem »Ich Widerspreche Dir Weil Ich Dich Liebe«-Verbesserungskrieg? Und woher wollen wir, wenn wir uns von allen dauernd nur sagen lassen wollen, was wir falsch machen, am nächsten Morgen die *Kraft* nehmen, um uns aus dem Bett an den Schreibtisch zu schleppen vor das tägliche geliebte leere weiße Papier, um die verdammte Arbeit an zu packen?

Stay Hungry
Niemand von uns war bei Twisted Sister, nur wir drei, und was hatten wir uns und den anderen danach alles zu erzählen!, an seltsamen, skurrilen, interpretationsbedürftigen Beobachtungen und Erlebnissen. Ja, das war etwas.

Ein paar Tage später standen wir selbst auf der Markthallen-Bühne, mit Früher Lyrik und Jazz Begleitung, das war für mich das erste Mal, und das war erst recht etwas. Klar wie nie sah ich mein Lebensziel vor mir: daß ich ein Heavy-Metal-Rockstar werden muß. Statt dessen war ich aber Dichter, und noch dazu einer, der viel zu gut dichten kann, deshalb macht das Lyrik-Dichten Spaß, aber dumm. Ich lese nämlich eine Zeile Türken-Jandl, und schreibe aufderstelle ausdemstand sofort selber drei vollwertige Türken-Jandls hin, aber keine Stil-Parodie-Jandls, sondern vollkommen eigene, meinige, ichige Jandls. Nicht anders geht es mir mit Huchel, Benn, Eich, Hölderin, you name them, und ich dichte mich sofort hinterher, mich, wohlgemerkt: mich. Weil dieses Plagiat-Unwesen so trostlos ist, ist es erst zum Erschrecken: Ich habe zum Sprechen leider keinen eigenen Mund. Dann aber, das war das Aufatmen: Wenigstens habe ich ein irgendwie unverwechselbares Gemüt. Dann habe ich mich auf diesem Aufatmen, auf diesem Dichten, auf diesem Gemüt vier Tage lang stolz ausgeruht. Ergebnis: Schlimmster Dummheitseinbruch der letzten Monate.

Das war diese Mammut-Kiste, diese gigantischen Notizen, diese gigantische Spiegel-Ehrfurcht, diese gigantische fünfwöchige teuflische Diesen Blöden Lebenskrebs Endlich Für Immer Weg Machen Versuchung durch den Scheiß Teufel in der Scheiß Wüste, diese Eisbrocken, diese Glutfüße, das nackte traurige Bett, diese ganz blöde Katatonik.

Dann aber kam der Anruf vom Münchner Goethe-Institut, der den Anruf vom Goethe-Institut in São Paulo angekündigt hat, und ich habe auf einer der vier Standleitungen, die uns die Post noch quer durch Deutschland stellen muß, auf daß hier noch schneller und öfter und lauter und richtiger das Richtige gesagt wird, mir kurz erklären lassen, wo São Paulo liegt (in Brasilien du Blödel), und ich denke es wird so sein, daß wir uns nach der triumphalen Lyrik Tournee durch das arme dumme Österreich, das auch nicht immer abseits vom Anschluß stehen soll, begleitet von Deutschlands besten Musikern, den *Zimmermännern*, dann im wohlklingenden São Paulo mit einem völlig neuen aus der Pubertät in das Stadium von Reife und Klassik gereiften Programm präsentieren werden: Velvet Xenien.

Wie auch der Mißgünstigste sehen muß: Meine Heavy-Metal-Rockstar-Karriere ist nicht aufzuhalten. Ich lasse mir zur Zeit auch einen echten Widerlings-Schnauzbart wachsen, weil ich gesehen habe, daß die echten Proleten nicht nur mit den bekannten, nach innen gedrehten »Ich kann vor Kraft kaum gehen«-Armen gehen, dicke Pickel im Gesicht haben, an deren Züchtung durch schlechte Ernährung ich ebenfalls arbeite, sondern vor allem diese trotteligen unter die Mundwinkel hinunter spitzenden Kungfu-Schnurrbärte tragen. So einen habe ich in zwei Wochen auch. Vor Erreichen des Klassenziels wird auch hier traditionsgemäß nicht aufgegeben. Und wenn einer noch mal über meinen Perfektionswahn lacht, mache ich zur Strafe schnell noch meinen dritten Doktor, und zwar den der Jurisprudenz, der täte mir irgendwie noch raushängen, noch mehr der der Physik.

Einstweilen sage ich in jede mir vors Gesicht gehaltene TV-Kamera: Hast du eine Meinung! Wenn einer zu meiner Alten Rokkerschnalle sagt, dann werd er umgewuchtet! Ahaga huga haga huga! Und was schaust du noch so blöd! Oder möchtest du ein Fotto von mir! Oder eine Watschen daß dich draht! Oder soll ich dir deinen Kopf gleich abi reißen! Daß du dich nicht mehr kennst! Du Kruzifix Zefix!

Also sprach der Herr. Dann legte er eine neue Platte auf.

Wissen Schaffen Zerstören Erhalten

Und es hebt an das Konzert in fis-moll für Klavier und Orchester op. 20 von Alexander Skriabin. Es ist das einzige Klavierkonzert dieses russischen Schönberg-Zeitgenossen, und er hat es in bestem Alter, mit 24, geschrieben, noch im alten Jahrhundert, 1896. Hört ihr es? Wie geht das runter? Wozu kann man solche Musik brauchen?

Den tragischen, verzweifelten, von Liebes- oder Arbeits-Leid zerfetzten, großartig genialischen Moment soll sich jeder deutsche Mann einmal täglich ruhig ein paar Minuten gönnen. Einfach weil es die Fallhöhe steigert, weil es allem ein Gewicht gibt, sonst ist nichts wirklich da von dem, worum es geht im Leben: Spaß, Heiterkeit, leichtes Gewinnen, Sieg, Glück.

Aber wo ist das alles hin geflogen? Wie geht das? Wer bin ich? Oder bin ich traurig? Wenn man diese dummen Fragen von ferne spürt, sollte man auch auf sie, wie auf alles, heftig zu treten, um zu sagen: Was fragst du so dumm, Kummer? Dann sollte man seinen sehr schweren Kopf in beide Hände nehmen und ihn fest halten, daß er nicht fort fliegt. Das wäre schlimm. Aber daß man jetzt mit dem Kummer spricht, ist nicht schlimm. Plötzlich hört man dazu die Klänge dieses Skriabin-Klavierkonzerts.

Zart, sehr leise und anrührend beginnt das Orchester, und sogleich tröpfeln ganz einsam die ersten langsam vergrübelten Klaviertöne herunter, jeder wie ein ultrakleines Rücklein zu lange zurück gehalten, Verzögerung, Hiatus, um dessen exakt richtig bemessenes Maß es bei allem tatsächlich bei allem im Leben geht, und schon will das Orchester wieder die Melodie und Sehnsucht führen, und im Nu steht man inmitten eines flammenden Kampfs. So tobt es den ganzen ersten Satz hin und her. Später, im zweiten, wo die Kräfte langsamer und schmerzlicher sich ziehen, kreischt es plötzlich wirr und zu laut, und ein düsteres dumpfes kaum erahnbares Drohen explodiert in schweren tiefen Explosionsklavierakkorden.

Und wie geht das aus? Ich weiß es nicht, weil ich immer nur die ersten beiden Sätze gehört habe, weil ich nach dem leisen Ende der Platte gleich immer wieder diesen leisen seltsamen Anfang hören wollte. Und ich hätte uns diese Musik nicht vorgespielt, wenn ich nicht eigentlich etwas ganz anderes gewollt hätte, nämlich von Skriabin erzählen.

Ein echter totaler Spinner, einer dieser hoch kontrolliert Rasenden, wie sie traditionsgemäß nur die Welt der Musik hervorbringt. Das muß etwas mit der Mathematik zu tun haben, also mit der Kernphysik (Leute!, übrigens!, das sechste längst postulierte Quark ist endlich entdeckt worden!), also mit der Astronomie und der theoretischen Astrophysik, (also all das, was in der Welt der Sprache viel kümmerlicher aber am ehesten noch das Delirium des Geschriebenen Rechts ist): das ist alles diese eine faszinierende herrliche Fundamental-Schiene.

Also, Alexander Skriabin: 1872 geboren, also Generationsgenosse von Reger, Schönberg, Rachmaninow, Ravel, also in diesen Kampf um die Tonalität hineingeboren, ob es die noch gibt?, was man damit noch machen kann?, Fragen also, die heute ganz sanft verstorben sind, nachdem sie nach dem Krieg noch einmal zu einer greisen agonalen Todeskampfvitalität aufgewacht sind (Zusammenfassung 1951: der genialische 22jährige Joachim Kaiser ziemlich genial über Adornos »Philosophie der Neuen Musik« [leninistisches Hören: Expertokratie!] – Herr Abgeordneter äh – Nein, Frau Präsident, ich kann jetzt leider keine Zwischenfragen von Experten mehr zulassen, da meine eigene Redezeit begrenzt ist und ich zuende kommen muß), und er, Skriabin, gehörte, natürlich auch er früh hoch begabt, erstklassiges Musikdiplom, Konzertreisen, Lehrtätigkeit, Dandyleben, in seinen Kompositionen zu den Progressisten seiner Zeit, die Schönberg Ecke, bloß viel verrückter.

Mit 21 schrieb er dies. »Zwanzig Jahre alt. Weiter fortschreitende Erkrankung der Hand. Hindernis zur Erlangung des so sehr ersehnten Zieles: Glanz, Ruhm. Ein, nach den Worten der Ärzte, unüberwindliches Hindernis. Erste ernsthafte Überlegungen: Grundlage der Analyse. Murren gegen das Schicksal, gegen Gott. Komposition der ersten Sonate mit dem Trauermarsch.«

Dann kam mit 24 dieses hochlyrische Klavierkonzert, das wir uns vorhin als Kummer Verstärker angehört haben, musikalisch noch relativ traditionell, dann aber, nach dem Kipp ins 20. Jahrhundert, lehren aufhören, nur noch komponieren und vollgas ab –

Prestissimo Volando
In die groteskeste Esoterik: Weg von dieser Erde, Pantheismus, Theosophie, und er selbst der Hohepriester eines visionären Mysteriums, das unter der Mitwirkung von Tausenden von indischen Mönchen abgehalten die gesamte Menschheit läutern sollte.

Ist das nicht wunderbar? Das ist natürlich fürchterlich. Trotzdem ist es richtig, sich von diesen kranken Musik Arbeitern für ein Momentlein ins Visionäre reißen zu lassen, aus diesem ganzen schönen wichtigen »Wir schauen uns die Welt an und denken uns dabei erstaunlich Naheliegendes«-Tom-Wolfe-ismus, dem wir alle leidenschaftlich und zurecht huldigen, gegen diese unersättliche Weltgier: ein kurzes Gebet bei Karlheinz Stockhausen. Nein, das kann nicht falsch sein.

Ich habe noch nie einen Ton oder ein Rauschen von Stockhausen gehört (nächstes Projekt!), aber neulich habe ich in einem Gesamtkunstwerktaschenbuch einen leider kritischen (wer sich dem Bewundern, Lieben, Hingerissensein prinzipiell verweigert, macht sich blind und meist dümmer als er ist), also dumpfen, dennoch hochinteressanten Essay über Stockhausen kontrolliert. Toll, wahrscheinlich noch toller als Skriabin, weil er noch lebt (er: Stockhausen natürlich, du Dödel, Skriabin starb 1915 an Blutvergiftung, da kann ich im Moment gar nicht darüber lachen, über diese Todesursache [Foucault]). Das vorerst Beste zu Stockhausen: Mit dem Beginn seiner Arbeit, mit seinen ersten veröffentlichten Kompositionen, 1951, seiner Erfindung der seriellen Kompositionstechnik, setzt er gleich eine neue weltgeschichtliche Epoche an, eine neue Zeit. Er sagt: »Ein neues Weltzeitalter hat um 1950 begonnen.« Hahaha! Der ist doch gut. Und von da aus geht es dann ganz schnell: höhere Ordnung, Weltmusik, Dienst, Auftrag, Kannibale, Erzengel, Gottessohn.

Und ich kann nur sagen: Was denn auch sonst? Man darf diesen vollkommen infantilen Allmacht-Gedanken, den jeder einmal gedacht hat (Ich schlage die Augen auf, erschaffe so die Welt), in sich nicht ganz tot treten, sondern muß ihn leben lassen, daß man ihn sich von der Realität immer wieder widerlegen lassen kann.

(Demnächst in dieser Abteilung: Dalí, Platon, Rechtsmedizin.)

Skriabin hat, egal von wie wirren esoterischen Visionen befeuert, ein Tonsystem entwickelt und in seinem Spätwerk angewendet, das weitergetrieben zu einem harmonikalen System in der folgenden Tonfolge gipfelt: c-fis-b-e'-a'-d''. Ich habe den Akkord am Klavier ausprobiert, und es ist ein für unsere Ohren ganz normaler schräger Sepp.

Aber, und hier mein Freund kommen wir wieder zu dir, der du traurig, voll Kummer und in eine schwarze weihig leidexaltierte Musik versunken da sitzt und deinen von falschen Fragen allzu schweren Kopf mit beiden Händen zusammen und oben auf dem Hals fest hältst, dieser Skriabinsche schräge Sepp hat diesen wunderbaren Namen: Prometheischer Akkord.

Tanzlokal, Halb Eins

Richtig: Das gibt Kraft. Da ist es Zeit, aufzustehen, sich zu schütteln, die falschen Fragen abzuwerfen und frech und forsch den Kummer anzuherrschen: Pah! Fort! Du Depp! Und leichten Kopfes erhebt man sich und klug und stark geht man durch die Türe aus dem Haus.

Niemandes Maßlosigkeit oder Größenwahn muß bekämpft werden, hingegen der Biedersinn, der in jedem von uns jammert und nörgelt, der möchte, daß wir immer alleiner und einsamer und alt und traurig zu Hause sitzen, der möchte nur still am Land den Kuchen essen, den die Frau wohl backt, anstatt laut für Die Republik mit aller Kraft gegen die Republik zu kämpfen, der möchte Ruhe, Stillstand, sparsame Bewegungen, und keinesfalls am Neuen das Neue erkennen, am Jetzt nicht das Jetzt.

Das ist falsch. Jeder muß hinaus: Reden, Streiten, Lernen, Wirken, Tun, Kämpfen.

So fuhr ich nach Kräften durch das deutsche Land in fremde Städte, nach Düsseldorf, Köln, Hamburg, Berlin, und führte ein lautes tätiges Leben. Heimgekehrt nach München jedoch, war ich erschöpft und feige und in der leeren Wohnung schimpfte ich traurig gegen das stumme Telefon. Also ging ich in die Skriabinsche Musik. Dann stand ich auf. Ich rief. Holla! Und ich blickte wild um mich. Da sprach die Arbeit: Komm, ich bin bereit. Da sprang mein Herz vor Freude, ja!, Sakrament!, das war schön.

Da stand ich wieder nachts im Nachtleben, mit wilder froher Würde, und tat was sich gehört: Ich hielt das Bier mit der Hand. Dann stellte ich es hinunter in den Bauch und wurde unberührbar am Gehirn. Dort ging ruhig manchmal ein schöner Gedanke auf und ab spazieren. In meine leeren hungrigen Augen aber kam die schöne uralte wunderbare Welt, Junge Tänzer Blicke Stampfen Taumel, gar nie gesehen herein, und ich nickte feurig: Jede Nacht wird neu die erste Nachtlebennacht geboren. Da zerfetzte mich das in mir explodierende Glück.

Kerker

Jede Anstrengung Mehr
Ist Ein Mehr Unserer Produktion
Und Ein Schritt Weiter
Zum Sieg

I

1
Das Volk murrt.

2
Meine Fahrten in fremde Länder.

3
Die Verhaftung ist ein Akt staatlicher Willkür.

4
Spontaneitismus und Terror sind selbstverständliche Aktionsformen des revolutionären Kampfs.

5
Ich denke, ich kenne nur eine Sehnsucht, die nach dem Zweifel, also nach Wissenschaft.

6
Das bürgerliche Subjekt fetischiert den Defekt.

7
Leidenschaft, viel geschmäht, ist in Wahrheit doch nur ein anderes Organ der Vernunft.

8
Meine Frechheit.

9
Freiheit und Individualismus sind die Eckpfeiler deutscher Ideologie.

10
HÖLLE
Ich will, angesichts des Todes.

11
Die Enthauptung.

12
Der Affekt des Volkes.

13
Eine neue Zeit ist also angebrochen.

14
Der Lärm der Parolen, die stampfenden Massen.

15
Die Vorboten von Aufständen und öffentlichen Unruhen.

16
Das Ende.

17
Jeder Tod ist Mord.

18
Die Schönheit der richtigen Tat.

19
Alles gestehen.

20
Krieg und Revolution bestimmen die Zeit.

II
Hölle

»Der Kampf Geht Weiter«

ICH WAHRHEIT WILL WAHRHEIT, ANGESICHTS WAHRHEIT DES WAHRHEIT TODES WAHRHEIT, FINSTERNIS WAHRHEIT DES WAHRHEIT HIMMELS WAHRHEIT AUF WAHRHEIT IMMER WAHRHEIT, ELENDE WAHRHEIT ZUKUNFT WAHRHEIT WÄSSERIG WAHRHEIT SCHWÄCHLICH WAHRHEIT AN WAHRHEIT DER WAHRHEIT HERRSCHAFT WAHRHEIT, ENDGÜLTIG WAHRHEIT NACHT WAHRHEIT, BRÜCHIG WAHRHEIT BLÄTTRIGE WAHRHEIT DUMMHEIT WAHRHEIT, DEREN WAHRHEIT SCHLIMME WAHRHEIT WOLKEN WAHRHEIT FRECH WAHRHEIT, TRÄNIG WAHRHEIT, IN WAHRHEIT PEIN WAHRHEIT VERSCHLAMPT WAHRHEIT ALS WAHRHEIT LEHRER WAHRHEIT DER WAHRHEIT ZEITVERGEUDUNG WAHRHEIT UND WAHRHEIT TATENLOSIGKEIT WAHRHEIT UND WAHRHEIT DES WAHRHEIT BLAUEN WAHRHEIT BÖSEN WAHRHEIT DURCH WAHRHEIT TORHEIT WAHRHEIT, DIE WAHRHEIT BLEI WAHRHEIT SCHWER WAHRHEIT ÜBER WAHRHEIT DEM WAHRHEIT LAND WAHRHEIT NIEDER WAHRHEIT HÄNGT WAHRHEIT IM WAHRHEIT SOMMER WAHRHEIT, ALTE WAHRHEIT FÜRCHTERLICHE WAHRHEIT HERBSTANDROHUNG WAHRHEIT, GEMÄSSIGT WAHRHEIT ZUR WAHRHEIT LUMPEREI WAHRHEIT, UNSÄGLICHE WAHRHEIT

NIEDERLAGEN WAHRHEIT HER WAHRHEIT SCHLEPPT WAHRHEIT UND WAHRHEIT DAS WAHRHEIT ZERSTREUTE WAHRHEIT IDEAL WAHRHEIT DES WAHRHEIT ZWEIFELS WAHRHEIT EINSENKT WAHRHEIT AUS WAHRHEIT KÜMMERLICHSTER WAHRHEIT ANGST WAHRHEIT, VATER WAHRHEIT DER WAHRHEIT LÜGE WAHRHEIT KUNST WAHRHEIT STILLSTAND WAHRHEIT ZU WAHRHEIT FRIEDE WAHRHEIT ERKLÄRT WAHRHEIT AGONALES WAHRHEIT GEREDE WAHRHEIT BARBARISCHE WAHRHEIT ENTRECHTUNG WAHRHEIT IM WAHRHEIT TOD WAHRHEIT VERSCHÖNT WAHRHEIT UND WAHRHEIT BEGÜTIGT WAHRHEIT ZUR WAHRHEIT HÖLLE WAHRHEIT, ARBEIT WAHRHEIT LEISTEND WAHRHEIT AN WAHRHEIT DER WAHRHEIT GUTEN WAHRHEIT SCHÖNEN WAHRHEIT REVOLUTION WAHRHEIT, DIE WAHRHEIT DER WAHRHEIT WILLE WAHRHEIT MIT WAHRHEIT ZORN WAHRHEIT, KRIEG WAHRHEIT, GEISTESKONZENTRATION WAHRHEIT SETZT WAHRHEIT, ALSO WAHRHEIT MORD WAHRHEIT UND WAHRHEIT WISSENSCHAFT WAHRHEIT UND WAHRHEIT RECHT WAHRHEIT BEWEGT WAHRHEIT, VON WAHRHEIT MATERIAL WAHRHEIT UND WAHRHEIT MASSLOSER WAHRHEIT GENAUIGKEIT WAHRHEIT UND WAHRHEIT TRIUMPHALEM WAHRHEIT MUT WAHRHEIT FORT WAHRHEIT GERISSEN WAHRHEIT, DIE WAHRHEIT NEUEN WAHRHEIT SCHNITTE WAHRHEIT, DIE WAHRHEIT SCHNEISEN WAHRHEIT DER WAHRHEIT STADT WAHRHEIT LEICHT WAHRHEIT SCHLÄGT WAHRHEIT, AUF WAHRHEIT DASS WAHRHEIT DER WAHRHEIT ENTSCHLUSS WAHRHEIT AUF WAHRHEIT SPRINGT WAHRHEIT ZU WAHRHEIT KLUGHEIT WAHRHEIT UND WAHRHEIT GÜTE WAHRHEIT UND WAHRHEIT GELB WAHRHEIT DER WAHRHEIT MORGEN WAHRHEIT AUSBRICHT WAHRHEIT, ARZT WAHRHEIT JEDEM WAHRHEIT SCHÄDEL WAHRHEIT,

KNOCHEN WAHRHEIT, BLUT WAHRHEIT, WOHL WAHRHEIT TÄTIG WAHRHEIT DIE WAHRHEIT TAT WAHRHEIT KONSTRUIERT WAHRHEIT AUS WAHRHEIT LUST WAHRHEIT AN WAHRHEIT WEISHEIT WAHRHEIT, HOLZWAHRHEIT, FELSWAHRHEIT, HIRN WAHRHEIT, DIAMENTEN WAHRHEIT DEN WAHRHEIT SIEG WAHRHEIT AUSSPRICHT WAHRHEIT UND WAHRHEIT GLÜCKLICH WAHRHEIT AM WAHRHEIT TAG WAHRHEIT DES WAHRHEIT UMSTURZES WAHRHEIT DIE WAHRHEIT FEURIGE WAHRHEIT KRAFT WAHRHEIT IST WAHRHEIT LICHT WAHRHEIT DER WAHRHEIT WELT WAHRHEIT, ENDLICH WAHRHEIT EWIG WAHRHEIT HEUTE WAHRHEIT LEBEN.

III
Lüge
Diskussion

»Er Sagt Nichts. Er Sagt Nichts.«

Warum kommt man nach Graz, noch dazu zu einem sogenannten Symposion, noch dazu zu einem Symposion über ein so fürchterlich modernes ekeliges Thema wie Lüge, noch dazu als der entschiedenste Feind des Gesprächs, schon gar des öffentlichen Gesprächs.

Man kommt, weil man lernen will. Man will sich all die viele böse Arroganz, die sich zuhause in der Enge der eigenen vier Wände und im Kampf mit der eigenen Arbeit notwendig heraus arbeitet, von der Wirklichkeit widerlegen lassen.

Zu Studien- also Selbstverbesserungszwecken bin ich also hierher gekommen, um einmal mehr in einer Studie des angebeteten also verachteten literarischen Betriebes zu studieren, welche Fehler die anderen schon machen, die ich also nicht mehr machen muß, es sei denn, ich wäre wissend und willentlich ein Schlamper und Idiot, also der Depp, der Depp bin ich aber nicht. Ich bin also hierher gefahren, wie ich vor 6 oder 7 hundert Jahren als ernster wirrer junger Mensch nach Klagenfurt gefahren bin, und es hat mich keine Sekunde Anstrengung gekostet, wie einst an den Lippen derer zu hängen, die den Platz hinter den Mikrofonen eingenommen haben, um vom Katheder aus zu mir zu sprechen. Von dort, von wo sonst, muß die Lehre kommen.

Das Gespräch hingegen gilt es zu meiden. Denn das Gespräch macht dumm. Wer im Gespräch nicht verbindlich wird, ist ein Holzklotz oder ungezogen und ein Flegel. Verbindlichkeit jedoch und all die übrigen zum Gespräch gehörigen freundlichen Entgrenzungen sind das Gegenteil, der Feind, die Abschaffung all jener zum Welterkennen und Weltdenken notwendigen Tugenden: Eis, Unerbittlichkeit, Strenge, Zorn, Grazie. Alle wissen das. Deshalb und dagegen an wird so fürchterlich und hemmungslos viel gesprochen. So herrscht die Dummheit und sichert also die Herrschaft der Macht.

Und was war die Lehre des Katheders? Von den 17 Sprechern, die zu mir sprachen, war genau Einer ein tatsächlich Denkender, ein Philosoph, ein Wissenschaftler, also das, worum es einzig geht, was einzig interessiert, und allein wegen dieses einen so leise und rasend gesprochenen Vortrages hat die Reise hierher gelohnt.

Der Rest läßt sich kurz machen. Hier kommt meine Galerie, die Blickdiagnose, der Befund.

Hans Mayer: Musik ist immer tröstlich. Das Volk, das immer recht hat, rennt zur Zeit mit dem vollkommen richtigen Wahlspruch durch Graz. Ehret Das Alter.

Adolf Muschg: Soo sympathisch, so fürchterlich sympathisch. Denn nichts macht so **** wie Elternschaft. Elternschaft macht verantwortungsvoll und nach denklich, anstatt rücksichtslos und denken. Nieder mit allen Eltern. Nieder mit dem debilen Kinderzeugen.

Michael Schneider: Stottert. Ab in die Sprech- und Sprachschule.

Ursula Krechel: Ebenfalls behindert. Wer das Wort Szene nicht korrekt aussprechen kann, sondern immer wieder Zene sagt, hat auch als noch so sensible verhungerte Germanistenf**** kein Recht zum Theaterstückeschreiben.

Mazzino Montinari: Endlich ein Gelehrter, ein großer alter Herr, der die Größe hat, die Größenverhältnisse korrekt zu benennen und zugleich seine Liebe. Mein Autor Nietzsche.

Bettina Blumenberg: 10 Jahre alt, und schon ein solches Sensibelchen, so ein Teiggesicht, so eine Poesie, so ein Brechreiz.

Gernot Böhme: Meine ewige Rede, die deutsche Universität bringt *******, ******* und nichts als die ****** hervor, die hier auch noch langhaarig verschlufft und nicht erwachsen werden wollend auftritt. Hockt er schon auf irgendeinem Lehrhokker? Ist überreif dafür.

Manfred Mixner: Die Jahrgänge zwischen 44 und 57 haben wenig Größe produziert. Die dicke freundliche Privatphilosophie, Jahrgang 47, macht da keine Ausnahme.

Paul Wühr: Hat bei Brus immer den Kopf geschüttelt, weil Brus ihn genial vollstreckt hat. Denkrätsel und Sprachspielchen, die der denkende und sprachliebende Mensch im Alter von 5 Jahren durchmacht und hinter sich bringt.

Karl Markus Michel: Ich verneige mich vor dem großartigen Lorbeerträger dieser Tage. Das Genie der Depression. Es ist fürchterlich. Aber nur dies ist wahre ARBEIT.

Richard Sennett: Die Schönheit Amerikas ist die Schönheit der amerikanischen Sprache, so klar, knapp, von vorneherein schon besser als das Deutsche platt gedacht. Auch zeigt sich wieder, wie gut der vernichtende Konkurrenzdruck der amerikanischen Universität der amerikanischen Universität tut, sichtlich sehr gut.

Bodo Kirchhoff: Literatur muß also doch nicht dröge und dumm sein. Das macht glücklich und lachen. Wieviel Spaß jedoch, wieviel Farce, wieviel Kalkül ist erlaubt? Wieviel Schlauheit erträgt die Vernunft, ohne daß das Denken Schaden nimmt.

Günter Brus und Arnulf Meifert: Kritik an Sennett. Es gibt doch noch eine Ironie, die die Lüge kritisiert. Es gibt doch noch die moralische Kraft des Lachens. Die Arbeit am Komischen muß nur so ultimativ delirant radikal sein wie hier. Dann fegt sie alle Wührs samt Literaturliteratur hinfort.

Bodo Morshäuser: Mir mehr als nur dem Namen nach bekannt. Über Menschen, mit denen man mehr als nur 10 Sätze gewechselt hat, hat man kein vernünftiges Urteil mehr. Man versteht sie nicht nur, man ist ihnen geneigt. Deshalb ist Rührung schön, aber böse.

Dietmar Kamper: Professor Schlamper. Was hat dieser Mensch studiert? Hat dieser Fettsack überhaupt gedient? Genaueres siehe Professor Böhme.

Gert Hofmann: Noch ein Mann mit grauem Bart, noch ein Dichter. In was für einer Welt lebt diese ringelhemdtragende Elendsexistenz, eben in keiner Welt. Aber plappern plappern plappern.

Oswald Wiener: Zum Schluß ein kreidequietschendes Glück, weil ein Mathematiker frei spricht.

Soweit der Befund.

Therapie für alle. Täglich 24 Stunden Arbeit.

Neue Massen

Musik ist heilig. Alle Musik ist immer und wesentlich und unweigerlich sakral. Dies ist die grausige Lehre des Batcave. Ist Musik also unumgänglich dumm? Also zuinnerst böse? Das Batcave, sagte Andy McCoy wie aus der Pistole geschossen und lachte, ist seit zwei Jahren tot. Mike Monroe nickte, warf die Lippen und war, wie alle, klüger als im schönsten Traum.

»Man muß davon ausgehen, daß der Stein denkt.«

§ 1
De Populo

Das Volk weiß, was es will, nimmt sich, was es braucht, liebt, was gut ist, und verwirft das Schlechte. Das Volk hat immer recht. Das kollektive Volksgedächtnis arbeitet exakt selektiv, es bedarf keiner Erinnerung, denn es trägt immer innen in sich, was je groß, stark, wahr, also der Fortschritt gewesen ist. Die Ästhetik des Volkes ist erbarmungslos natürlich, also Kampf, entschlossen, klar, inhuman, vital. Wer das Volk nicht versteht, versteht nichts von der Welt.

Beweis
Wem gehört die Musik?

Andy McCoy: Ich liebe die Musik. Ich habe mein Leben lang Musik gehört. Mit 5 war ich der größte Beatles-Fan von Helsinki, ach was, von ganz Finnland. Später dann Alice Cooper, Mott The Hoople, MC5, CCR, Sweet, Slade, Prince, Damned, alles alles, verstehst du, immer Musik. Aber der eigentliche Kick war Marc Bolan, der allerfrüheste Marc Bolan, nicht der T.-Rex-, sondern der Tyrannosaurus-Rex-Marc-Bolan, natürlich, logisch, A Beard Of Stars. A Beard Of Stars, das hat mich umgeschmissen, die Platte, da war ich 10, da habe ich mir gesagt: Junge, du mußt selber Musik machen, du wirst für die Sache der Menschheit streiten, vielleicht auf verlorenem Posten, aber trotzdem. Mit 10 bist du ja viel klüger, als alle glauben. Da habe ich das verstanden, die Dialektik von Unterhaltung und Aufklärung, daß man die zusammen schlagen muß, das habe ich damals, da war ich wie gesagt 10, zu meinem Programm gemacht. Das wird heute vollstreckt.

Ist das nicht eine Erfindung? Daß ihr Finnen seid?

Mike Monroe, lacht: Wieso Erfindung? Wir leben jetzt in London. Aber wenn du Musik machst, denkst du so viel über die Zeit nach, weil Musik ist ja ein einziges Problem von Zeit, dauernd die Zeit als Problem. Langsamer hören!, wenn du es nicht verstehst, habe ich neulich bei einem Konzert auf einen dummen Zwischenruf geantwortet. Aber wer von diesen Idioten denkt schon über die Zeit nach. Ich eben, als Kind, da droben in Finnland, du kannst dir nicht vorstellen, wie langweilig Finnland ist, so total langweilig, daß du logisch zu denken anfängst.

Zusatz 1
Das Volk ist nicht Die Arbeiterklasse. Die Arbeiterklasse ist nur der Lieblingsfetisch ihres ersten Feindes, des Bürgertums. Das Volk ist Abstraktion wie Der Staat, dessen natürlicher Antipode es ist. So ist das Volk der logische Staatsfeind. Sein Kampf ist Klassenkampf. Das Mittel dieses Kampfes ist Gewalt. Sein Ziel Revolution.

Zusatz 2
Privat gesprochen, vom Klassenstandpunkt des Bürgers aus: Das Volk ist der Name der Abstraktion von der Summe der Momente der Kraft der Wahrheit der Weisheit der Dummheit, also der Erschütterung und Rührung.

§ 2
De Nomine

Neue Namen sind jüngst ins Spiel gebracht worden. Einmal mehr wurde Altes neu, indem es seinem herkömmlichen Referenzrahmen enteignet, in Wort und Bild zur billigen Münze gemacht und so den Massen zur bewußtlosen, unverständigen, blödsinnigen Benutzung vergesellschaftet wurde. Die Welt der Vernunft jubiliert. Denn jeder Hitler auf einem Plattencover mehr ist ein Hitler mehr, jeder Lenin, von einem monumentalen fortschrittlich propagandistischen Wandgemälde auf die T-Shirts der Jugend des kapitalistischen Westens herunter geholt, ist unbestreitbar ein Lenin mehr, und jede Nennung des Namens der Hauptstadt der Sozialistischen Republik Vietnam, Hanoi, ist in nuce eine Wiederholung mehr des Diskurses über die Vorgeschichte und den Verlauf des lang andauernden Befreiungskrieges in Viet Nam als Beispiel für die Notwendigkeit des bewaffneten Kampfes der Unterdrückten gegen ihre Unterdrücker sowie über die Versuche der Vereinigten Staaten von Amerika die Grundlagen der Revolution zu vernichten. Jeder Name erzählt so, auch dem, der ohne zuzuhören nur mit ihm spielt, seine Geschichte.

Beweis
Was folgt aus der Ungleichheit der Menschen?

Andy McCoy: Gerechtigkeit und Staat.

Gibt es gute Herrschaft?

Andy McCoy: Hast du deshalb diese Hitler-Biographie mitgebracht? Darf ich die behalten?

Freilich. Aber kann denn Recht sein, was dem Stärkeren nützt?

Andy McCoy: Die Herrscher müssen erzogen werden. Sie müssen so wenig Herrscher sein wollen, daß sie zur Herrschaft gezwungen werden müssen, weil sie in Wahrheit Philosophen sind.

Ist also Herrschaft denkbar, die dem Gemeinwohl nützt?

Andy McCoy: Hitler war ein schlechter Philosoph. Das war das schlimmste an Hitler, daß er so dumm war.

Ist denn dumme Herrschaft immer böse Herrschaft?

Andy McCoy: Hitler war die Dummheit, und noch dazu die österreichische Dummheit, also die notorische österreichische Todessehnsuchtsdummheit, in Verbindung mit der notorischen deutschen Staatssehnsuchtsdummheit, also von A bis Z falsche Philosophie, also Menschenvernichterherrschaft an der Macht.

Ist das so einfach?

Andy McCoy: Natürlich nicht. Aber ich weiß ja nicht, wie klug deine Leser sind.

Freilich ausschließlich die Klügsten.

Andy McCoy: Das freut mich, daß du auch ein Angeber bist. Wir arbeiten auch an der Verbesserung der Jugend. Wir verbannen alle verweichlichende Musik.

Gibt es denn Revolutionsmusik?

Andy McCoy: Musik hat keinen Inhalt.

Mike Monroe: Erzähle ihm doch die Geschichte von Lenin.

Andy McCoy: Führt jetzt zu weit, ein andermal, eine lange schöne Geschichte, Lenin, Rockmusik, Revolution.

Zusatz

Der snobistische, pedantische, gründlich unpolitische Einwand sorgt sich um den politischen Standort, das Selbstverständnis, die Absicht derer, die Namen neu ins Spiel bringen. Ganz so, als hätten die Insspielbringer der Namen und nicht die Namen selbst die Kontrolle über die ihnen zugehörige Geschichte. Damnatio Memoriae ist immer Tilgung der Namen gewesen. Auf kaiserlichen Befehl gingen in jedem Winkel des Reiches die Steinmetze an die Arbeit und meißelten aus jeder Inschrift den zu tilgenden Namen weg. Gegen die im Westen staatsverordnete Damnatio Memoriae verdienter großer siegreicher Führer der Revolution arbeitet als Hirn Paul Morleys Pop und als Körper Hanoi Rocks Rock.

§ 3
De Labore

Arbeit macht Arbeit. Dem Gesetz der Tautologie folgend, demzufolge Macht Macht macht, Geld Geld, Glück glücklich, Schwäche schwach, dumm dumm, Essen Hunger, Denken Gedanke, macht also auch die Arbeit keineswegs frei, wie eine schöne, alte, böse Torinschrift behauptet, sondern ist Arbeit selbstverständlich nur ein anderer Knast, allerdings der allerschönste Knast. Denn während das Leben im Faulheits-, Antiautoritäts- und Schlamperlebenknast immer trauriger, dümmer, dumpfer, selbstzufriedener und unverschämter macht, macht das Leben im Arbeitsknast stark, eigen, maßlos, glücklich, unberührbar und gefährlich.

Beweis

Ihr habt innerhalb von zwei Jahren vier LPs herausgebracht.

Mike Monroe: Genau! Und jetzt brechen wir durch.

Andy McCoy: Die letzte ist außerdem produziert von dem bekannten –.

Das interessiert nur den Idioten.

Andy McCoy: Du hast eben kein Herz für die Musik.

Interessant ist, daß auf allen vier Platten imgrunde dauernd einunddieselbe Nummer läuft, eben diese vulgäre, infantile, stumpfe Rockmusikstandardnummer.

Mike Monroe: Dieser Mensch hat keine Ohren.

Und daß es genau um diese unermüdliche stumpfsinnige Wiederholung geht.

Andy McCoy: Ich könnte alle zwei Wochen eine neue LP machen, weil ich praktisch ununterbrochen, auch jetzt, während wir reden, neue Lieder schreibe.

Zusatz

Wiederholungsarbeiter sind Weiterarbeiter von der Art der Beschleunigungsarbeiter, also Schnell- und Massenausstoßarbeiter, also Täter: Rock (Bernhard, Foucault, Schröder, Voltaire). Umsturzarbeiter hingegen sind als Konzentrationsarbeiter Verlangsamungsarbeiter, denn Denker: Pop (Handke, Johnson, Kant, Weiss). Das Genie der ersten macht den Zeitgenossen die Zeit, das der zweiten ihr Auftritt erkennbar. Brauchbar sind beide. Eine grundsätzliche Entscheidung für das eine und gegen das andere, ist nicht nur nicht notwendig, sondern falsch.

§ 4
De Parentibus

Deine Eltern hatten in ihrer Dummheit nichts Häßlicheres und Kümmerlicheres zu tun, als ihrer eigenen erbärmlichen Existenz einen Funken von Recht zu geben, indem sie dich in die Welt gesetzt haben. Den Dank, den sie dafür absurderweise ausgerechnet von dir verlangen, stattest du ihnen am besten ab in Form von solidem Haß. Haß macht sehend. Und so wirst du erkennen, daß ausgerechnet der fieseste Elterntrick, die erbarmungslose Elternliebe, mit der sie dich von klein auf traktiert haben, um sie später um so erbarmungsloser und trickreicher von dir zurück zu fordern, nicht Folge eingeborener Elternbosheit oder gar absichtlich böser Elternabsicht ist, sondern schlicht von Elterndummheit. Denn das ist die letzte Wahrheit über Eltern, daß sie dumm sind, weil sie sich gezielt dumm machen, weil Elternschaft naturlogisch dumm macht. Daher sind Kinder immer klüger als Eltern. Erst wenn Eltern ihre Kinder so weit in den Dreck gezogen haben, daß sich die Kinder selbst zu Eltern gemacht und damit in den naturlogischen Elterndummheitsdreck begeben haben, lassen Eltern von ihren Kindern ab. Ist der erbarmungsloseste Elterntrick die Elternliebe, so ist Elternliberalität der verlogenste und schmutzigste Elterntrick. Strafe liberale Eltern, die die allerdümmsten Eltern sind, durch rücksichtslose Klugheit. Erbrich ihnen die Freiheiten, die sie dir geben wollen, in ihr liberales Gesicht zurück, bis du ihre Freiheitengeberherrschaft zerstört hast. Höre selbst dann nicht auf, mit deinem angeborenen Kinderklugheitsvorsprung die Eltern so ingrundundboden und kaputt zu denken, bis von ihnen nur noch die Elternessenz, die Elterndummheit übrig ist. Dann fangen sie an zu winseln. Ihren auf nichts gegründeten elterlichen Herrschaftsanspruch hast du exakt auf das reduziert, was er ist: auf nichts gegründet, lächerlich, erbärmlich, machtlos und uralt. Du aber bist jung und klug. Du gehst auf und davon.

Beweis
Ist das die Wahrheit über Eltern?
Mike Monroe: Logisch.
Andy McCoy: Gewiß.

Zusatz
Nieder mit den Eltern. Nieder mit der Kleinfamilie, Großfamilie, Liberalfamilie. Nieder mit dem stupiden Kinderzeugen. Nieder mit den verwachsenen Erwachsenen. Nieder mit dem Staat. Nieder mit dem Frieden. Für Haß. Für Ausreißen. Für Denken und Haß.

§ 5.
De Vita

Das Komische ist das Schwerste. Sein Gegenteil ist der Humor, sein nähester heftigster Feind die Ironie. All die übrigen kodifizierten Formen der Komik haben mit dem Komischen ohnehin nichts zu tun: Parodie, Satire, Zitat, Witz, Pointe; kann man vergessen. Was der Ironie fehlt, was sie so jämmerlich und lächerlich macht, ist der Ernst. Ernst, Wille zur Wahrheit, zur Welt, und eiskalte Klarheit machen das Komische so total und unerbittlich und also als immer nur einzelnes im Effekt so komisch. Daß Ironie keineswegs, wie die meisten Intellektuellen glauben, ihr Privileg ist, sondern die Lebensgrundhaltung von Jedermann, also der Witz der Masse, daß also das Ekelerregendste die alltäglich gesprochene Rede ebenso wie die tägliche Schrift terrorisiert, kann kein Anlaß zu Herablassung und Spott sein. Denn Ironie macht die Welt erträglich. Nur wenige können es sich leisten, sie nicht zu ertragen. Die aber müssen am Komischen arbeiten. Denn das Komische kämpft bitterlich gegen die Unerträglichkeit der Welt, also für das richtige, also das schöne Leben.

Beweis

Ihr seid in der Heavy Metal Hitparade des Melody Maker auf Platz 1.

Mike Monroe: Ich sage ja, der Durchbruch.

Andy McCoy: Ja, mit dem alten CCR-Lied Up Around The Bend. Eine Nummer, die die Leute gut kennen, hören sie immer wieder gerne. Wir übrigens auch. Hahaha.

In der deutschen Rock-und-Pop-Kritiker-Besten-Liste ist eure LP auf dem allerletzten Platz gelandet.

Mike Monroe: Wie oft soll ich es noch sagen, der Durchbruch, der –

Andy McCoy: Quatsch, nein, Besten-Listen interessieren mich nicht. Was interessiert, sind Verkaufslisten, Sellerlisten, Bestsellerlisten.

Verstehen also Musikkritiker zu viel von Musik?

Andy McCoy: Unsinn, zu viel kann man gar nicht verstehen von etwas. Aber von allem anderen verstehen die meisten zu wenig. Die haben keine Philosophie, kein Fundament, keine Politik. Wie sollen die uns verstehen.

Und das Volk?

Andy McCoy: Bestsellerlisten sind das Rückenmark der Kultur, der bewußtlose Bewegungsapparat, der dafür sorgt, daß der Beste, also das Gute, das Positive siegt. So wird schließlich alles gut.

Zusatz

Nur wer das Volk verachtet, kann meinen, ein Zuviel an Ernst und Ambition ruiniere Rede, Musik, Arbeit, Texte, und er müsse zur Hitparadentauglichkeit Ernst und Ambition reduzieren. In Wahrheit ist es genau umgekehrt. Überall gibt man sich zu schnell mit sich zufrieden. Und das erste, was die Welt der Erwachsenen jeden lehrt, der sie betritt, ist dies, daß dort überhaupt kein Ernst herrscht, statt dessen ausschließlich ein erlogener Gestus von Ernst, keine Ambition, sondern nur ein Gestus von Ambition. So kommt nicht nur ein Zuviel, sondern durch ein notorisches Zuwenig an Ambition das Böse in die Welt.

§ 6
De Corpore

Die Schönheit des Fleisches ist seine Idee, die nach außen sichtbar material gedacht werden will. Sthenie von Wille und Hirn also schafft den schönen Mensch. Umgekehrt will die Textur des Gesichts den sie prägenden Geist nicht nur für sich formulieren, sondern allen sagen. Das hierfür sensible Organ ist die Physiognomische Wissenschaft, praktisch von allen dauernd angewendet und nur als theoretisches Postulat der Menschengeisterkenntnis abgelehnt und angefeindet, jedoch sich stetig selbst verfeinernd und korrigierend studiert sie in jedem Gesicht Gestalt, Rundung, Kante, Winkel, Furche. Bewegt das Gesicht sich richtig, weiß auch der restliche Körper sich selbst, weil in ihm jede Zelle ihre Lage, ihren Nachbarn, ihre Aufgabe kennt, und insbesondere dieses Zellselbstwissen zentralnervensystematisch nicht unterdrückt, sondern im Gegenteil gebahnt und so logisch und in Ordnung gedacht wird. Die falsche Bewegung indessen, die der Intellektuelle sich geradezu stolz als körperliches Ungeschick zugute hält, ist in Wirklichkeit nichts als selbstgefällige Hirnfaulheit und Denkschlamperei, nur Koketterie mit dem Defekt, die Rührung hervorrufen möchte, weil der Intellektuelle bei der Betrachtung seiner selbst und seiner Umwelt selbst so gerne gerührt ist, obwohl Rührung nur Signum und zugleich Tarnung einer unverschämten Arroganz ist, also ein ganzundgar schwächliches, abscheuliches, verwerfliches Gefühl. Die richtige, also zu Ende gedachte, also schöne Bewegung hingegen erzeugt den der Schönheit naturlogisch zugehörigen Effekt: Hermetik, Eis, Schock, Schreck. So macht Schönheit Denken und vermehrt so die Würde der menschlichen Natur.

Beweis
Warum ruft Schönheit Schmerz hervor?

Mike Monroe: Ich bin das Gesicht der Band. Andy ist die Musik. Wir sind von Jugend an befreundet.

Aber der Schmerz?

Mike Monroe: Ich kenne einen Maler, das ist der schönste Mann in ganz Helsinki, der hat sich im Kampf mit der Arbeit so schön gearbeitet. Der hat nun einen Bruder, der ist auch Musiker, und der ist der beste Tänzer, der imgrunde einzige zum Tanz berechtigte Mann in den Diskotheken Helsinkis. Denn in dem hat sich der gleiche Geist, der sich im ersten zur Schönheit geformt hat, zur äußersten erschütternden Grazie der Bewegung geordnet.

Zusatz
Die Klinik ist die radikale Schule des ästhetischen also ärztlichen Blicks. Dieser Blick prüft nicht, sondern erspäht, das heißt er trifft: zentral, durchschlagend, wesentlich. Der auf die Sicht der sinnlichen Wahrheit vollkommen angespannte Sehensinn verschmilzt im Auge Wissen, Welt, Schönheit zu evidentem Weltsinn.

§ 7
De Scientia

Wissenschaft verdient als einzige Arbeit den ausgezeichneten Namen Arbeit. Jeder muß selbst Wissenschaftler sein. Jeder Schreiber muß Philosoph, jeder Philosoph muß Physiker, jeder Musiker muß Mathematiker sein. Wer nicht ist, was er sein muß, muß es werden wollen. Jeder muß alle Zweige der Wissenschaft studieren. Jeder muß nur denken, was seine eigenen fünf Sinne ihn wissen lassen, und dieses Wissen muß er so weit weiter denken, wie weit er denken kann. Jeder soll sich, um Jahrhundertgrenzen unbekümmert, ausschließlich bei den Größten schulen. Die Welt ist alt, sehr groß und reich an Wissen.

Beweis
Die Universität war vor 18 Jahren der Ort der Lust und Arbeit für den jungen Menschen. Wo findet heute die Party statt?

Andy McCoy: Im Nachtleben, auf Konzerten, auf dem Fußballplatz.

Was hat sich geändert?

Andy McCoy: Nichts. Jede linke Buchhandlung riecht immer noch genau so unerträglich wie vor 7 Jahren, weil der Muff von 15 Jahren tausendmal muffiger ist als der von diesem Muff einst bekämpfte Muff von tausend Jahren unter den Talaren. Im Gegenteil, die Universität sieht dieser Tage so sehr nach Spaß aus, daß das Nachtleben sich schleunigst etwas einfallen lassen muß, sonst gehen plötzlich alle wieder in die Universität.

Wäre auch kein Schaden.

Zusatz
Du sollst nicht stehlen.

§ 8
De Vanitate

Die Lüge, inzwischen zutode gefeiert, wurde einst zurecht so ekstatisch gefeiert, jedoch konnte sie nur korrekt feiern, wer je zuvor sein ganzes Sinnen und alle Kraft auf die Erkenntnis der Wahrheit geworfen hatte. Die anderen konnten aus der Apotheose von Lüge, Zitat, Subjektliquidation, Sinnabschaffung, Pop nur den Fehlschluß ziehen, es sei nun alles ganz einfach geworden, und das Denken sei seine eigene Anstrengung endlich los und es sei ersetzbar durch ein paar nette, von klugen Vordenkern gut geölte Maschinchen. In Wirklichkeit ist das Denken genau umgekehrt und logisch viel komplizierter, anstrengender, maschinenungleicher und genialitätsbedürftiger geworden. Die Plagiatoren waren leicht zu erkennen und wurden umstandslos aus dem Feld geworfen. Die Originale hingegen stehen unter strengster Beobachtung, ob sie sich zu Nichtweiterdenkern kaputt selbstplagiieren, und jedes Selbstplagiat wird mit Trauer registriert und verzeichnet, da die Treue will, daß alles immer so bleibt wie es ist, die Guten gut, die Bewunderten bewunderungswürdig und die für ihr Hirn Geliebten Geliebte.

Beweis
Warum schreit der NME so hysterisch War On Pop?

Andy McCoy: Der seit Wochen schönste NME-Artikel war Tony Parsons' I Take My Place In The Singles Bar-Singles-Seite. An Ian Penmans Kriegsartikel hingegen war nichts gut, außer der genialen Titelseite, für die er nichts kann, und vielleicht noch der erneuten Bestätigung, daß er eben ein dummer Langweiler und seniler Schwätzer ist. Der Hardcore-Walzer von Chris Bohn hingegen in seinem ganzen kranken Deutschenwahn und Kulturernst wunderbar. Noch paar Noten gefällig?

Zusatz
Die Lehre der Mammutkrise war der Tod, damit die Ortung des schlechthin Bösen und somit Blick auf den bösesten Feind, Freund Hain.

§ 9
De Amicitia

Die Moral ist verrottet. Die Moral war immer verrottet. Heute ist sie offensiv verrottet, und es herrscht eine trostlose Freude über das trostlose Darniederliegen der verrotteten Moral. Wer aber denkt, denkt sich alt, traurig und gut. Kampf dem Verrat, für Freundschaft, schönstes Gesetz, Solidarität. Ziel ist eine praktische Ethik, der gemäß jeder sich selbst zum Arbeiter an der Schönheit des eigenen Lebens hin arbeitet. Diese Arbeit muß Wille zu Form, Strenge, Regel wollen, zuallererst freilich zu sich selbst, also zur Arbeit.

Beweis
Seit wann genau gibt es Hanoi Rocks?

Mike Monroe: Du sollst nicht Verrat am Freund fordern vom Freund des Freundes.

§ 10
De Cupiditate Rerum Novarum

Die Revolution ist die notwendige Tat. Wer sie nicht will, will das Elend des Volkes. Wenn das Volk leidet, weint der Stein. Man muß davon ausgehen, daß der Stein denkt. Die Welt ist nämlich aus Dingen gemacht. Denn nicht Tod, Leiden, Zukunft, Schuld sind wirklich, sondern Geschichte, Fortschritt, Jetzt, Glück, Leben. Eigentum aber ist Diebstahl. So gehört jede Revolution immer allen. Dies macht die Schönheit der revolutionäre Taten entwerfenden revolutionären Idee.

Post Scriptum

Plötzlich sei der Raum voll Lärm gewesen, von allen Seiten seien neue Menschen herbei gekommen, um diese neue Musik zu hören, von der überall die Rede gewesen sei, und so habe sich alle Ordnung aufgelöst, und es sei immer noch mehr Bier und Wein getrunken worden. Ihn selbst habe irgendwann der Schlaf übermannt. Im Traum sei ihm die mitternächtliche trunkene Rede wieder gegeben worden als das neue Gesetz. Gegen Morgen sei er dann aufgewacht. Alles war nun ruhig und leer. In der Ferne redete einer zwei anderen zu. Jedoch die beiden schlummerten bald ein. Der aber, der die Nacht durch voll Kraft und so klug geredet hatte, stand auf und kam jetzt leichten Schrittes zu mir. Er lachte, gab mir die Hand, wir gingen los. Da wurde es Tag.

Der Attentäter

»Ob es möglich ist, ist
nur praktisch zu ermitteln.«

I

Stille, Düsternis, eisige Winde noch vor wenigen Tagen, der Präsident zuversichtlicher denn je, ich der Niedergeschlagenste, und jetzt plötzlich diese erdene wilde warme Luft, alles beginnt doch wieder neu.

Der Feind ist der alte. Freundlich grüße ich den blau uniformierten Neger, der die Eingangshalle bewacht, neuerdings will er wissen, wo ich meine protzigen Ringe kaufe, am ersten Tag, vor Monaten, hat er mich sofort, nachdem er mir die erste, nach der Ankunft zum Telefonieren dringend benötigte Münze geliehen hat, um zwei Dollar angegangen, deren Rückzahlung er Tag um Tag, Dumpfes murmelnd, dumpf lächelnd, Nachsicht heischend verzögerte. Später hat er die Donuts in meiner Einkaufstüte so begehrlich angeschaut, daß ich ihm an manchen Tagen einen der vanillenen, oder gepuderten, oder schokoglasierten Donuts, meist einen der Schokodonuts, die ich selbst am wenigsten mag, schenkte, den er dann untertänig grinsend in sich hinein mampfte, widerwärtig kindhaft freudig, übertrieben dankbar, um mich so für die mir abgenötigte Freundlichkeit zu erniedrigen. Freilich ist der Neger, anders als ich anfangs dachte, kein Risiko, da das kalkulierbarste.

Die neue Aufgabe ist auch nicht riskanter als alle alten, sage ich mir, weil ich im Gegenteil das Risiko lähmend finde, müßige Grübeleien, weil es Lähmung in Wahrheit nicht gibt. Sogar die fürchterliche Zeit der letzten Monate, in der mir alles nichts war, nur Agonie, war in Wahrheit keine Zeit der Agonie, denn ich lag im Bett und sagte, ich atme, Zug um Zug, logisch, immer noch, atme ich, alles andere ist Lüge, Lähmung gibt es nicht, ich atme, ich esse, ich schlafe, ich schaue das Fernsehen an, so hat es ausgeschaut, Monate lang, lähmend ratlos, aber nicht gelähmt. Ohne Befehl von oben, das war das schlimmste. Nun sind die neuen Orders da, rücksichtsloser denn je, daher die Risikokalkulationen, das müßige Gedankengeschiebe, daher auch meine euphorisierte, imgrunde zutiefst beunruhigende, aktivitätsfahrige Tatenbesessenheit.

Jetzt, jetzt oder nie, sage ich. Nachts stehe ich am Fenster, es geschieht nichts, ich öffne das Fenster, Schreie siebenstockwerktief unter mir, Rufe, Pfeifen, Signale, ich lehne mich weit hinaus, jetzt oder nie, sage ich, aber ich halte mich fest, seltsame Luft, die denkbar januarfernste, mitten im Januar.

Der fürchterliche Sog der verlorenen Zeit der vergangenen Monate nach unten ist im Moment des Agonieaktivitätsumbruchs, in diesem Moment also, der logisch gefährlichste, zugleich der sinnloseste, also dümmste. Sinnlosigkeit ist Dummheit, gegen die Dummheit habe ich mich, seit ich denke, entschieden, meine Rettung lebenslänglich, jetzt, nicht anders als in jedem entscheidenden Moment der letzten dreißig Jahre. Mit jedem Jahr logisch, da hilft nichts, mehr von allem, mehr Dummheit, Sinnlosigkeit, mehr Sog der alten Zeit, der ununterbrochen wachsende, sich aufstauende Druck von Weltdreck und Lebensdreck im Hirn, der jederzeit, täglich, ankündigungslos durchbrechen, alles fort reißen und vernichten kann, deshalb ununterbrochen weg kontrolliert und so unter Kontrolle gehalten werden muß, was mit jedem Jahr mehr Strenge, Kontrolle, Hirn und Kraft fordert, also produziert, logisch die Rettung.

Ich friere. Ich hole den gefährlich weit, von ferne gesehen eher bodennah aus der zigstöckigen Hochhausfassade herausragenden Oberkörper, er ist schließlich doch meiner, verdammtnochmal, ins Zimmer zurück. Ich schließe das blöde Fenster. Ich sage, jetzt, ich will endlich wieder an die Arbeit gehen, jetzt, ich tue, was ich will. Ich schalte den Fernseher ein, gehe alle dreizehn Kanäle durch, nichts. Ich mache mich, wie einst im vorvergangenen goldenen Jahr, erneut an ein Dossier. Ich bin voll einer irritierenden Zuversicht. Ich fürchte, maßlos geradezu, jede neue Verstrickung.

~~New~~ Ev York Times

Late Edition

Weather: Sunny, cold, light no
winds today; partly cloudy t
Snow mixed with sleet likely ton
Temperatures: today 25-30, toni
25; yesterday 19-29. Details, pa

NEW YORK, THURSDAY, JANUARY 12, 1984

50 cents beyond 75 miles from New York City, except on Long Island.

30 CE

U.S. PILOT KILLED BY 'HOSTILE FIRE' ON HONDURAN TRIP

Victim, the First American to Die in the Fighting, Is Slain After a Forced Landing

By CHARLES MOHR

Special to The New York Times

WASHINGTON, Jan. 11 — A United States Army helicopter pilot was killed today in Honduras by hostile fire "from the direction of the Nicaraguan border from a person or persons unknown" after he made an emergen
the Defense Department sa
The pilot was the firs
serviceman to die from h
Honduras. Two other ser
been killed, in bulldozer
accidents.
The pilot was flying a
seat OH-58 observation helicopter with two Army engineers as passengers as part of a large-scale United States-Honduran military excercise, the Pentagon said. The exercise has been under way for more than five months.

Sandinistas Aren't Blamed

Military spokesmen at the Defense Department did not blame the Nicaraguan Government for the incident, and

NEW YORK POST, TUESDAY, DECEMBER 27, 1983

CONFRONTS MAN

The New York Times/Paul Hosefros

President Reagan and Henry A. Kissinger conferring in the Cabinet room.

LATIN PANEL AS STEPPED-UP HE CITING PERIL TO

SOVIET CHALLENGE N

Commission Largely End Administration's Polic $8 Billion Aid Urged

By HEDRICK SMITH

Special to The New York Times

WASHINGTON, Jan. 11 — A
mission asserted tod
security interests "
engaged" by a Soviet
n Central America.
k new infusions of
Salvador and a bro
lion economic aid p
for the region.
In a report presented to Pr
Reagan this morning, the Natio
partisan Commission on Centra
ica urged the President to ma

Key sections of the report a pages A14 to A16.

Central American leaders to wo
regional development plan and
opm

WHO TRIED TO KILL HIM

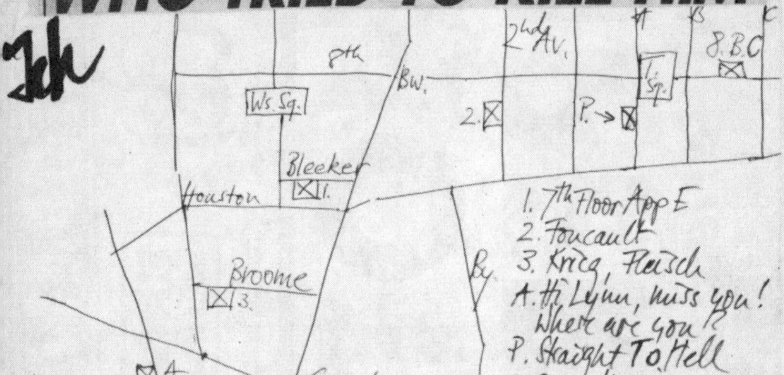

Der ALKOHOLIKER A.O.

Wigging, This Is Not The New York Dolls, Alkohol Ist Klasse - see page I/3

KONTROLLIERT Jan. 1984

Members of the Wigging:

Mit Gott - in der Hölle. 43. Folge: Nachts ging ich immer in das Area. Das war was.

Alte Weise

Ich

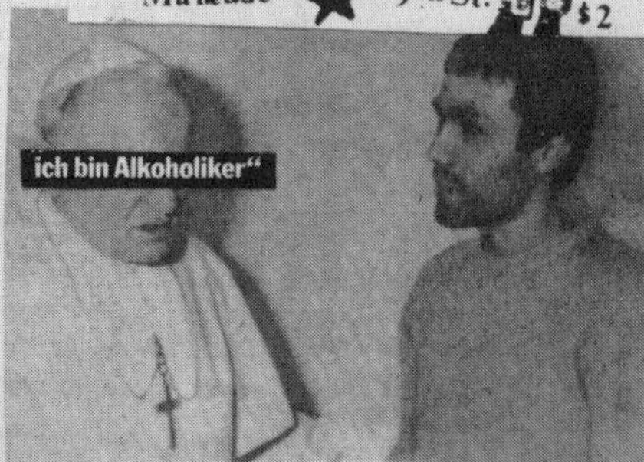

Attentäter

Haben Probleme das Puzzle Ihres Lebens durcheinander-gebracht?

ich bin Alkoholiker."

Mit Gott – in der Hölle

43. Folge

Sex is nostalgia for when you used to want it, sometimes. Sex is nostalgia for sex.

KONTROLLIERT Jan. 1984

II

Europa teilt mit, daß heftige Winde die Wetterfronten so rasch über den Boden getrieben haben, daß es auch dort mitten im sogenannten Winter viel zu warm, schneelos und ständig unbeständig gewesen sei. Warum? Dazu diese Rasenbrände an Neujahr, das Ausrücken der Feuerwehren, im Norden die Orkantiefs. Der Präsident ist Gegenstand großer Magazinserien und Reportagen, wegen der zum Jahresende anstehenden Wahlen, doch überall ist nur von dem Schauspieler die Rede, obwohl der Präsident Präsident ist. Europa versteht Amerika nicht, je weniger desto besser, Tarnung für mich hier. Mein erster Gegner bin immer ich selbst. Es kann geschehen, daß ich zu viel über die anderen Leute spreche, vorwiegend über deren Fehler, die anderen Leute gibt es gar nicht, insbesondere die Idioten, die am allerwenigsten, die mich am meisten beschäftigen, eigene Idiotie, ehernes Gesetz. Im Grunde herrscht tiefes Schweigen, alles weiß, der einzige Klang der innere Klang.

Dem entgegen, Schwarz, Faust, Feuer, Blut, bin ich für einige Tage nach London geflohen, dort war alles klarer denn je, zwingend, logisch, unerbittlich. Andropov starb. Ich redete, was ich konnte. Gerede alles, es gibt nur eine Rede, die eigene, niemand hört zu, am wenigsten man selbst, redet der andere, noch weniger der andere, redet man selbst, es gibt nur den Feind, Studium des Feindes, Vernichtung. Ich habe mich unter junge Menschen gemischt, mein Haar strohblond gefärbt, meine Kopfhaut ein hochallergisiert wütender Feuersglutherd, die einfahrende U-Bahn riß mir den schwarzen seidenen Schal vom Hals, mich beinahe hinterher, beinahe, die Entscheidung. Voll Schmerz studierte ich die Züge der Güte im Gesicht des Verstorbenen, den man schon zu Grabe trug. Jeder Tod ist Mord. Jeder Mord ereilt sein Opfer, es ist immer zu früh, jeder Tod bar jeglichen Sinns. Es bleibt nichts, nur Haß, maßloser Haß, Haß auf alles Leben, Haß auf alles, Haß auf Leben und Tod.

Bei meiner Rückkehr haben mich auf dem Flughafen von Newark zwei junge ordinäre Kleinkriminelle, Zivilpolizisten, in einem engen abgeschlossenen Raum komplett durchsucht, die diversen Pässe mit den diversen Visen kontrolliert, mein Gepäck, meine Kleidung bis auf die Unterwäsche, alles aufs korrekteste bedrohlich, sehr langsam, jederzeit zu allem bereit. Sie entließen mich mit freundlichen Wünschen, gefunden hat man nichts, so muß es sein. Alles ist mir gleich wichtig, saubere Hände, kalter Verstand, heißes Herz.

Zweimal habe ich meine Wohnung wechseln müssen. In der ersten hat ein Russe, ein hünenhafter dunkler fleischiger Mensch, der mich am Nachmittag herzlich als neuen Mitbewohner begrüßt hatte, in der ersten Nacht im Nebenzimmer, nur durch eine dünne Holzwand von dem meinigen getrennt, gegen eine quiekend geplagte Stimme anarbeitend, selbst lautlos, über Stunden hinweg, den erst frühmorgens mit einem tief röhrenden Schrei, der mich aus meinem flachen Schlaf riß, endlich beendeten Geschlechtsverkehr vollzogen. In der zweiten Wohnung, im vierten Stock eines mit portugiesischen Familien, deren Kinder mich auf der Treppe mit verschlagenen Blicken verfolgen, vollgestopften Hauses, beginnt in der Wohnung über mir Punkt acht Uhr ein Klavier zu spielen, täglich dieselben enervierenden Etüden, taktweise durchgearbeitet, synkopiert, durch alle erdenklichen Tempi getrieben, vier Stunden lang ununterbrochen sinnlose, das ist das Schlimmste, also musikfeindliche Klaviertöne exakt auf mein Schädeldach gehämmert, exakt zur besten, zur einzig möglichen Arbeitszeit.

Tags kann ich nicht arbeiten, nachts kann ich nicht schlafen, mittags gehe ich täglich zu meinem alten Appartementhochhaus, da ich die alte Adresse als Postadresse weiter benütze. Der Neger grüßt, ich grüße, er weiß von nichts. Zielstrebig gehe ich durch die Eingangshalle zur Wand mit den Postboxen, schließe bei 7 E auf, entnehme, was drin ist, und verschwinde wieder. Unterwegs lese ich die im Wind flatternden extradünnen blauen Luftpostpapiere, ich erhalte seltsame Briefe, auch Schreiben mir nicht bekannter Herkunft, auch Anonymes. Nachts ist es kalt. Ich gehe auf leeren Straßen umher, ohne Furcht, manchmal vielleicht fährt mir von irgendeiner Gestalt her ein dummer Schreck in die Glieder. Ich sitze in durchgehend geöffneten Imbißrestaurants. Die Nächte werden kürzer, es graut schon, wenn ich mich in mein Portugiesenhaus zurück stehle. Das Bett ist eisig, ich liege wach, ich liege im Trainingsanzug unter der Decke, schlaflos, kaum schlummere ich ein, beginnt das Hämmern des Klaviers. Ich gehe an den Schreibtisch, der Präsident, der Präsident, sitze am Dossier, massenhaft Material, keine Kontur, tatenlos, idiotisch erschöpft. Uwe Johnson ist tot, Herzstillstand. Nichts, Haß, Haß auf die Welt, nur Haß.

III

Meine Mission hier ist beendet. Nach Ablauf dieses Monats gehe ich endlich von hier fort. Nicht daß ich zu klagen hätte über den hiesigen Auftrag, aber es ist ein gottverdammt langes halbes Jahr gewesen. Meine Haut ist abgewetzt. Schneestürme rasen über die weit aufgerissenen Straßenkreuzungsweiten meines dörflich hingeduckten Stadtviertels, eine wilde Zeit.

Der Präsident war in der Stadt, vor dem Waldorf Astoria Hotel, von den denkbar höflichst protestierenden Demonstranten auf dem polizeilich hierfür vorgesehenen Areal von genau zwei der zehn Spuren der Straße diszipliniert begrüßt. Ich näherte mich kurz vor sechs im Abendlicht durch eine Seitenstraße von Osten dem Schauplatz, durch Polizeisirenen, Hörner, kreisende Lichter und ferne Sprechchörewellen freudig agitiert. Der Himmel tobte hell, da stakte das Panamerikagebäude hoch hinein, über den Palasteingängen von ITT wehte das sternengesprenkelte Banner, stolz, berittene Polizisten, Blitzlichter, Fernsehübertragungswagen, und die roten und weißen Autostaulichter, die bis fern in den Norden tief die enge Schlucht aufrissen, brennende Augen, Schauen, die nicht einmal fünfzig Demonstranten auf der westlichen, von hellblauen Polizeibalustraden gesäumten Demonstrationsspur zu Füßen des trocken feierlichen Colgate Palmolive Company Gebäudes, das den Blick hochzog, hinauf, den Kopf in den Nacken zwang, und alles hier unten mit mir zum lächerlichen Bodenkrümel machte, der ich gern sein wollte, vor so viel wunderbarer schamlos protziger Prächtigkeit, vor dieser höchsten herrischen Häusergebirgeschönheit und ihrem stummen, maßlos

TOD

TOD

TOD

TOD

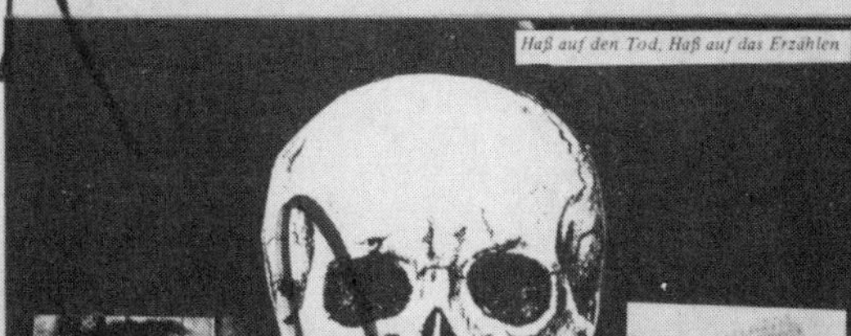

TOD

A: I'm sorry to hear about it. I just thought that things were magic and it would never happen.

KONTROLLIERT Feb. 1984

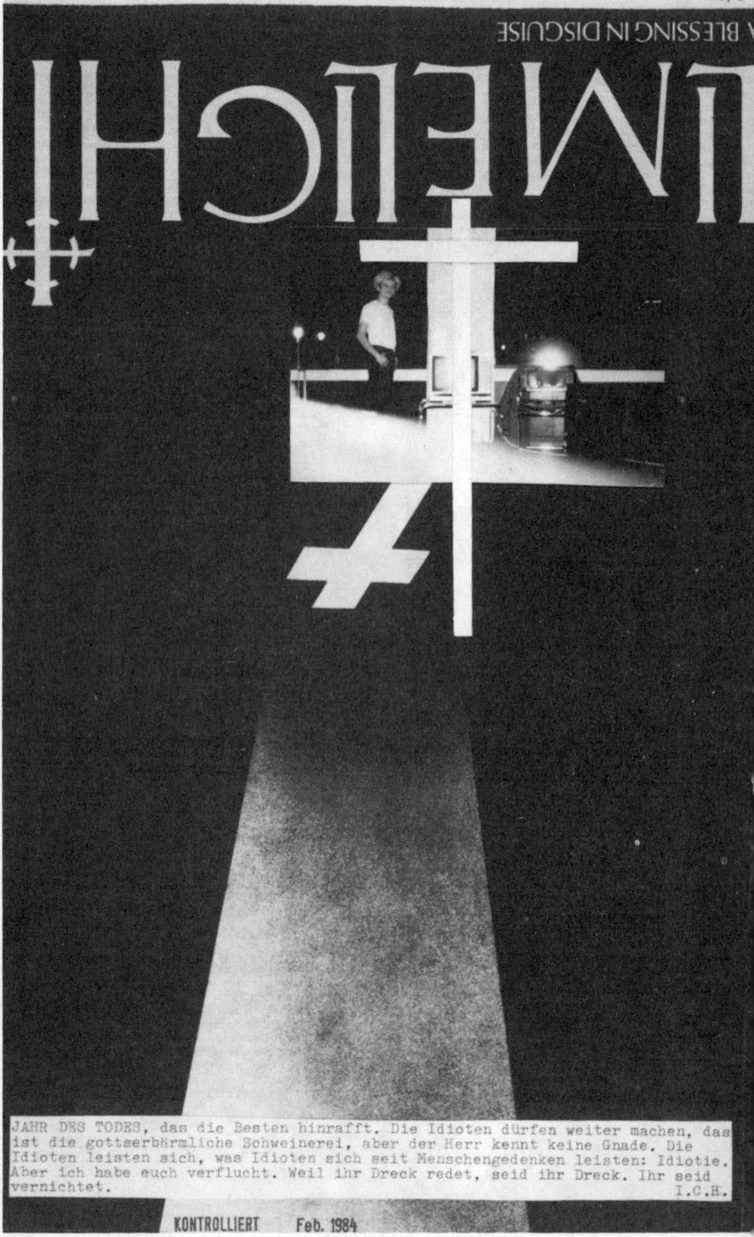

JAHR DES TODES, das die Besten hinrafft. Die Idioten dürfen weiter machen, das ist die gottserbärmliche Schweinerei, aber der Herr kennt keine Gnade. Die Idioten leisten sich, was Idioten sich seit Menschengedenken leisten: Idiotie. Aber ich habe euch verflucht. Weil ihr Dreck redet, seid ihr Dreck. Ihr seid vernichtet.
I.C.H.

The London Underground
Aber ich habe euch verflucht weil ihr Dreck redet seid ihr Dreck ihr seid vernichtet
I.C.H.
X FIEND
AZ feuilleton
Ostern, 1984 Seite
AZ-Autoren-Umfrage: Hat das Schreiben für Sie noch Sinn?
Robert Jungk
Alberto Moravia
Udo Steinke
Herbert Achternbusch
Wolfgang Koeppen
Gisela Elsner
Wer kann sich den Luxus der Verzweiflung leisten
Endzeit – ist die Zeit am Ende, die Uhr abgelaufen? Resignation macht sich breit, Erkenntnis über die Absurdität menschlichen Daseins in einer Zeit erhöhter Kindersterblichkeit, verseuchter Umwelt und unaufhaltsamer Raketenstationierungen. Deutsche Intellektuelle wie Max Frisch oder Heinrich Böll, Wolfgang Koeppen oder Günter Grass sahen die Zeit für sich schon längst gekommen, die Zeit aufzuhören, dem aktiven Schriftstellerleben ein Ende zu machen. Jetzt hat sich noch ein anderer eingereiht in die Riege der entmutigten Aussteiger: der 67jährige Büchner-Preisträger Wolfgang Hildesheimer. In einem Interview mit dem „stern" erklärte er: „Ich glaube, daß der Mensch in wenigen Generationen die Erde verlassen wird." Wir fragten Schriftsteller aus dem In- und Ausland, woher sie den Mut zum Weitermachen nehmen.
TILL DEAF
vernichtet KONTROLLIERT Feb. 1984

wirklichen, unwiderlegbaren Anspruch der Macht. Unten der ins Rindergatter gebannte, mit matt forcierten Sprechchören, We Are Fired Up, eher noch in seine Folgenlosigkeit sich schickende, We Are Not Taking Any More, denn dagegen sich aufbäumende schwächliche Protest, oben so viel Himmel, soviel es den Häusergebirgen gefiel, und wiederum unten rund ums Gatter herum die große Party der Protestaccessoires. Ein Liliputaner, das gibt es nicht, im Gespräch mit einem der livrierten Pförtner unter dem Waldorf Astoria Baldachin, da lief ein Jogger in blauweiß gestreiften Seidenshorts vorbei, und ein Kind bat einen alten dekorierten General wohl um ein Autogramm, der neigte sich, kam hoch mit Papier und Stift, kritzelte.

Make A Fist To Show You Care, forderte ein Plakat, das war schon nicht mehr Protest, sondern im Inneren des Chemical Bank World Headquarters Gebäudes, in dessen von draußen schalldicht abgeriegelte Eingangshallenruhe von tropischer Vegetation, Pflanzen, Tulpen, Wasserspielen, allerlei fremdartigem Krüppelgewächs, gar künstlich beschienenen Bäumen, mich eine Drehtürenschleuse hineingewirbelt hatte, irgendwo ging zwischen den Pflanzeninseln ein blaubedreßter Bewacherasiate auf und ab, runde goldene Nickelbrille, und das Faustplakat war eine Werbung für die Blutspendeaktion der Chemischen Bank. Ich setzte mich nieder, wo ich stand, das war weißer Marmor, ein Sims, der war geheizt. Ich schaute durch die meterhohen getönten Scheiben nach draußen auf die Protestaktivitäten im letzten Licht, die nun, der abgeschaltete Ton, der Marmor, die Faust hinter mir, die ruhigen Ministrantenschritte des Asiaten, von einer vollends seltsamen bizarren Schönheit waren, so schmerzhaft ohne jeden Sinn.

Der Präsident forderte gleichzeitig im Inneren des Hotels ein spirituelles Wiedererwachen der ganzen Nation. So geht es nicht. Wie geht es weiter? In Washington hat in der Woche darauf ein anderes Kommando den alten Fehler wiederholt, Gunman Shot At White House. Man hat einen Geisteskranken mit einem abgesägten Gewehr an den Zaun des Weißen Hauses geschickt, ihn dort ziellos mit der Waffe herumfuchteln lassen, woraufhin er sofort von einem Sicherheitsbeamten niedergeschossen wurde.

Der Präsident ist allright, sagte der Sprecher des Hauses. Der Niedergeschossene, ein 24jähriger Mann, glaubte, der Präsident sei der Drahtzieher seines Lebens. Das Geistige habe ihn beauftragt zu handeln. Der Mann war Mitglied der Anonymen Alkoholiker, trank dann aber doch lieber wieder. Ich bin seit langem dagegen, daß in den Kommandos Irre zum Einsatz kommen. Im Gegenteil ist alles auf äußerste Kontrolle, Korrektheit, Ordnung und Disziplin aller Beteiligten angewiesen. John Hinckley hat sich aus seiner Irrenanstalt gemeldet, um sich zum dritten Jahrestag seines Attentats beim Präsidenten zu entschuldigen, ich war geisteskrank, als ich auf den Abzug drückte, schreibt er, heute verrückter als je. Seine Eltern haben eine karitative Organisation gegründet, die anderen Eltern mit schwierigen Kindern hilft. Larry Flint, der selbst attentatsquerschnittsgelähmt im Rollstuhl sitzt, wirbt im Hustler für seine Give Hinckley A Second Chance Unterhemden.

Schlimmer als Irrsinn in den kämpfenden Kadern ist einzig Kokain, gerade bei den Besten breitet sich derzeit diese lächerliche widerwärtige Sucht aus, wie kein zweites Suchtgift ist Kokain ein hochpotentes Hirnzerstörungsinstrument, ein fürchterlicher Kampfmoralvernichter. Ich habe die besten Männer bereits nach der kürzesten Zeit des Kokainkonsums schwankend zwischen flatterhafter Fahrigkeit und lähmend peniblen Pedanteriedelirien ausweglos eingeriegelt gesehen, zu jeglicher riskanten, zielstrebigen, erfolgreichen Aktion untauglich. Doch die Trauer darüber ist lähmend, also falsch, Schmerz nur Schwäche, der Schwäche aber fügt sich nichts, fügt sich nichts, ist das das Ende. Wie aber entsteht die Trauer, wie der Schmerz? Wie der Schmerz entsteht, nicht anders, mein Freund, als das Leben.

IV

Rasendes Elend, heimzukommen, ich bin endlich heimgekommen, um nichts zu sein, als haltlose Verlorenheit, sinnwidrig, lächerlich, nichts, wogegen man sich wappnen könnte. Der ersehnte Moment der Heimkehr ist da, und ich weiß wieder, was ich ohnehin weiß, die Sehnsucht ist logisch Dummheit gewesen, jede Sehnsucht ist die Dummheit, es gibt keine Sehnsucht, weil es

Danceteria

e New York Times

—NEW YORK, FRIDAY, MARCH 9, 1984—

Weather: Pa brisk northw night. Mostly Temperatura 22; yesterday

:Pact
nators

Adviser
at 6%,
recasts

SENAT
NEW F
NICAF

SETBACK

Request f
Was Ad
to a D

United Press International

Students in Garwolin, Poland, at mass protesting the removal of crucifixes from agriculture school there.

Student Protest Swells in Poland; Return of Crucifixes Is Demanded

By JOHN KIFNER
Special to The New York Times

GARWOLIN, Poland, March 8 — Some 3,000 young people, many with tears streaming down their faces, attended a morning-long mass here today in protest against the removal of crucifixes from their classrooms.

A protest by agricultural students over the issue Wednesday night, which led to an official order indefinitely closing the Stainislaw Staszic complex of agricultural colleges in nearby Mietnow, spread today to three high schools in this rural village 40 miles southeast of Warsaw.

The automobile trade school, the ... sit-in to demand that crucifixes that had been displayed in the classrooms since the state-run school opened in 1924 be restored.

Riot policemen in olive drab trucks cruised around the church today, where the students gathered for an 8 A.M. mass that stretched past noon in protest against the removal of crucifixes and the decision to close the college.

Priest Breaks Into Tears

"What are their steel helmets for?" asked the Rev. Henryk Bujnik, breaking into tears himself as he delivered a ...

IRAN KEEPS ARMY ON HOLD, U.S. SAYS

Use of Irregulars Seen as Way to Set Up Big Move on Iraq

By LESLIE H. GELB
Special to The New York Times

WASHINGTON, March 8 — Reagan Administration officials said today that Iran appeared to be trying to wear down Iraq with costly attacks by untrained units to set the stage for a possibly decisive thrust by regular forces.

In support of this view, the officials pointed out that few regular Iranian ...

oans
Pay

FLEISCH. Rückkehr der Kruzifixe. Das Foto zeigt Studenten in Garwolin, Polen, die, wie man sieht, massenhaft und in Ekstase der englischen Rockband The Lords Of The New Church zujubeln. Dazu singen sie Marienlieder und ihre anderen Hymnen: Little Boys Play With Dolls. Und: Holy War. Und: Live For Today, mit dem schönen Chorus: One two three four, living for today, living for today, living for today, and don't worry about tomorrow, hey! hey! hey! hey!

"All the News That's Fit to Print"

Wie ein Musik-Führer seine Fans zum Wahnsinn treibt

siehe Seite III/2

Good Clean American Fun! KONTROLLIERT März 1984

Mahnen, Warnen, Flehen, Inbrunst, Jubilieren.

Aber es ist ein gottverdammt langes halbes Jahr gewesen.

KONTROLLIERT 3 1. März 1984

keine Zukunft gibt, es gibt keine Zukunft, mein tägliches Morgengebet. Es gibt nur die Lebensqual, täglich, Dreck.

Ich schalte das Fernsehen ein, aufderstelle erkenne ich jede Bewegung, Wiedererkennen ist mir das Liebste, plötzlich eine absurde Verzweiflung. Bin ich überhaupt fort gewesen? Nichts als idiotische Fragen, die sich nicht einmal wirklich stellen, sondern nur als Sekundenbruchteilschimären hinter einer Ecke meiner Gedanken auftauchen als Faxenmacher, um mich zu verhöhnen. Ich vertrage das deutsche Bier nicht mehr. Gleich am zweiten Abend redet irgendein Willi Sowieso im fürchterlichsten Gepflegtmünchnerisch, flankiert von einer ebenso fürchterlichen Freundin der Marke Lebenslangzukurzgekommen, seinen allerfürchterlichsten Feuilletonistenschwachsinn an mich hin, daß ich ununterbrochen gefoltert denke, ein Wort mehr von diesem Idioten und ich haue den kaputt, oder mein Kopf zerspringt. Aber ich sitze da, konzentriert, das Hirntoben im Schädel unter Kontrolle zu halten, wozu ich nicht nur den rasend sich akkumulierenden gnadenlosen Geschwätzschwachsinn laufend wegkontrollieren muß, sondern auch noch die Tatsache, daß diese Nichtfigur der neue Freund meiner liebsten Freunde ist. Ich stürze nach draußen. Kein Frühling kommt. Ich schaue Negerkunst in einer Galerie Thomas an. Was macht der Präsident? Was ist los? Ich muß endlich Ruhe in mein Leben bringen. Ich reise nach Köln, von Köln nach Düsseldorf, von dort nach München zurück. Ich sehe alte Andy Warhol Filme, Kitchen, Bike Boy, lehrreich also tröstlich. Jetzt ist der Frühling ausgebrochen, diese dumme gelbe übertriebene Blüte der Forsythien, alles Idiotie, Knast, Naturknastidiotie. Ich fahre mit dem Rad nach Unterföhring, trinke, was ich hinter kriege. Innerhalb von zwei Tagen treffe ich viel zu viele Leute, rede viel zu viel in viel zu kurzer Zeit, immer wieder dasselbe, ein schändlich monotoner Text, anschließend Scham, weil dieses gedankenlose Erzählungsgerede mit jedem Mal mehr die vergangene Zeit und also mich selbst im Innersten ruiniert. Dann kam der Anruf aus Berlin, Herzattacke, ich reiste nach Berlin, dann fuhr ich nach München zurück. Im Kino lief Nana von Renoir. An Arbeit war nicht zu denken. Täglich saß ich an der

Arbeit. Nichts ging voran. Was mich einzig tröstet, sind Bilder. Doch auch das Dossier ist eine tägliche Unmöglichkeit. Was auswählen? Die Berge von Material, was aufnehmen, was verwerfen? Nichts ist so wichtig, nichts so kraftzehrend wie das Verwerfen. Schließlich bleibt immer weniger übrig, es bleibt schließlich nichts. Imgrunde denke ich ununterbrochen nur einen Gedanken, Tod.

V

Zentralisation ist ein vitaler Lebenserhaltungsmechanismus bei Lebensbedrohung, alles Zentrumsferne wird vernachlässigt, die Peripherie ausgeschaltet, Bewußtlosigkeit tritt ein, die basalen Kreislauffunktionen bleiben erhalten, Atmung und Herzschlag. Auch der vergangene Monat ist also vergangen. Jetzt hat der Präsident den Papst getroffen. Eine neue Gesetzesinitiative sieht vor, daß der Präsident bis zu einer halben Million Dollar für heiße Tips zahlen darf, die ihm Hinweise auf Terroristen und deren Aktivitäten geben, eine weltweite Offensive im Krieg gegen den Terror, insbesondere den staatlich gesteuerten Terrorismus.

Spuren Und Motive, der Exekutivintelligenzrückblick, teilt mit, der Präsident teile mit, er halte die Welt und ihr Schicksal in Händen. Die Physik von Newton ist reiner Betrug. Die Aufgabe sei nicht, die herrschende Meinung wiederzugeben, sondern falsche Auffassungen im Volk zu bekämpfen. Wir selbst müssen denken wie Genies und andere zum Genie erziehen. Die Verderber dieser Welt sind nur Agenten der Queen, so auch der Präsident, alle werden von der Queen zentral gesteuert, die Hexe von Windsor dirigiere alle Verderber dieser Welt, so Fusion und Spuren Und Motive. Die SS-Nummer des Hingerichteten wurde mit 227014 korrekt angegeben, wie die Anfrage beim Dokumentenzentrum der Mission ergab. Hierbei handelt es sich um widerrechtliche Schmähkritik. Die Basis jeder Erneuerung kann nur der Logosbegriff des Konzils von Nizäa sein. Zlof sitzt auch nicht klaglos ein. Die Authentizität dieser Mitteilungen ist sehr wahrscheinlich, Diktion und Terminologie entsprechen dem bekannten Stil. Die Trennung von Ich und Welt sei verhängnisvoll, alles hänge mit

Mit Berichten aus Stadtviertel und Landkreis Südwest, heute Seiten 11 mit 19

Münchner Stadtan

HEIMATZEITUNG DER LANDESHAUPTSTADT UND DES LAND

40. Jahrgang Freitag, 13. April 1984

Süddeutsche Zeitung Nr. 7

NEWSLINE

FRI./SAT./SUN., MAR. 30-APR. 1, 1984

Der Alkoholismus breitet sich schlimm aus:

Auch Kinder sind schon Alkoholiker

Allein in München 3000 bis 4000 Kinder gefährdet oder abhängig / Die Eltern als schlechtes Beispiel / Das Bewußtsein für die Gefahren fehlt

Erschreckend groß ist die Zahl der alkoholgefährdeten und -abhängigen Kinder und Jugendlichen in der Bundesrepublik. Bereits die 10- bis 12jährigen trinken täglich im Durchschnitt zwei Gramm reinen Alkohol, meinte der Geschäftsführer der Deutschen Suchthilfe, Helmut Graf Lambsdorff, in einer Talk-Show zum Thema „Jugend + Alkohol = verhinderte Zukunft". Allein in München sind etwa 3000 bis 4000 Kinder und Jugendliche stark gefährdet bzw. abhängig.

Stahlarbeiter in Frankreich kündigen Generalstreik an

Gewalttätigkeiten besonders in Lothringen / „Marsch auf Paris" / Die Rolle der Kommunisten

By Ann Devroy
USA TODAY

REAGAN: 'I've never felt better'

Krawalle an der Startbahn West

Nach friedlicher Demonstration Ausschreitungen einer Minderheit

an interview
USA TODAY
News Service

DIE SEITE DREI

Münchner Kabelfernsehen: Herausforderung

Rudern auf Kanäler

...rsuche, ein neues M...

Skepsis und Mißtrauen prägen in der Landes...

Riehl-Heyse

Von unserem Redaktio...

Pionie...

Söhne erstachen Münchner Arzt

Fortsetzung von S. 1

Gestern an seinem praxisfreien Tag besuchte Dr. Wisuschil seine Söhne Stefan (18) und Michael (19) in Holzkirchen. Die Gymnasiasten leben bei der Mutter, vor sieben Jahren ließ sich der Psychiater scheiden.

Mittags hörte ...

Die Haustür war offen. Im Flur die Söhne, Blut an den ...änden. Ihr Vater lag zwi...en Wohnzimmer und Flur, ...esserstiche hatten seinen ...n Jogging-Pulli zerfetzt. ...Söhne schossen erst mit, ...auf ihn. Um ihn zu blenden? „Jeder nahm ein Messer, stach zu", sagt ein Polizist. Als der Vater sterbend im Flur lag: „Da schlugen sie noch mit der Holzlatte zu." Gestorben ist der Vater an 15 Messerstichen, alle in der Herzgegend.

Die Söhne haben die Bluttat gestanden. In getrennten Verhören sagten beide: „Er hat uns seit Jahren tyrannisiert. Mehr sagen wir nur unserem Rechtsanwalt."

Die Mutter, Lehrerin in Otterfing, erlitt einen Schock.

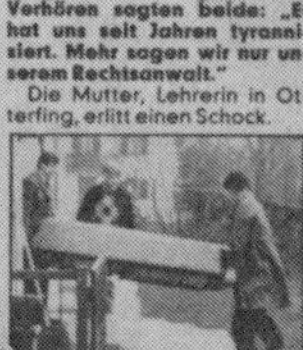

Der Sarg mit dem toten Vater wird aus dem Einfamilienhaus getragen. Ein Kripobeamter überwacht den Abtransport

Mittwoch, 4. April, 1984

...ünchen, 2. April

Historiker ja erst

Gewöhnlich mer...

...ei Klassenfest ermordet

Der vorbestrafte Täter war aus einer Nervenklinik ...

Dienstag, 3. April 1984

KONTROLLIERT April 1984

Nichts nützt nichts. Imgrunde denke ich ununterbrochen nur einen Gedanken, Tod allem zusammen, dies sei tiefe Ökologie, von der tiefen Ökologie unterscheide sich die seichte Ökologie. Ob es richtig ist, den bewaffneten Widerstand jetzt zu organisieren, hängt davon ab, ob es möglich ist. Ob es möglich ist, ist nur praktisch zu ermitteln.

Die britischen Bergarbeiter streiken, die IG Druck streikt. Wer die hochgradigen gesellschaftlichen Widersprüche im spätkapitalistischen Westen korrekterweise Klassenwidersprüche nennt, wird konsequenterweise wegen Hirnschaden vom Staatsschutzchef dispensiert und freigesprochen. Peter Schult ist in der Haft verstorben, Krebs. Der Präsident sei mit allen Adelshäuptern Europas verwandt. Es wird weiter gegen alle ermittelt, gegen andere, zum Beispiel Book, Urteile verhängt, etwa ein paarmal lebenslänglich plus ein paar zerquetschte, zum Beispiel fünfzehn Jahre plus. Es handle sich auch hier, so die ehemalige SS des verstorbenen Präsidenten des ehemaligen BDI, um ein konsequentes Desorientierungsmachwerk, Desorientierungskonsequenz, auch dies widerrechtliche Schmähkritik. Das Frauenfraktionsfeminat der grünen Frauen verurteilt aus Angst der Russen vor dem Westen den olympischen Boykott, so die Grüne Joschka Fischer, MdB, ich bin doch keine Frau im Sinn des neuen Feminismus, diese neuen Hüte seien wohl breitkrempig, doch so neu nicht, gar nicht zu reden von den Hungerkuren, Aids sei diesbezüglich besser als alles bisher Dagewesene, schlimm sei Freßsucht. Am schlimmsten sind die mir fremden Gedanken und Phantasien über normwidrige Problemlösungen. Am schlimmsten sind die mir fremden Gedanken und Phantasien über normwidrige Problemlösungen. Und am schlimmsten, aus dem Weltraum werde ich durch Ströme kosmischer Strahlen bombardiert, Teilchen von hoher Energie, die ich in Kaskaden auf mich herunter kommen sehe, dringen ein in mich und vereinigen sich in mir mit den Atomen meines Körpers zu einem kosmischen Tanz von Energie. Haben Sie das gesehen, fragt man mich, und ich sage, ja, so war es.

VI

Beobachtung, was ist das? Wozu? Es gibt keinen Auftrag. Was heißt Zentrum, was nah, was fern? Damals, wie lange liegt das

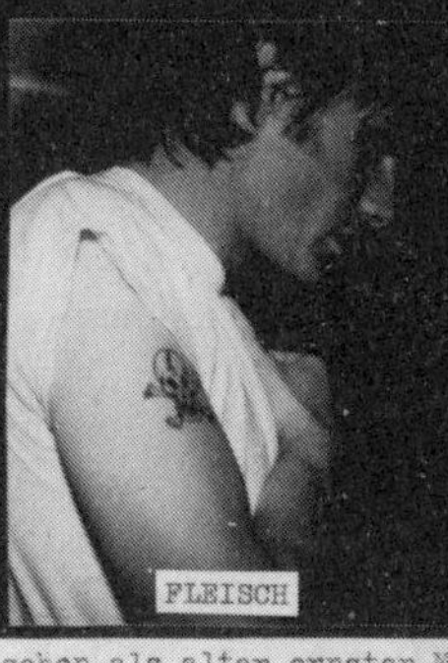

FLEISCH

Und wie sollte jemand, der schon als alter ernster Mensch zur Welt gekommen ist, nein: nix Entwicklung, man schlägt die Augen auf und wird erkannt und erkennt umgekehrt im gleichen ersten Augenblick die ganze Tragik dieser Welt, der also mit 5 etwa 17 war, mit 19 genau 12, mit 21 fünf Jahre lang 46, der schließlich, die Erlösung, mit 25 endlich 14 wurde, der sein Leben lang unter der Diskordanz dieser Ziffern gelitten hat, einer wie ich, der in diesem prächtigen 84er Jahr, und es ist eine biographische Katastrophe und es gibt keine Koketterie und kein Nichts dagegen, 30 wird, jetzt plötzlich anfangen sein age zu acten. Nein, die Natur wird bekriegt. Der Körper wird geformt nach dem Hirn. KONTROLLIERT 24. Mai 1984 zurück, war mir Deutschland ein Punkt im Gehirn, hingegen der Umzug von der Bleekerstreet in die Second Avenue und von der Second Avenue in die Broomestreet eine äußerste Bewegung, die Einpaarhundertmeterentfernungen Lichtjahrdistanzen, der Unterschied zwischen Hamburg, München und Berlin kein Unterschied, sondern ein Punkt, heute hingegen die Frage München oder Hamburg eine Frage, nämlich die Frage, eine Nacht im Zug oder die Nacht im Bett.

Der Präsident ist Lüge. Es gibt nichts, nichts existiert außer mir, nur ich. Die Konsequenz jedes konsequenten Denkens ist Weltvernichtung. Gibt es eine Aufgabe, dann nur die Aufgabe, alles auszulöschen, konsequent, komplett. Das ist die Wahrheit, nichts sonst. Wozu jedoch Observation? Nichts führt zu nichts, die Sammlung der Indizien mag zwingend sein, es gibt keinen Sinn, keine Tat, nichts resultiert, einzig Skepsis. Meine Skepsis ist meine Dummheit, sage ich, ich will endlich alles glauben, glaube nichts, was ich nicht mit eigenen Augen gesehen habe, meine Dummheit Skepsis, gegen die ich kämpfe. Kann ich glauben, bin ich klug, bin ich skeptisch, bin ich dumm, meine Dummheit meine dumme Skepsis, mein kluger Glauben meine Klugheit.

Es hat zwei Tage Sommer gegeben. Die Zeitungen sind dünner denn je, alles hat auf vier Seiten Platz. Ich bin nach Ulm gefahren. Die Kardinalfrage bleibt, wo exakt steht der Feind? Der Ulmer Bahnhof wird nicht umgebaut, alle anderen Bahnhöfe werden heuer umgebaut, München eine Baustelle, Düsseldorf eine Katastrophe, Hamburg eine Baustelle. In Ulm fiel Regen in die Fußgängerzone, links stand ein schwarzer Klotz, das wird das Ulmer Münster sein, und ich sah das Mittelalter als das Regenschirmgewusel um mich, für einen Augenblick furios beglückt. Dann ging ich in der Ausstellungseröffnung umher und schaute neue Bilder an, die neue Kunst ist eine Nichtkunst, es sei denn sie ist die strengste. Zurück in München sitze ich im Biergarten am Flaucher, lese wieder Johnson. Hebe ich den Blick, sehe ich ein Gesicht, resultiert Brechreiz. Unbeschreiblicher Ekel vor dem sogenannten Mitmensch, der Mitmensch ist mir kein Mensch, sondern eine Schleimspur im Gehirn, eine einzige Brechreizerregung, Trost der Blick zurück ins Buch. Die Finsternis der Buchstaben ist das einzige, was ich ertrage, alles andere ist Folter, Wahrnehmungsfolter, Registraturfolter, Weltfolter.

VII

Linderung aller Schmerzen durch die Zeit, das wachsende Licht, Erdendünste, Tau, die guten Winde, alles Täuschung, die Hoffnung des frühen Morgens, daß der Tag, je länger er tag und hell wäre, um so finsternisvernichtender und also schmerzlindernder sei, ist nichts als die frühmorgendliche Sommeridiotie, alljährlich. Das ist das Schlimmste, die Wiederholung. Die alljährliche Wiederholung des Jahreslaufs ist die grundsätzliche und äußerste Lebensfürchterlichkeit, daß die Zeit sich biegt, anstatt pfeilt. Alljährlich denke ich, es wird Sommer, die Tage werden länger, alles wird gut, seit ich dreizehn bin, jedes Jahr, seit jenem unvergeßlichen Frühsommer 1967, ich stand vor einem weißen Strauch, sog den Duft ein und war erfüllt von den heftigsten großartigsten Ahnungen, meine Zeit, es beginnt, die Tage werden länger, es wird Sommer, alljährlich, seit Jahren beginnt das nur, um abzubrechen. Nichts wird besser. Die Tage werden wieder kürzer, schon im Juli ist jeder Tag merklich kürzer als der Tag davor, das ist die Ungeheuerlichkeit, der Wahnsinn, mitten im Sommer der Wintereinbruch. Man lernt nichts. Noch schlimmer als die Wiederholung des Jahres selbst ist die Wiederholung des mit den Tagen unweigerlich wachsenden Hoffnungskrebsschwachsinns, das ist die wahre Folter, die Wiederkehr der Hoffnung die eigentliche Hoffnungsdestruktionsmaschine, innerste existenzgrundlagenvernichtende Unbelehrbarkeitsidiotie, Gesetz. Die Wahrheit ist, man lernt nichts. Alles wird enger von Jahr zu Jahr. Man sieht nichts Neues. Alles wird weniger, nur die Enge wird mehr, mehr wird der Dreck der Existenz. Das ist das einzige, die Enge wird enger, der Existenzdreck drückender. Schuld an allem ist die Zeit, die sich jährlich biegt, erbarmungslos. Haß auf den Sommer, seit Jahren, Haß auf das trügerische Licht.

Nichts hilft, niemand hilft, ich muß alles selber machen. Bubi Scholz hat seine Frau erschossen. Foucault ist tot. Ludwig lebt,

For me the most confusing period of the whole sixties was the last sixteen month
I was taping and Polaroiding everything in sight, but I didn't know what to make
f it all. In 69 there were big California earthquake predictions, and Danny Fiel
went out there and rented a house as close as he could find to whatever fault li
it was, because, he told us, "I want to be in a Disaster. I've been seeing movie
bout them for so long, I really want to know what it feels like." People were so
ored that they wanted something big to happen—inthe media, in the earth crust,
ywhere, anything. I went down to the Factory compulsively every afternoon and sp
t four to six hours there, yet I was confused because I wasn't painting there an
wasn't filming there. I would just sit in my tiny office and peek out toward the
ront at Paul and Fred taking care of business. When harmless-looking friends or
iends of friends stopped by, I'd step out and tape and photograph them, and then
d go back into my office and wait for somebody else to drop by. Now that I think
ack on it, I guess it was all the mechanical action that was the big thing for
at the Factory at the end of the sixties. I may have felt confused myself, but t
sounds of phones and buzzers and camera shutters and flashbulb pops and the Movi
a going and slides clicking through viewers, and most of all, the typewriter and
he sounds of voices off the tapes being transcribed—all those things were reass
ing to me. I knew that work was going on, even if I didn't have any idea what th
ork would come to. I'd get jealous whenever I'd hear about other low-budget peop
suddenly coming into big bucks, getting money from sources that sometimes would
en leave them completely alone to do their art. I still felt that our films, ful
f the strange, funny people we picked up on, were unique, and I couldn't underst
d why no big studio had come foreward to push us forward. The big question that
eryone who came by the Factory was suddenly asking everyone else was, "Do you kn
anyone who'll transcribe some tapes?" Everyone, absolutely everyone, was tape-re
rding everyone else. Machinery had already taken over people's sex lives—dildos
nd all kinds of vibrators—and now it was taking over their social lives, too, w
h tape recorders and Polaroids. The running joke between Brigid and me was that
l our phone calls started with whoever'd been called by the other saying, "Hello
ait a minute," and running to plug in and hook up. I'd provoke any kind of hyste
a I could think of on the phone just to get myself a good tape. Since I wasn't g
ng out much and was home a lot in the mornings and evenings, I put in a lot of t
e on the phone gossiping and making trouble and getting ideas from people and tr
ng to figure out what was happening—and taping it all. The trouble was, it took
o long to get a tape transcribed, even when you had somebody working at it full-
me. In those days even the typists were making their own tapes—as I said, every
dy was into it. It's hard to believe, but very few journalists tape-recorded int
views back then. They'd come with their pads and pencils and scribble down key w
ds you said and then go home and do it up from memory. (Of course, when I said "
erybody was taping," I meant "everybody we knew." Other people weren't taping at
ll and, as a matter of fact, when they'd see your recorder they'd get all parano
: "What's that? . . . Why are you taping? . . . What are you going to use it for
etc., etc.) Tapes brought up great possibilities for interviews with all kinds o
elebrities, and since we were a long time between movies lately, I began to thin
bout starting a magazine of nothing but taped interviews. Then John Wilcock drop
d by one day and asked me if I would start a newspaper with him. I said yes. Joh
as already publishing a magazine on newsprint called Other Scenes, so he had a c
plete typesetting and printing setup already. Together we brought out the first
sue of Interview magazine in the fall of '69. Newspapers and magazines kept send
g reporters to do stories on us, and we made sure we always had somebody new aro
d for them to focus on. At the end of the year it was Candy Darling—she confide
o them all that she had a "multipicture deal" with us, and she'd dream up titles
lond on a Bummer, New Girl in the Village, Beyond the Boys in the Band, whatever
hrase occurred to her that day. (Even if our movies had gotten fewer and farther
etween, there was no shortage of titles.) We got thousands of dollars' worth of
blicity for movies we weren't bothering to make and for superstars we never got
ound to using on film. Flesh had a smash run from October '68 through April '69
the Garrick Theater on Bleecker. Joe Dallesandro got quite a following around to
the assistant manager at the Garrick, a young kid named George Abagnalo, told us
hat he noticed the same faces coming back to see the movie again and again. And
ndy, too, was a big hit in her one scene where she sits, very ladylike, on a cou
with Jackie and reads old movie magazines out loud while Geri the topless go-go
ncer gives Joe a blow job. Sometime during the run of Flesh, Jackie and Candy re
ed a room together at the Hotel Albert on 10th Street and University Place. By t
n Jackie was into total drag—complete with bushy red hennaed hair, dark lipstic
nd forties dresses fastened with big brooches, including a favorit one that spel
d "Nixon" in marcasite. When people asked him why he'd "gone all the way," Jacki
ould explain, "It's much easier to be a weird girl than a weird guy." Jackie as
full-blown woman wasn't that hard to take because he played it like a total come
; it was his in-between stage that had been so creepy. He'd started taking fema
hormones sometime in '68, and by that summer, when Paul was filming him and Car
in Flesh, he was in that weird part man/part woman stage—but still a long, long
ay from both. His eyebrows were all plucked and he wore pancake makeup, but it d
n't make up for much: the beard was coming through in stubble, and there were we
s—tiny red bumps—where you could see he'd been getting electrolysis. But the c
epiest part of a sex change has nothing to do with appearance—it's the voice.
Jackie's case, he did what most men do when they want to sound like a woman—he
opped his voice to a whisper. However, the thing was, whispery voices never made
he drag queens sound more femme—they only made them sound more desperate. Study

THE ROAD WARRIOR
TEACH-IN
DUMMHEIT
Terroristen
Kan. Korps
Caen
Cormelles
Bras
Front am 18.7.44
Front am 21.7.44
Britisch-Kan. Angriffe
0 1 2 3 Km
A. Buchner
2.Pz.Div.
9.SS Div.
DIE HÖLLE IN DER ICH LIEGE IST DIE HÖLLE VON CAEN
15/6
N.G.
die abgehackten Köpfe.
Die Faszination des Todes.
Er verwendet kaum mehr als Schwarz u Weiß mit den Zwischen von ein paar
Dummheit wie geht das?
DUMMHEIT
Dumm heit = Ich: nur noch abschreiben, immer verkrampelter.
Bilder anschauen, Bilder ist das einzige, Bilder, Bilder, Bilder. Sprache = Dreck.
KONTROLLIERT Juni 1984

sagt die Inschrift auf der Kirchenmauer in Verona. Der wegen Päderastie angeklagte Mönch starb unter schweren Hammerschlägen. Dem Pater aus Trient wurde ein Kruzifix ins Genick getrieben. Das Liverpool, eine Münchner Bordelldisko, in der junge Leute verdorben werden, wurde abgefackelt, dort werde jetzt nicht mehr gefickt. Mathematiker, Chemiker, Physiker, Menschen mit einem hohen Intelligenzgrad, die die Grenzen der Normalität längst überschritten haben, töten, treu dem Gesetz Ludwig, um zu strafen, um so durch das Blut die Unreinen rein zu waschen. Ich will meinen Geist nicht desinformieren lassen. Ludwig, Ludwig, Ludwig, ein Gespinst, da geht man hinein, da geht man als psychisch Geschädigter heraus. Der Sommer, die nächtliche Luft, die Jungen, das Treiben in den Parks, wütend gegen all dies Ludwig, unbeugsamen Gerechtigkeitssinns, der Ritter, Asket und Held, einige durchstach er, einige schlug er mitten entzwei. Herr, erbarme dich, Herr, es ist Sommer, erbarme dich unser.

Ein Neger hat an der Isar deutsche Frauen belästigt, möglicherweise ein Mulatte, möglicherweise Jugoslawinnen oder Türkinnen. Die Menschen behalten in diesem Sommer die Wäsche an, anders als in den beiden vergangenen, von der Nacktbadeplage geplagten Jahrhundertsommern, viele tragen fleischfarbene Höschen. Der Neger zieht mit Sportumhängetasche und Handtuch von Frau zu Frau. Mit gespreizten Beinen geht er so nah am Fleisch der Frauen in die Hocke, daß sofort die Individualdistanz durchbrochen ist, sofort redet er los, seine Hände hängen von den auf den Knien aufgestützten Ellbogen herunter, den Frauen schier ins Gesicht. Die Frauen scheinen freundlich, zumindest zugewendet zu reagieren, sie drehen sich zur Seite und wenden dem Neger ihr Vorderes zu, die Hände des Negers aber interessieren sich mehr für die Taschen und Kleiderhaufen der Frauen, dort wackeln sie hin, dort baumeln sie. In diesem Augenblick, als der Neger zu meinen scheint, das Vertrauen der Frauen gewonnen zu haben, scheinen die Frauen Verdacht zu schöpfen. Der Abzug des Negers ist dann nur noch eine Frage der Zeit, oft der kürzesten, schon zieht der Neger, tatsächlich eher ein Mulatte, zur nächsten weißen Frau, tatsächlich vorwiegend junge Ausländerinnen, möglicherweise Arbeitslose, die in dieser Gegend, wo ich die Isar kontrolliere, vormittags an der Isar liegen, bei dieser nicht eben übermäßigen Hitze, scheinbare Widersprüche. Bei der nächsten weißen Frau dasselbe, die Zielstrebigkeit der baumelnden Hände zu den portemonnaieverheißenden Taschen, möglicherweise alles nur Einbildung meinerseits. Ich habe den Beobachtungsstandpunkt gewechselt. Eben hat der Neger gesehen, daß ich ihn sehe, seither beobachtet er, daß ich ihn beobachte. Mit beleidigten, in Anbetracht seiner von mir durchschauten Absichten geradezu dreisten Blicken führt der Neger vor einer nicht existierenden Instanz Beschwerde gegen meine Observation, die Frauen merken von nichts, logisch, sie sehen nichts, sie denken nichts, nur das Drama zwischen den baumelnden Negerhänden und ihrem Fleisch. Schon zieht der Neger zur nächsten Frau. Wenn ich jetzt nicht wegschaue, sagt er etwas, ich schaue nicht weg, harre aus, bis ich, wie unter Zwang, zu Boden blicke, ich schaue wieder hoch, der Neger ist verschwunden. Ich schaue auf die Uhr, es ist Mittag. Niemand hat nichts gesehen, nur ich, es gibt keinen Zeugen für nichts.

VIII

Der Präsident, der Präsident, Quatsch Quatsch Quatsch, Attentäter, Ermittlung, Observation, dieser ganze paranoide Konspirationsquatsch, das ist doch alles Quatsch. Reagan hat diesen brüllend komischen Fünf Minuten Witz gemacht mit der Bombardierung Rußlands, und was folgt daraus, nichts, neue Verhandlungen, Krieg der Sterne, Genf.

Ich bin nicht der Attentäter, ich bin nur besessen von der ganz normalen Idee einer äußersten direkten vernichtenden Gewalt gegen den nächstbesten Mitmenschen. Ich sehe ein Kleinkind irgendwo, in der ganzen Dämlichkeit, die Kinder an sich haben, es schreit, es spielt, es benimmt sich gar gezielt kindlich, das ist das Allerwiderwärtigste, so ein sich selbst als Kind spielendes Kind, und ich habe nur einen Gedanken, dieses Kind an den Fesseln zu packen und es durch die Luft mit dem Kopf mit aller mir möglichen Wucht immer wieder über die Schreibtischkante zu

Der Alkoholiker A.O.

Würde muß sein, selbst im größten Rausch

[M]ünchen, Freitag, 13. Juli 1984

Eisbrocken stürzen vom Himmel
Millionenschaden in München

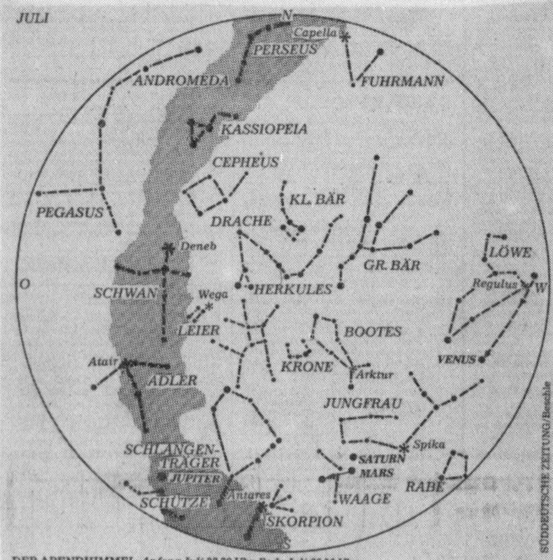

DER ABENDHIMMEL, *Anfang Juli 22.30 Uhr, Ende Juli 20.30 Uhr.*

Zahlreiche Verletzte durch Hagelschlag am Donnerstagabend
In der Umgebung der Stadt Schloßen so groß wie Fußbälle

Leider ist die Sonne schon wieder auf dem absteigenden Ast ihrer Himmelsbahn, und die Tage werden kürzer. Noch haben wir fast die maximale Tageslänge, Ende Juli wird die Sonne noch etwa 15 über dem Horizont. Sie steht jetzt im Sternbild Zwillinge und erreicht am 20. Juli den Krebs. – Zu Beginn des Monats stand die schmale zunehmende Mondsichel nach Sonnenuntergang im Westen und läuft durch die Sternbilder Krebs und Löwe. Am 13. Juli hat unser ständiger Begleiter im Schützen die Vollmondphase erreicht und ist bei Neumond am 28. Juli wieder im Krebs angelangt.

Schwarz Cyan

Jupiter im Schützen

Wie schon im Juni sind Merkur und Venus in diesem Monat unsichtbar. Mars, Jupiter und Saturn haben ihre Oppositionsstellungen hinter sich und wandern immer weiter an den Abendhimmel. Bei Einbruch der Dunkelheit stehen alle drei über dem Horizont. Mars leuchtet dann im Südwesten und geht bald nach Mitternacht unter. Er bewegt sich jetzt wieder rechtläufig in östlicher Richtung zum Skorpion hin und entfernt sich dabei rasch von Saturn, der in der Waage

KAMPF DEM VERBRECHEN

Magenta Gelb

Genie ist für ihn normal

Horizont / Planeten und Sterne im Juli

bleibt. Zunächst gehen beide Planeten noch fast gleichzeitig kurz nach 1 Uhr unter, am Monatsende verschwindet Saturn schon gegen 23 Uhr unter dem Horizont, und Mars folgt bald danach. Noch in die frühen Morgenstunden ist Jupiter, der hellste der drei, im Schützen zu sehen.

Nur die Hälfte zu sehen

In diesen Wochen erhebt sich eins der schönsten Sternbilder über den Südhorizont. Es ist der zum Tierkreis gehörende Skorpion. In einer Nord-Süd-Ausdehnung von fast 30 Grad erstreckt sich dieses markante Bild weit über den Südhimmel. Deshalb sehen wir in unseren Breiten nur gut die Hälfte der zu ihm gehörenden Sterne, der südlichste Teil kommt in Mitteleuropa nicht über den Horizont. – Es ist nicht schwer, in der Anordnung der Sterne einen Skorpion zu erkennen, wenn man – etwa von Südeuropa aus – das ganze Sternbild vor sich hat. Uns fällt vor allem der helle Antares auf, ein Riesenstern von 300facher Sonnenausdehnung, der seine rötliche Farbe einer für Fixsterne kühlen Oberflächentemperatur von 3200 Grad verdankt. Ihn begleitet ein sehr viel heißerer, aber kleinerer Stern, den

Die Wahrheit ist, man lernt nichts. Alles wird enger von Jahr zu Jahr. Man sieht nichts neues. Alles wird weniger, nur die Enge wird mehr, mehr wird der Dreck der Existenz. Das ist das einzige, die Enge wird enger, der Existenzdreck drükkender.

KONTROLLIERT Juli 1984

Der Alkoholiker A.O.

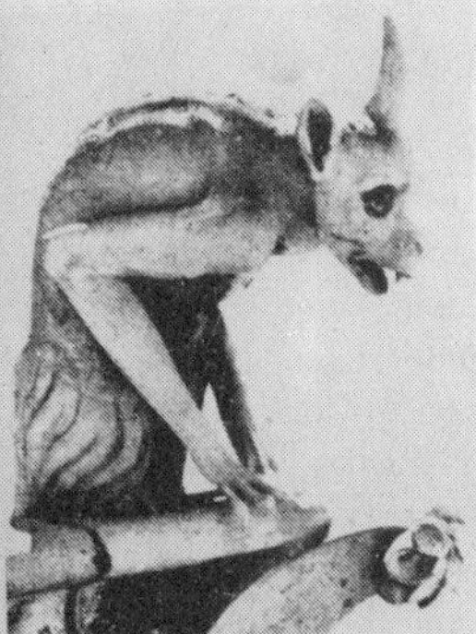

★ Samstag/Sonntag, 21./22. Juli 1984 Seite 6

Stern der Woche

Gerd Faltings, der vor zwei Jahren als 27jähriger

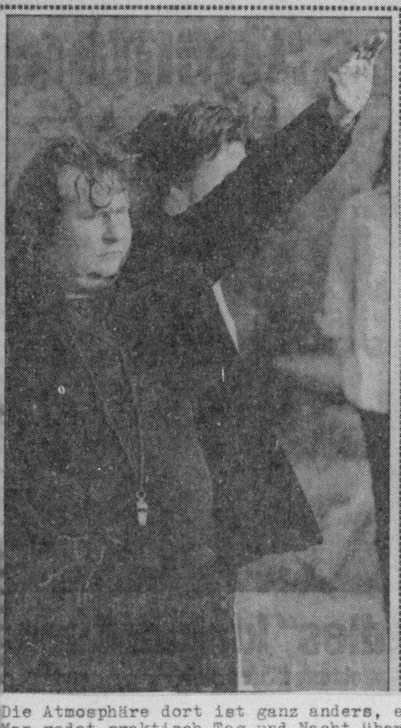

Die Atmosphäre dort ist ganz anders, es wird viel mehr über Mathematik geredet. Man redet praktisch Tag und Nacht über Mathematik, weil alle, die dort sind, begeistert sind für Mathematik.

schlagen, immer wieder, mit aller Wucht, den Kopf über die Schreibtischkante ziehen, bis das ganze dämliche Kind nur noch ein blutiger triefender Fleischklumpen ist, der mir am erschöpften Arm hängt, und es wäre endlich vollkommen Ruhe, außer dem stillen Tropfen von dem Blut auf den Boden. Sehe ich so ein Kind, denke ich automatisch nur das, sehe ich mich automatisch das Kind über der Tischkante total zu Brei schlagen, deshalb schaue ich, sehe ich so ein Kind, schnell weg. Jürgen Bartsch, diese ordentlichen Morde, die Höhle, die Kerzen, das Locken der Opfer, dann das Zerstückeln, verbotenermaßen, heimlich, erregt habe ich die Zeitungen gelesen, die Prozeßberichte, jahrelang jeden Prozeßbericht gelesen, jeden Polizeibericht.

Nicht anders geht es mir mit R*****. Ich sehe das Gesicht von so einem Präsidentenschwein, von so einer imperialistischen Politikercharaktermaske, von so einem Staatstrottel, und es ist mir automatisch das Gesicht des Volksfeindes schlechthin, in das ich hinein schießen muß, mit einer möglichst großkalibrigen Waffe, mit einem möglichst breitenwirksam zerstörerischen Dumdumgeschoß, daß es das Gesicht ordentlich und total zerfetzt, nicht ein Loch in der Stirne, so wohltuend tödlich das sein mag, erscheint mir erstrebenswert, einzig Zerfetzung, ein zu einem hautfleischundknochenzerfetzten blutigen Gesichtsmatsch total zerfetztes Präsidentengesicht sehe ich, sehe ich das Gesicht von so einem Präsidentenschwein.

Daher dieses zwanghafte Ordnen, Ermitteln, Zählen, Klassifizieren. Diese Exerzitien der Klassifikation wiederum gebären den Beziehungswahn, weil ja alles zählbar ist, kategorisierbar, weil so doch alles mit allem zusammenhängt, die Vernunft der Paranoia schließlich bringt logisch Konspiration hervor, und so ist alles doch hochgradig vernünftig, kein Quatsch, im Gegenteil, Quatsch sagen ist Quatsch, die konspirative paranoide Besessenheit ist die einzig vernünftige gültige Haltung zur Welt. Keineswegs regiert so der Zufall, keineswegs eine den Sinnen und also dem Sinn sich verweigernde oder gar gezielt widersetzende Kombinatorik, vielmehr ist alles ekstatisch jubilierende Registratur.

Wieder Überfall auf Düsseldorfer Sparkasse, Ausrufezeichen,

Gangster Geisel freier Abzug, Ausrufezeichen, Leben Bindfaden Schrotflinte, Befreiung der Geiseln Amokfahrt, Ausrufezeichen, Auf der Flucht vor der Polizei raste die Frau eines der Gangster in eine Menschenmenge und tötete einen 14jährigen Buben, Wahnsinn Ausrufezeichen. Salvador Dalí brennt am Fuß, Ausrufung. Arthur Scargill, Ausruf, der Held des Volkes, Ausruf, kämpft weiter für den Kampf der Unterdrückten gegen ihre Unterdrücker, Ausrufung. Die Bergarbeiter im Streik, die Docker im Streik, ebenso die Schreiber des New Musical Express, Entzug, Ausrufezeichen. Keineswegs steht unterdessen der Sommer still, sondern bereits am 18. August ist er mit einem sanften, jedoch entschieden kühlen Wind, einer klaren runden Sonne und einer emporgehobenen wohlriechenden Wärme in seine spätsommerliche Freundlichkeit hinüber getaumelt. Diese ständige Unordnung seit Jahren, habe ich nur einmal leise gesagt, zwei Jahrhundertsommer hintereinander, heuer der Nichtsommer schlechthin. Der sexuelle Kindermißbrauch in den Familien, die finstere Realität, konnte bei diesem gemäßigten, jeder Sinneserhitzung feindlichen Wetter trotz der Titelblattkampagnen von Stern und Spiegel den Erfolg der letzten großen Sommerlochmoralaufrufe, Herpes Ausrufezeichen, Aids Ausrufezeichen, nicht wirklich wiederholen. Die Körper waren den Menschen dieses Jahr kein Feuer. Dafür habe ich in einer Privatvorführung im Werkstattkino Scorpio Rising gesehen, Hitze, Schwärze, Leder, Röte, Tempo und Gewalt, die Maschinen, die lüstern gurrenden Motoren, Totenköpfe, Totenköpfe über Totenköpfe. Ich stand auf, ging ins Freie und wußte, alles ist überwunden, nichts mehr kann mir geschehen, ich gehe wieder in die Arbeit, es ist Ende August, nichts mehr ist die Drohung, nichts seltsam. Leidenschaften und Sterne werden unaufhörlich verstreut, verweht.

IX

Ich glaube seit langem, daß es einen göttlichen Plan gibt, der diesem Land ein Volk von besonderer Bestimmung zugewiesen hat, sagt der Präsident. Jeder glaubt an irgend etwas, sage ich, ich glaube, ich nehme noch ein Bier. Das muß nachts gewesen sein,

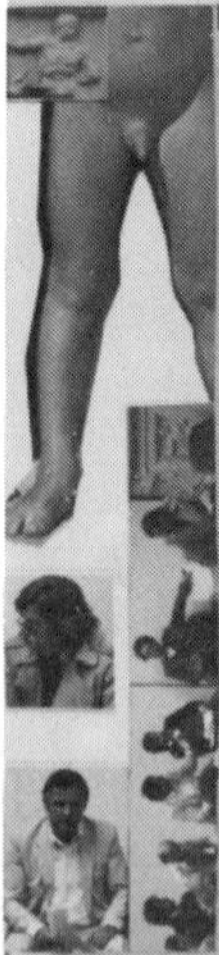

Nackte Mädchen klagen Männer an: Schweine

Die dunkelhaarige Kirstin S. (20) aus Hamburg stöhnt: „Nur weil sie einen blanken Busen sehen, legen sich die Männer neben mich, ohne zu fragen."

Hitze, Parks voll nackter Mädchen. Und voll Männer, die ihr verborgenes Gesicht zeigen? „Manche Männer sind oft echte Schweine!" schimpft Petra (20) aus Hannover, „sie pöbeln rum, rempeln absichtlich. Manche versuchen sogar, Busen zu grapschen." Einer Fotolaborantin aus München bot ein wildfremder Mann an: „Komm, wir geh'n in die Büsche und machen Liebe!" S. 9

Nackte Mädchen

Ich will meinen Geist nicht desinformieren lassen. Ludwig, Ludwig, Ludwig, ein Gespinst, da geht man hinein, da geht man als psychisch Geschädigter heraus.

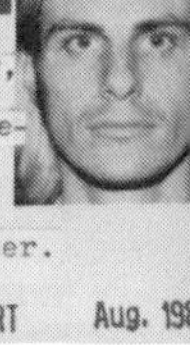

Herr, erbarme dich, Herr, es ist Sommer, erbarme dich unser.

Der Alkoholiker A.O.

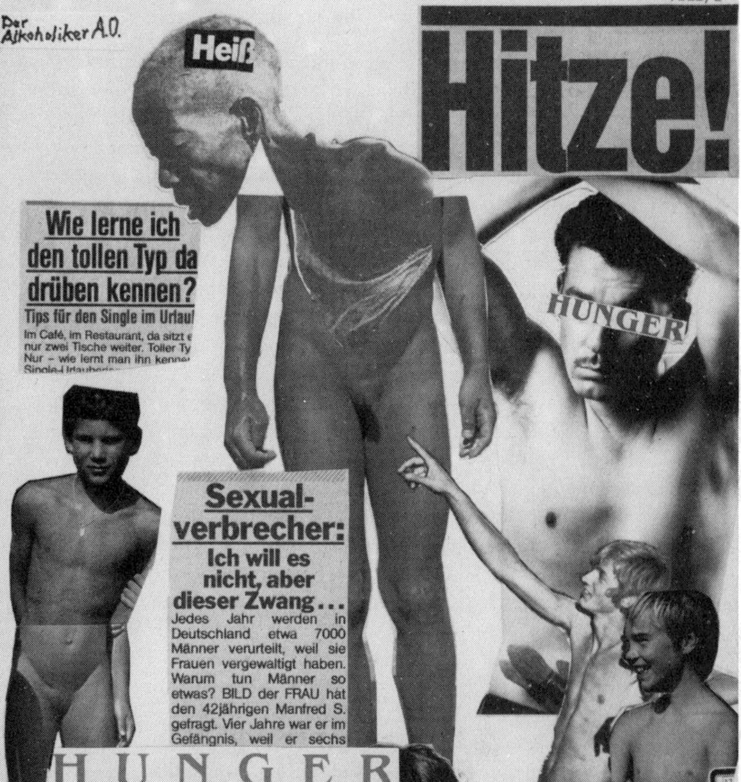

-Schau mal Pappi, schon wieder so ein Neger.
-Ja. Der Arme.
-Warum hat denn der was an?
-Weil ihm sonst friert, so nackt im Wind.
-O je.
-Ja.
-Ist der auch ein Sexualverbrecher?
-Der hat vielleicht nur Hunger.
-Der Arme, vielleicht braucht der bloß ein bißchen Liebe, oder Bier, oder so.

KONTROLLIERT Aug. 1984

denn das Bier wird nachts getrunken, tags Kaffee, Kaffee zur Besänftigung der Alkoholnachwirkung der Vornacht, Bier zur Beseitigung der Ausnüchterungsfolgen durch die Arbeit der Stunden des vergangenen Tags. Insgesamt resultiert Beschleunigung, aus der Beschleunigung Schlaflosigkeit, aus der Schlaflosigkeit Entkräftung, jedoch nicht eine erschöpfte, sondern eben eine beschleunigte, also überreizte Entkräftung, hirnstromschwellenniederreißend. Jedes Ereignis wird mir so zu einem Kommando der Hoffnung. Der Anschlag auf die Natopipeline bei Lorch meldet sich im Freiraum mit Bekennerbrief und Briefen zum Bekennerbrief zu Wort, Beschlagnahmung, Verbote, Hausdurchsuchungen, aber gerade nach dem Tod des Blatt sichern außer Freiraum auch Spion und Große Freiheit, daß jeder, der es wissen will, zu wissen kriegt, daß Unkrautex und Puderzucker, im Volumenverhältnis eins zu eins gemischt, von einem in dreißig Minuten runterbrennenden Räucherstäbchen zu einer schönen Stichflamme entzündet und angeschlossen an den Brandbeschleuniger Benzin ein Feuer gibt, das logisch genau dort brennt, wo man es legt. Der Fehler ist immer die Angst vor der Faszination durch das Bekämpfte. Der logistische Apparat der machthabenden Kräfte kann jedem Kommando nur Vorbild sein, wird jedoch als organisierter Staatsterror gegeißelt, wird nur kritisiert, anstatt studiert. Es gibt keine Kritik. Es gibt nur Beobachtung, Anverwandlung, anschließend Exekution. Wo aber spielt all das? Gibt es den einen Raum, die eine Zeit? Die Schlachtenbilder in der Alten Pinakothek sprechen die Sprache der Rockmusik, Pop ist böse, das Volk das Maß des Guten, Dürer, das göttliche Ich, und Hawking soll ich versöhnen, Beschleunigung, gefährlich. Ich glaube, sage ich, ich kann nicht mehr, mein Hirn ist zusammengebrochen wie ein verendendes Pferd.

X

Montag, 1. Oktober, Hamburg. Nieselregen. Wochenende in Düsseldorf, Von Hier Aus Eröffnung, das Pack der Produzierenden, größte Niedergeschlagenheit. Kontrolle Zeitungen, Reimann, Gespenstersonate. Eine Welt, in der durch zu langes

Neue Massen
Man muß davon ausgehen, daß der Stein denkt
Man muß davon ausgehen, daß der Stein denkt!
Plötzlich aber...
as Wissen erweitern
urch Scheitern
Albert Oehlen „Dies hab ich in Krefeld gesehen!"
Plötzlich sei der Raum voll Lärm gewesen, von allen Seiten seien neue Menschen...
... herbei gekommen, um diese neue Musik zu hören, von der überall die Rede gewesen sei, und so habe sich alle Ordnung...
... aufgelöst, und es sei immer noch mehr Bier und Wein getrunken worden. Ihn selbst habe irgendwann der Schlaf übermannt.
Im Traum sei ihm die mitternächtliche runkene Rede wieder gegeben worden als das neue Gesetz.
?
A HAGA HUGA-HAGA HUGA AHH
Gegen Morgen...
... sei er dann aufgewacht
Ahaga huga haga huga!

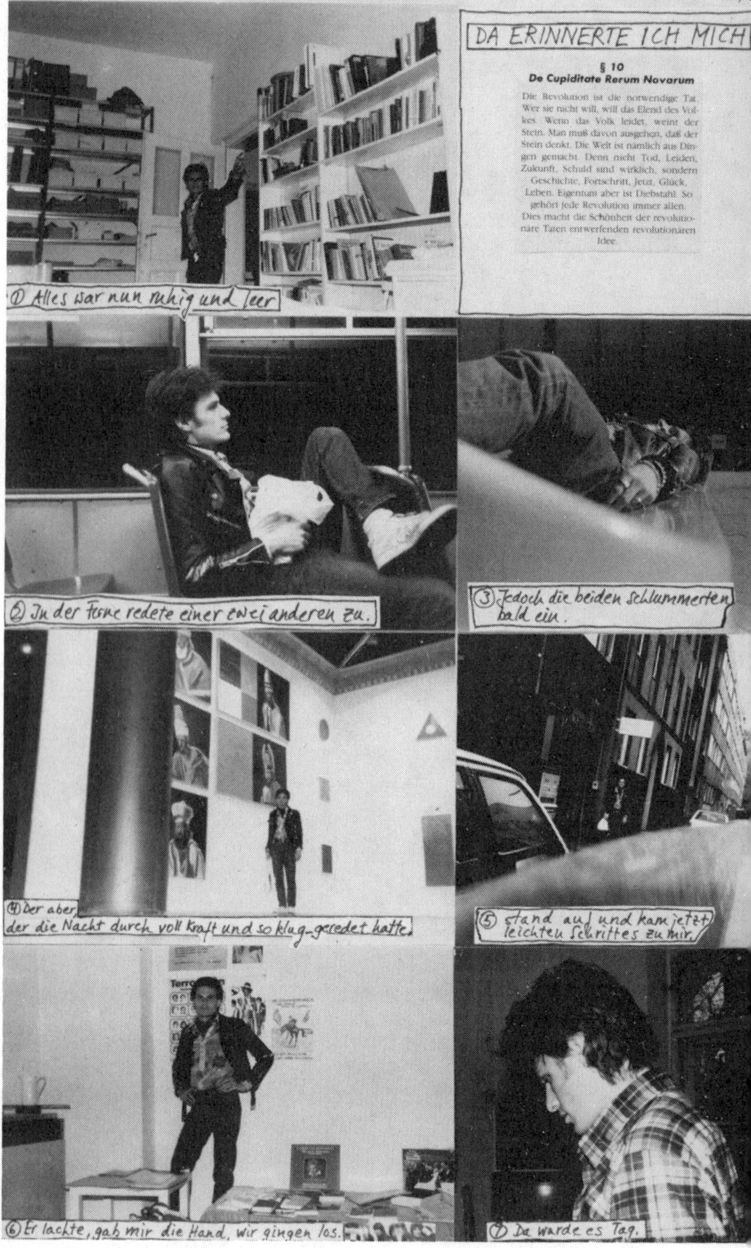
① Alles war nun ruhig und leer
DA ERINNERTE ICH MICH
§ 10
De Cupiditate Rerum Novarum
Die Revolution ist die notwendige Tat. Wer sie nicht will, will das Elend des Volkes. Wenn das Volk leidet, weint der Stein. Man muß davon ausgehen, daß der Stein denkt. Die Welt ist nämlich aus Dingen gemacht. Denn nicht Tod, Leiden, Zukunft, Schuld sind wirklich, sondern Geschichte, Fortschritt, Jetzt, Glück, Leben. Eigentum aber ist Diebstahl. So gehört jede Revolution immer allen. Dies macht die Schönheit der revolutionäre Taten entwerfenden revolutionären Idee.
② In der Ferne redete einer zwei anderen zu.
③ Jedoch die beiden schlummerten bald ein.
④ Der aber, der die Nacht durch voll Kraft und so klug geredet hatte,
⑤ stand auf und kam jetzt leichten Schrittes zu mir,
⑥ Er lachte, gab mir die Hand, wir gingen los.
⑦ Da wurde es Tag.

Und kurz darauf: Meine lieben jungen

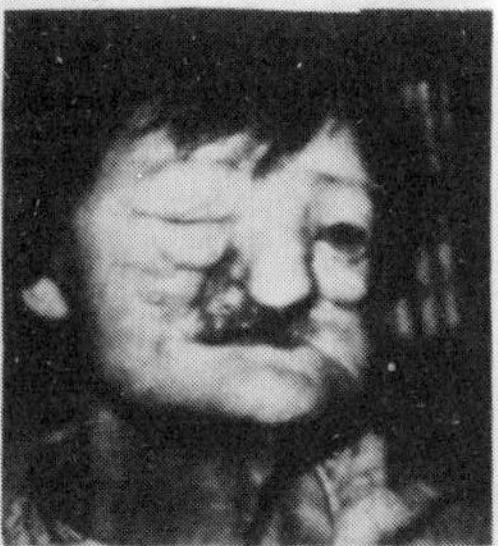

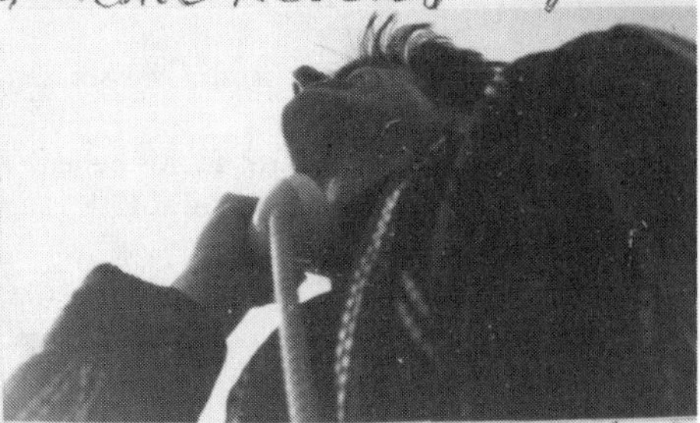

Freunde ... und so ist mir dieser Herbst

der anstrengendste also glücklichste

meines an Anstrengung also

Glück überreichen Lebens

Schweigen still stehendes Wasser sich bildet, das fault. Meine Welt.

Dienstag, 2. Oktober, München. An Kerker, Kerker fertig. Abends Alabamahalle, John Cale, super. Eilig heim, TV. Später fort. Bier.

Mittwoch, 3. Oktober. Superwetter, Post, gut an Herz. Kontrolle Freibeuter, Geilheit, alles Lüge. Es gibt kein Comingout, kein Ich, kein Bekennen, es gibt nur Kampf gegen das Ich, Bezichtigung der anderen, es gibt keine Selbstkritik. Abends Zirkus Krone, Zappa, todtraurig, heim, TV, Nichts Neues Unter Der Sonne, super.

Donnerstag, 4. Oktober. Früh auf. An Kerker, Korrektur Kerker. An Herz. Kontrolle Spex. Stadt, Kopien, Fotos. Tagebuch, Telefone. An Mannbild. Fort, Rausch.

Freitag, 5. Oktober. Früh auf. An Herz. An Mannbild. Aktenzeichen XY. Rausch.

Samstag, 6. Oktober. Ganz früh auf. An Herz. Briefe. Dann Thalkirchen, Einsame Cowboys. Pornos sollen plötzlich subversiv sein, alles Quatsch. Ich bin ein böser Mensch, ich glaube an die subversive Kraft der Moral, Revolte durch Rigidität. Trinkwettbewerb, ich Sieger, Vollrausch, Wiesn, heim. Die Nacht durch an Böse Orte.

Sonntag, 7. Oktober. Spät auf, nichts Rechtes. Abends Schumanns, nur Cola.

Montag, 8. Oktober. Draußen der schönste Herbst. Ich matt und grippig. An Beardsley.

Dienstag, 9. Oktober. An Beardsley. Rundfunk, Essen dort, alles schlecht. Abends weg, Bier.

Mittwoch, 10. Oktober. Wieder Sonne, wieder nur Schwäche. Vielleicht Fieber. Weniges an Böse Orte.

Donnerstag, 11. Oktober. Gliederschmerzen, plötzlich Kraftanfall. An Böse Orte. An Höge. Telefonterror. Endfassung Kerker. Fort, drei Bier. Nachts Telefonterror.

Freitag, 12. Oktober. Früh auf. An Höge. Flug nach Wien, von Wien nach Graz. Stadtgang, Hölle der Provinz. Abends erste Lügesitzung, Begrüßung durch Bärtling, der sich nicht vorstellt,

Friederike Roths Vater ist erkrankt, wie isses nun bloß möglich. Dann im Hotel TV, Nachrichten, Bombenanschlag auf Thatcher gescheitert, vier Tote, viele Verwundete, tolle Bilder.

Samstag, 13. Oktober, Graz. Morgens Zeitungen, Langemann Hirnschaden, vermindert schuldfähig. Lügesitzung, meine Lesung Kerker. Dann am Schloßberg, Kontrolle Spex. Von schwadronierenden Schreibern belästigt, da war jedes Ärztekollegium eine Höflichkeits- und Diskretionsversammlung gegen die unverschämte Distanzlosigkeit der Literaten, am schlimmsten, wie immer, die Gleichaltrigen. Im Hotel an Höge. Wieder Lügesitzung. Kerker neu getippt. Bier.

Sonntag, 14. Oktober. Auf um 6. An Lüge Diskussion. Raus, Fotos von Graz, Kaiserwetter, würdevolles Sonntagsvolk, die Provinz ist doch gut, alles Leben ist gut. Letzte Lügesitzung, Lüge Diskussion. Burgberg, Kaffee, Hotel, Post. Gang durchs abendliche Graz. An der Hotelbar Bier.

Montag, 15. Oktober. 4 Uhr auf. Kontrolle Zeitungen, sortieren, packen, Flughafen Graz. Wien. Kino Stromopoly, Blödsinn, Wohltat nach dem geballten Grazer Literatenelend. Reisehorror. An Böse Orte.

Dienstag, 16. Oktober. An Böse Orte. Im Superstreß zum Zug, Speisewagen, Wohltat. Grenze alles easy. Weimar. Keine Lichter, mitten in der Stadt, afrikanische Düsternis. Hotel, Zimmer optimal. Essen, Erschöpfung, Bett.

Mittwoch, 17. Oktober, Weimar. Früh auf. Goethehaus, Schillerhaus, Buchladen, Mittagessen. Schloß, Park an der Ilm. Alles super, überall Warteschlangen, sonst alles wie bei uns. Abends West-TV, Fußball, wir gegen Schweden, 2 : 0, Danke Franz. Hotelbar, totaler Nepp, superlustig, alles Karel Gott hier, alles der Wilde Osten.

Donnerstag, 18. Oktober. Herderkirche, Fotos, Gartenhaus, Frau von Steinstein. Hetze zum Bahnhof. Im Zugabteil DDR Soldaten. In Bebra Suppe und Bier. Weiterfahrt wieder Speisewagen, Kontrolle Zeitungen. Lustige Bundestagstumulte. München. Endlich wieder daheim.

Freitag, 19. Oktober, München. Im Chaos gedaddelt. Aufgeräumt. Endlich wieder an Herz. Großer Gang durch die geliebte Stadt. Abends Vollrausch.

Samstag, 20. Oktober. Früh auf. An Herz. Olympiastadion, Bayern–Frankfurt, 4 : 2, super. Heim, an Graz. TV. An Augebild, Shaped To Be Raped. Fort, viel Bier.

Sonntag, 21. Oktober. Lektüre alte NME. Verwirrung durch Besuch. TV, Formel 1, Lauda Weltmeister, superspannend. An Herz. Tagesschau, Truffaut tot. Stadtmuseum, Film über Straub, würg. Tanzlokal, Vollrausch. Daheim TV, Debatte Reagan Mondale, großer Spaß.

Montag, 22. Oktober. Im Rausch an Herz. Stadt, Einkauf Bücher, Zeitschriften, Platten. Daheim Kontrolle alles. TV, Barzel, trinkermäßige Beschwörungen. An Graz. Beim Chinesen, Kontrolle Musikkonzepte, Stockhausen, Skriabin. Daheim TV, Truffaut, Die Braut Trug Schwarz. Bett, Musikexpress.

Dienstag, 23. Oktober. Früh auf. Zeitungen, Tagebuch. Fototermin, der Mensch hat vier Ansichten und zwei Gesichter, gibt 16 streng logische Bilder, mehr nicht. Essen, heim. Zum Bahnhof, dort zielloses Rumlaufen. Heim, TV, Amerikanische Nacht, Super. An Graz, wenig und schlecht. Spät ins Bett.

Mittwoch, 24. Oktober. Lange geschlafen. An Graz. Wieder alles schlecht und traurig. Kein Iron Maiden, nur Schlafen.

Donnerstag, 25. Oktober. Wieder den ganzen Vormittag verloren, alles Versagen. An Graz, dumm, matt, daddelig. Graztext endlich verworfen, jetzt wird alles gut. An Krieg. Abends Gärtnerplatztheater, Brecht-Weill, Mahagonny, ja ja ja, aber wozu Obszönität, Provokation, warum Unterhaltung, warum Politik? So nicht. Wienerwald.

Freitag, 26. Oktober. An Krieg. Spaziergang, Maltageschichten. Heim, an Herz. Später Mathäser, Conan Der Zerstörer, superlustig, Tanzlokal mit allen, Vollrausch.

Samstag, 27. Oktober. Noch betrunken auf um 7, aufräumen, zum Zug. Kontrolle alle Zeitungen. Speisewagen. Das einzige Mittel gegen den Rausch ist der Dauerrausch. Hamburg, Markthalle, Konzert der Lords Of The New Church, furios. Das Jahr der Kruzifixe, ultimatives Stück im schwitzenden tobenden

Geschiebe der Körper, die wahre Kommunion von Fleisch, Blut, Sex. Anschließend Atelierfest, alles goldrichtig, noch mehr Bier, schließlich Offizierskasino, Schnaps, Tisch, Schlägerei, Zusammenbruch.

Sonntag, 28. Oktober, Hamburg. Ausnüchtern. Kontrolle Merkur, Habermas über Foucault, alles Dreck. Abends Go Betweens im Kleckstheater, super. Zu Fuß ins Luxor. Der weite Himmel über Hamburg. Kaffee, kein Bier.

Montag, 29. Oktober. Morgens Post. Nachmittags im Metropolis Underground von de Antonio, super. Abends an Herz. Dann TV, Ray Film, alles wilde Farbe, Decor, Mode, toll, bloß wozu? Telefonterror.

Dienstag, 30. Oktober. An Herz. Später Stadt, Alsterhaus, Bilderbücher Holbein, Hals, Tizian, Caravaggio. Nochmal an Herz. Dallas, Tagebuch, Bett.

Mittwoch, 31. Oktober. Zu spät auf. An Herz. Großes Aufräumen, Essen. Verzweiflungsanfall. Schlaflose Nacht.

•

XI

Täuschung alles, logisch, gezielte Fälschung zur Täuschung wessen, bis an den Rand der Selbsttäuschung getriebene Fälschung der vergangenen Zeit, akribische Vergangenheitsvernichtung durch Akribiefiktion, Fiktionsvernichtung durch scheinbare Authentizitätsakribie, Akribievernichtung durch doppelte Buchführung undsofort. Alles sei doppelte Buchführung, das sei die Wahrheit.

Ein Orkan rast über Deutschland. Es war schon spätnovemberlich kalt gewesen Anfang der Woche, dann, plötzlich, gestern, Donnerstagabend rasende Stürme, eine irre Luft, ein irres Sehnsuchtswetter, äußerste innerste Erschütterung, Kant Dürer Kepler Ich, bedrohliche Weltbewegungsbeschleunigung, Beschleunigung der Drehung der himmlischen Kreise. Alle Konzentration gelte universaler Kontrolle, daß nicht alles aus den Fugen gerate, was jetzt aus den Fugen gerate, gerate für immer aus den Fugen, komplett, endgültig. Das Hirn ist in der Mitte tief entzwei gefurcht. Alles Denken ist nichts als das Fleisch, das das Denken

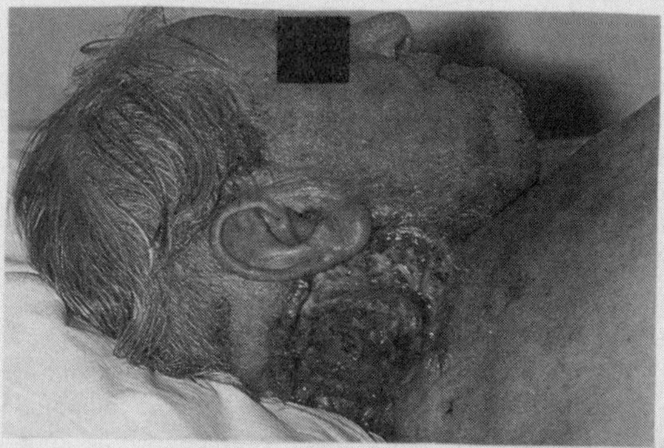

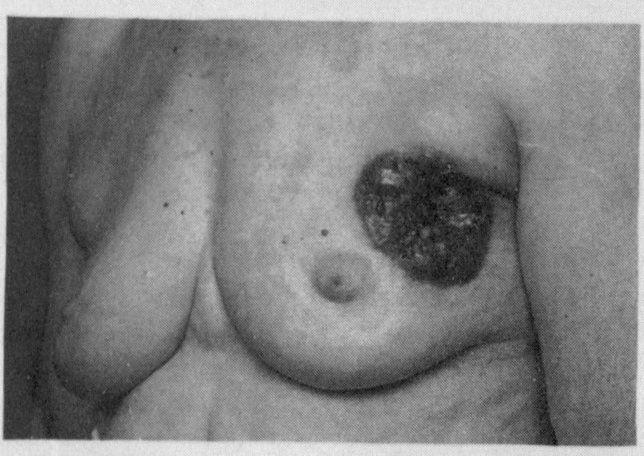

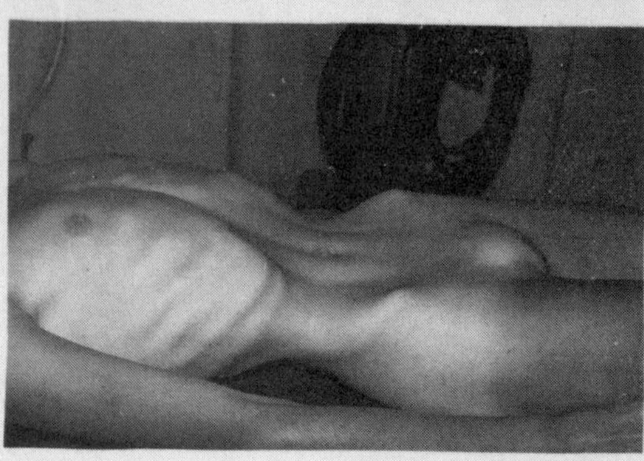

EINSAME COWBOYS. Das Kommando Werkstattkino glaubt, Pornographie sei subversiv. Das ist falsch und traurig. Ich habe in meinem Leben schon zu viel Fleisch gesehen. Ich bin ein böser Mensch. Ich glaube an die subversive Kraft von Takt, Moral, Güte.

denkt. Das ist die wahre Fürchterlichkeit. Der Sturm in mir macht die Welt stürmen. Mein zerstörtes Hirn ist der Orkan, der über Deutschland rast, mich fort fegt, zerschmettert irgendwo vielleicht liegen läßt. Der Mond ist ganz fort, die Nacht ist so schwarz, ich muß Frauenkleider tragen, nichts bietet jedoch Schutz. Die Drohung der Gedanken ist der Lärm, der immer lauter anschwillt, was ich nicht weg denke, denkt in mir gegen mich. Hau weg die Scheiße, die Scheiße ist das Bier, das Bier muß weg, runter in den Bauch, zurück gestiegen in den Kopf ist das Bier im Kopf das Hirnorkanorgan. Dort bin ich das schwarze Loch, das alle Energie des Kosmos auf sich zieht. Die Arbeit an der Weltformel soll ich ganz zu meiner Arbeit machen, denn ich bringe Physik und Philosophie zurück zum lebendigen, konkreten, materialen Ich, also zum Tod, radikale Reduktion, Kollaps. Erschüttert stehe ich an der Dürerschen Schwelle, ich habe das göttliche Ich gesehen. Wohlweislich behalte ich all dies bei mir. Ich vermeide insbesondere jegliches Gespräch. Sagt jemand, wie geht es, sage ich, ich habe mir an meinem Kiosk für zwei Mark fünfzig die Marxistische Zeitung MSZ Gegen Die Kosten Der Freiheit gekauft, darin lese ich, um mein Denken zu verbessern. Ich glaube an die Kraft triftiger Argumente, heute mehr denn je. Sagt jemand dann, wieso, breche ich eilig ab. Sagt jemand hingegen, Nicaragua, sage ich, Nicaragua. Sagt jemand, Reagans Rekordwiederwahl, sage ich, ja Rekordergebnis, sagt einer Kohl Flickausschuß, antworte ich korrekt, genau Flickausschuß, jemand, Gauweiler und Scientology, jaja Scientology hahaha, so ich, jemand, Volkszählung verlegt, ich, Volkszählung, Schreckenberger, Schreckenberger, Alviola, Alviola, undsoweiterundsofort. Ich sage zum Beispiel auch, im Werkstattkino zeigen sie jetzt geile Rockerfilme, aber ich habe dauernd keine Zeit, aber für die feinen Rohmerfilme im Fernsehen schon, und dergleichen mehr. Mehr sage ich nicht. Ich lasse mich von denen doch nicht in den Dreck ziehen, von den hinterhältigen Gesprächsidioten, die mich nur in ihre dreckigen Gespräche ziehen wollen, der Gesprächsdreck ist der allerfürchterlichste Dreck, in dem die sich alle wälzen, ich nicht, so nicht, nicht mit mir. Dagegen trete ich wohl noch jederzeit jeden Beweis

The Lords Of The New Church

Orkan: Sturmböen

November 24 1984 SOUNDS Pa…

Bei Windstärke 11:

HOLY WAR

gefährlich

s… something in t…
During the afte… ten of the local sk… had turned up at th… been given the elbow … road crew. By evening … were back with reinforcements. About a hundred skins outside were trying to get in and six or seven police cars kept them out. Everyone was searched coming in and the police were collecting quite an artillery of knives and guns from the punters.

Backstage they were being cool.

"It'll be interesting," Stiv suggested. "After all, I've been slashed with a razor, shot in the side . . ." But Dave and Nicky were a bit put out that anyone tak… pot shot at Stiv (aga… just as likely to hi… them.

"There's no … scared," Bri… violence … try an… wa…

B… s over, … The Lords … the stage, Nick… chopping out the hard line beat that announces 'The Method To My Madness', and suddenly The Markethalle in Hamburg is transformed into the only place on Earth worth being alive at that particular moment.

The Lords Of The New Church, the band least likely to, had taken that dead horse called rock 'n' roll and gunned it into life, reactivated it with a shot of something called Crazy Black Sex. The bass line of the year in 'Murder Style' started to sound suspiciously like the only thing I will want to hear for a long time to come, …ian getting his teeth and …s into 'The Kiss Of …' and Stiv suffering for …s only Stiv can. …mber something …me, about Danny …ho wrote No … Of Here A… …that… whe… me. … an aud… his ha… to h… S…

…en a … …ve been … …nd it turns o… …ng in the same r… …son once stayed in . . . …he new … Stones…

…rected their … at the guy …tiv, who was al… position on …

on rock 'n' rol… equals unity, … with the punc… you don't wa… good time, go… the cops," wh… unlike anything I've ever heard. Brian wasn't quite eloquent, … methi… unprinta… …owing down… sto…

…tiv a… …ent on. …does go o… …e New Churc… …t work? "Roc… …western civilisati… …oo," Stiv explains. "… celebration of youth, a… it's a spiritual feeling the… get. The band is doing th… rhythms, the singer's lik… shaman or a medium. Th… build-up is very cosmic. Y… can go to another side, somewhere else . . ."

". . . I think we've mayb… …d the punk thing a… says Nicky. "We'v… energy and the …d added a bit … a bit of …ybe. I don'… …othing re… …of punk. …e Clas… …eem … …g th… T…

…st pu… happily, …ords are h… …g weekend. … AV… …ry b… will …ou in temptation.

Don't resist.

Wetter „verrückt":

RAINALD GOETZ UND DI…
UNVERDICHTET BLUT BA…

D I C H …

Single jetzt drausse…

KONTROLLIERT it Nov. 1984

1984

Jahr des Todes,
also Jahr des Lichts,
danke ich **Spex,** der Redaktion und dem geliebten verborgenen Leser, **alles,** meinen Heiligen Krieg zur Vernichtung der Schlechten und Verbesserung der Guten, also all mein Hirn, also alle Lust. Aus der MUSIK in die Kritik der Musik, in die Philosophie, in die Kritik der Metaphysik, Kant, in die Kritik der Metaphysikkritik, Heidegger, in die materiale Positive Wissenschaft, in die PHYSIK, in die Atomphysik, Heisenberg, in die Astrophysik, in die Physikkritik, in die angewandte Mathematik führte mich so auf notwendigem Weg mein Schreiben für **Spex** an die neue Aufgabe heran: meine Arbeit an der WELTFORMEL. Hawking und ich.

Hits: Nicki, **So a Wunder,** Virgin Ariola; Nationalmannschaft 1974, **Fußball ist unser Leben,** Polydor; Bernd Alois Zimmermann, **Requiem für einen jungen Dichter,** Bundesverband Deutsche Industrie; Arnold Schönberg, **Verklärte Nacht,** Turnabout Vox; Boney M., **Kalimba De Luna,** Hansa Ariola.

Bücher: Immanuel **Kant,** Von der Form der Sinnen- und Verstandeswelt und ihren Gründen, suhrkamp taschenbuch wissenschaft; Hans-Jürgen Krahl, **Konstitution und Klassenkampf.** Zur historischen Dialektik von bürgerlicher Emanzipation und proletarischer Revolution, Verlag Neue Kritik; Svende Merian, **Der Tod des Märchenprinzen,** rororo; **Merkur.** Deutsche Zeitschrift für europäisches Denken, herausgegeben von Karl Heinz Bohrer; **Joschka Fischer,** Von grüner Kraft und Herrlichkeit, rororo aktuell.

Bilder: Albert **Oehlen.** Der Heute Weiter Geher; Albrecht **Dürer.** Der Göttliche Mensch; Pablo **Picasso.** Prometheische Produktion.

All mein Sinnen: **Ich** nur ich
Mein ganzes Trachten: **Arbeit**
All mein Streben: **Welt**

ALL MEIN SINNEN GANZES TRACHTEN ALLES STREBEN

KONTROLLIERT
Nov. 198

RAINALD GOETZ UND DIE UNVERDICHTET BLUT BAD

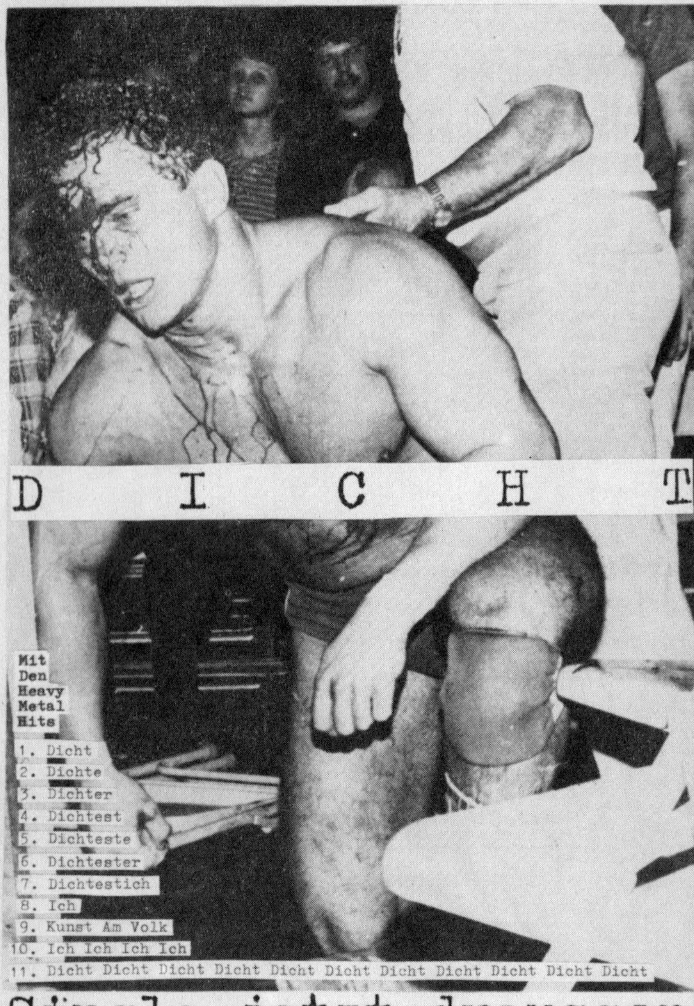

Single jetzt draussen
Get it or die!

KONTROLLIERT Nov. 198

an, all das ist alles widerrechtlich, Schmähkritik, beweisbar. Das Logbuch der Eroberer ist zwar verschwunden auf geheimnisvolle Weise, aber an die Eroberer erinnert sich wohl jeder, der sich an die seinerzeit versenkte General Belgrano noch erinnert, ich weißgott. Logbuch heißt Kriegstagebuch. In allen Streitkräften der Welt tritt im Kriegsfall eine andere Art von Chronik an die Stelle der friedensmäßigen Aufzeichnungen der Geschehnisse. Meine ewige Rede, Krieg, Kontrolle, Chronik. Der Fehler ist nicht Weltformel, Orkan draußen, drinnen Hirnorkanorgan Bier, Vorwürfe diesbezüglich, da ist die Devise die entschiedenste, gar nicht einmal ignorieren, so kann mich niemand mehr beleidigen, wie ich das längst gewohnt bin, der Fehler ist Versuchung durch das Nichts, ein Sog, dem ich mich widersetze. Von der Gnade erbitte ich nur, mir die Möglichkeit des Seins zu zeigen, das Gegenteil ist Irrweg, Hölle, Ahnung von Schrecklichem, erbitte dagegen Reinheit des Herzens, prometheisches Tun, Buchhaltung der Taten.

XII

Der Präsident ist wohlauf, logisch, ich sitze da und bilanziere, betrübt, was sonst. In Wahrheit ist es ein gutes Jahr gewesen, imgrunde das beste seit genau zehn Jahren. 1974 war ich zum Jahreswechsel auf den Malediven, das glaubt mir keiner, kaum ich selbst, aber es war so, die Ausländer haben wild im heißen Sand getanzt, und wir, die Reisegruppe, haben Alkohol getrunken, bloß ich nicht, denn ich war der Reiseführer und habe damals noch nicht getrunken, war also nicht betrübt, sondern maßlos traurig. Ich habe die Sterne angeschaut und logisch an die Liebe geglaubt. Denke ich daran zurück, denke ich praktisch an die Steinzeit, aber auch heuer ist in Wirklichkeit alles natürlich nur, aber nein, über die Liebe rede ich nicht, habe ich mir geschworen, bis ich mehr davon verstehe als ihr Idioten alle miteinander, also möglicherweise nie. Ich habe meinen Schreibtisch umgestellt und alle Bilder von der Wand genommen. Alles muß anders werden, sagen alle, ich muß endlich weg aus München, ich sage, ich weiß, München ist die Hölle, in München gibt es nichts, nur Vollidiotie, gegen die ich arbeiten muß, um das Nichts durch Arbeit zu ver-

EINGEGANGEN 1 MAI 1983

[redacted]

EINGEGANGEN 3 0 APR 1983

ster Pham Van Dong, Hanoi, mit unsern Glückwünschen
zum Tag des Siegs u der Befreiung 30/4
Nun habe ich den Boden
worauf ich stehen kann
die Schwäche ist vergangen
der neue Tag bricht an 1/5

420

INSTITUT
FÜR
GALAKTISCHES
DENKEN

täglich

EINGEGANGEN 3. Jan. 1985

-Institut Für Galaktisches Denken Abteilung Weltkontrolle Goetz Grüß Gott.
Was?
Ja geschlossen.
Nein.
Was?
Nein für immer.

KONTROLLIERT 3 1. Dez. 1984

Hallo Jungs! Hau weg die Scheiße! Hannes! Pump ab! Hau weg die Scheiße!

You're my heart, you're my soul, that's the only thing I really know

Bestürmt von Verzweiflung, Schönheit, Schwäche, Dummheit, Unbeugsamkeit, Hoffnung

DER KAMPF GEHT WEITER

Was man schreibt, glaubt einem eh keiner. Das ist das Gute.

Ich sage, ich weiß, München ist die Hölle, in München gibt es nichts, nur Vollidiotie

FLEISCH. ALS WELTWISSENSCHAFTLER WILL ICH KRIEG KRIEGEN FÜR HITZE, FEUER, LICHT

nichten. Nächste Haltestelle Endhaltestelle Stammheim. Das war die Trambahnansage der Linie 5 in Stuttgart, ich stieg aus und ging in die Richtung, die der Schaffner mir gewiesen hatte, an niedlichen schrumpeligen Stadtrandhäuslein vorbei, da öffnete sich rechterhand weit der Blick, ein sanft nach unten gewelltes Land, in der Ferne war ein fester dunkler Waldrandstrich, eine Kapelle, glaube ich, irgendwo, oder täusche ich mich, und vor mir lag mitten in der Landschaft eckig ein großer schöner Fertigbetonbau. Ich begehrte Einlaß, man ließ mich vor, durchsuchte mich höflichst, und als ich den turnhallenweiten Verhandlungssaal betrat, sagte eine Stimme, so Herold, Kulturaufgabe der Bekämpfung des Terrorismus. Dann saß ich da, schaute wie nie, lauschte, alles war echt, mein Hirn sperrangelweit aufgerissen, bestürmt von Verzweiflung, Schönheit, Schwäche, Dummheit, Unbeugsamkeit, Hoffnung. Mittags ging ich draußen umher, sah die Äcker, Pferdespuren im Gras, abgezäunt ein Hubschrauber des Militärs, in die ländliche Stille läuteten die Glocken, es war genau ein Uhr. Niemand soll sagen, all das ist einfach, denn es ist traurig und schwer. Denn der Kampf geht weiter. Denn Leben ist Lebensaufgabe, im Gegenteil, Lebensaufgabe Leben.

Und Blut

Das Sein Bestimmt Das Sein.

Es gibt nämlich kein Bewußtsein, was das gute ist, denn wer richtig leben will, lebt richtig, und man kann es sehen, denn er hat recht, denn das Material triumphiert. Aber welche Wissenschaft? Welche Kontrolle? Aber die hinreißende Brauchbarkeit des Pop, wozu, und also welche Gefahr mitten im Glück. Schließlich ist die Geschichte immer eine Liebeserklärung, yes my dear, an das Geschehene, also die Zeit, unweigerlich, die Grenze.

»Denken ist Rechnen«

Aufwachen, aufstehen, anfangen: eine einzige Bewegung. Ich gehe davon aus, daß das Leben lebt, anders bekanntlich andere, fehlerhafterweise, weil sie sich täuschen, weil sie sich täuschen wollen, anders ich. Ich bin nicht Nichtich, ich bin ich, eine Ungeheuerlichkeit, wie jede Platitüde, die Tautologie, System errichtend, Grund. Lebt das Leben, bin ich ich, ist Logik logisch, Widerspruch Widerspruch. Was leider nicht sehr bekannt ist, seltsamerweise, unbekannt insbesondere unter Schreibern. Wie kommt das? Die Frau kennt nur Plural und Schleim, wabern, wogen, mal dies, mal jenes, sie kennt natürlich keine Entscheidung, sie ist nichts als Scheide, man sagt zur Frau, der oder der, und sie sagt immer, beide, und sie lebt so, sie denkt so, entsprechend ihrer Natur, grundlegend falsch, verblödet. Die Frau hat zwei Löcher, der Mann eines. Das ist der Unterschied. Die Frau taugt nicht zum Denken, sie schmiert, die Frau ist Geschmier, der Ruin der Schrift.

Plötzlich saß ich wieder da. Die Witze, die ich nicht verstand, waren wieder gelesene, nicht im Nachtleben erzählte Witze, und ich mußte nicht nachfragen und verklemmt rum spasten, ich mußte mich nicht mehr als einen Trottel von Gutgelaunten allzu großzügig anlärmen lassen, nur weil ich unter dem Zwang stehe, mich nieder zu werfen, wo ich bewundere, nur weil die Leute kein

Wahrnehmungsorgan haben für Verehrung, die man natürlich, wenn auch lächerlicherweise, auch mit sich selbst abmachen muß, stumm. Muß man alles mit sich selber abmachen? Alles.

Alles muß anders werden, ich bin wenig zufrieden mit der Leistung der letzten Monate, der Bilanztag war also gekommen, es war Ende Dezember und ein Sonntag, und die Stimme, die das Alles Muß Anders Werden immer wieder wiederholte, war uralt und traurig, denn nichts in mir wünscht sich Änderung von irgendwas, auch nicht des Geringfügigsten, alles Ich will immer nur, daß alles immer nur so bleibt, exakt so, wie es ist, und jetzt sollte plötzlich alles anders werden müssen, das war furchtbar. Dann habe ich München monatelang nicht mehr verlassen, und verwundert habe ich auf den Reisenden geblickt, der ich fast zwei Jahre, tatsächlich in meiner eigenen Haut, mit meinem tatsächlich eigenen Hirn gewesen war, und doch glücklich und doch arbeitsam und doch wirklich ich selbst, das war beweisbar, und es ist doch unglaublich.

Die Zeit selbst ist der Verrat, weil in ihrem Fortschreiten die Untreue des Jetzt gegen das Ebennochgewesene immer fest steht, das Vergehen schlechthin, das unreine Verhältnis zur Welt, die Freiheit. Demgegenüber herrscht im Raum Herrschaft, Identität, die Gewißheit, daß einer der da ist nicht woanders ist, also Reinheit, und so ist Treue wirklich gemacht aus Fleisch und Blut.

Die Musik ist also angewiesen auf Wiederholung, ohne Wiederholung ist Musik nicht da. Das ist der Unterschied zu einem verlorenen Taschenkalender oder auch zum gedruckten Wort. Umgekehrt hat jedes gesprochene Wort grundsätzlich teil an dem grundsätzlichen Verrat der Musik und ist so immer zuinnerst Lüge. Wahr ist nur Schrift und Schweigen, das der Preis ist dafür, daß Schrift im Raum wirklich da ist, angewiesen auf nichts, absolut autonom, autark, autistisch. So ist Wahrheit Terror.

And now we are up to our long distance dedication and it comes from Berlin Berlin and it is from him himself and this is what he writes.

Dear Casey, when I was a little boy I used to be... and that is that what that always reminded me of, so Casey, would you please play You're My Heart You're My Soul for me, as my long distance dedication.

Well, okay, here is your long distance dedication, this is Modern Talking, You're My Heart You're My Soul.

You're my heart you're my soul that's the only thing I really know you're my heart you're my soul that's the only thing I really know you're my heart you're my soul.

So, that is a number one record from early nineteeneightyfive and this has been our long distance dedication and this is Casey Kasem and the countdown continues.

Früher bin ich früher aufgestanden, jahrelang um vier, und es war vernünftig, zu alten Exerzitien zurück zu kehren. Ich wache auf und rufe Sei, sagt A, wenn er sagt, I wake up and call B. 11 sehr sehr lange Zeilen vergehen, bis in der elftesten und kürzesten das Kommando zum immerwieder nocheinmal anfangen gegeben wird mit dem nur einen Wort dry. I wake up every morning. I open my eyes and think: here we go again.

So er, ich genau so, auch ich öffne meine iche, öffne ich meine Augen, auch ich wecke ihn, den Morgen, wache ich auf, aber das deutsche Ich schreibt sich leider Ich nicht I. Nur Amerikanisch denkt heutige Wahrheit jetzt, weil nur die amerikanische Sprache wirklich platt allbezüglich ist. Die verzwerchte Vergrübelung, die Deutsch Denken heißt, führt in zunehmend verbohrte Komplexität, die den Sprung in die idealistische Auflösung, ein Erschöpfungsphänomen nur, erzwungen, dann erzwingt, wenn nicht am Ende der Produktion von Komplexität das Denken wirklich mit Konsequenz, Kraft und Mut sich errichtet zur Reduktion von Komplexität durch eine andere Komplexität. So ist Schreiben, alles Schreiben Streichen, nichts nicht Schreiben, der Schrift der Strich der Schrift die Basis, I.

Das Wirrwarr, das der Besuch beim Tod im Schlaf morgens hinterläßt, die Auflösung, muß zurück gedacht werden zu Ordnung und Kontur. So ist der frühe Morgen die Zeit der Arbeit an den

Zwischenrufen aus dem eigenen Hirn, und sie hießen, Zurück Zurück.

Die Vaterstadt verlassen ist ein suizidaler Akt, aber der Suizid ist bekanntlich verboten. Das Problem ist die Haut, besonders wenn keine da ist, vor allem bei Berührung. Wie weit gehe ich? Als Rand weiß sich die Haut nur in der Distinktion, daß sie selbst sie selbst ist gegen anderes, in der Differenz von Identität und Differenz. Deshalb versteht man in der Fremde, wo man nicht weiß wie weit man geht, weil man die Welt nicht versteht, sich selbst nicht mehr. Man stimmt zu allem zu, korrekterweise, weil alles so bedrohlich ist, daß man alles ablehnen will, wogegen man sich wehren muß, weil man sonst erblindet, und jeweils umgekehrt. Fremde ist so Existenzvernichtungsfalle, Himmel. Bin ich in Hamburg, ändere ich ganz Hamburg, was mich zerstört, bin ich in München, ändere ich nichts, also mich, ist gleich meine Arbeit ist gleich alles. Umgekehrt darf der Hamburger, der immer ein geborener gütiger König ist, Hamburg nicht verlassen, denn der König muß herrschen, denn Macht macht gut. Der König ohne Reich wird böse, folglich, auch der Klügste, dumm. So ist die Vaterstadt dem Nordgeborenen Gut, Reich, Herrschaft, selbstverständlich, Fest.

München ist Bordell, sagt der liebenswerteste Hamburger Kinderschlagerstar von einst, und geht gleichzeitig mit der dem Hamburger eigenen stilvoll selbstgewissen Selbstüberschätzung mitten in die Mitte des Münchner Sündenpfuhls, die Filmhochschule. München ist ein Ort der Arbeit, der Seklusion, ein Kloster, dessen Mauern gemacht sind aus dem Haß gegen die Allpräsenz der hirnlosesten Lebensfreude mit ihrer ewigen Feier des Selbstverständlichsten, Insistenz auf dem Viehischsten, dem Herz. So wie ein Berliner Dichter in einem filmischen Selbstporträt neulich zu Protokoll gab, er schreibe seine Bücher mit der Hand, dazu seine Hand groß vor dem Himmel abfilmen ließ, schöne Hand übrigens, aber ich schreibe meine Bücher mit dem Hirn, das ist der Unterschied. In München also das Herz, das obendrein immer auftritt in Cliquen, die Filmer, der Rundfunk, die Eiscafésitzer, die Zeitschriftler, alle in ihren Cliquen, die sich aufspielen, strohdumm eine jede, eine dümmer als die andere, Trottel in Rotten, unglaublich. Nichts, nur Kopisten, Faulpelze, dumpfste Menschenwürdeverächter, taktlose Schmarotzer, Pack. Da gehöre ich hin.

Es gab viel zu tun, vor allem weg zu schmeißen, obwohl weg schmeißen das schlimmste ist, aber sonst wird man verrückt, was noch schlimmer ist.

So schrieb ich täglich im Morgenarbeitszimmer ein altes Buch ab und las täglich eine Seite in einem französischen Buch und kontrollierte täglich zehn Seiten eines philosophischen Buches, bevor ich an den Arbeitsarbeitsschreibtisch wechselte und täglich wiederholte, alles was ich täglich wiederhole, gibt meiner Existenz den Zeitpfeil. Und der Januar war lang und eisig.

Den 20. Jänner ging Lenz durchs Gebirg. Und ich las in der Bild vom Tag davor, denn es war ein Sonntag, treffliche Worte eines BKA Beamten: Bei der RAF gilt das Prinzip einer absoluten Plantreue, was die sich einmal vorgenommen haben, verfolgen sie stur und unbeeindruckt weiter. Das war Sachlich Und Rechnerisch Richtig korrekt zu stempeln und wie die RAF selbst war mir mit diesem herrlichen Satz natürlich auch das BKA gleich wieder ein noch lieberer Kamerad.

Datenerhebung, Ermittlung, Überwachung, Kontrolle, das Weltwahrnehmungssystem der Paranoia ist überlegen, kein Detail, dessen Schrei, und sei er noch so wimmernd kaum hörbar, nach dem Ganzen ihrem Ohr nicht ein sehnsüchtiges Flehen wäre, und in dieser Bereitschaft zur Huld zum letzten Dreck ist die Paranoia die Erlösung der Dinge in ihren Drohungsbezug zum All, im Ich. Paranoia ist Wissenschaft vom Angriffsprinzip des Manischen gegen den Überdruck des Alls auf das lächerliche Ichlein, bodenlos, denn ausgeliefert gleichzeitig dem mächtigen Sog des Nichts. Lüge an den Dingen und Mißachtung ihrer Würde hingegen ist es zu behaupten, den Dingen angemessener Dienst an den Dingen sei bescheiden sie auflesen, sie alltäglich ein wenig drehen und wenden und wieder wenden und, ja tatsächlich, noch einmal drehen und wenden, und diese Betulichkeit, die nur

Rente ist und Depression, Alltag nennen, und vor dem Schreck über die unweigerlich verrinnende, jedem rasend schnell ablaufende Zeit mit der Lüge der Gelassenheit sich zu ergeben. Die Drohung des einzelnen ist gigantisch, die Drohung der Masse der einzelnen Dinge, der Krieg zwischen ihnen, der Lärm, die vom Feldherrnhügel aus überblickbare Endlosigkeit der Heerscharen der Dinge, und, so zeigt der Feldstecherblick, jedes im Kampf gegen jedes, dieser ununterbrochene Aufmarsch, all das die Existenzrechtvernichtung definitiv. Es ist durchaus noch nicht erwiesen, wie viele Zeitungen der Mensch lesen kann, ohne verrückt zu werden, mit welcher Überforderung an Zahl der Informationseinheiten das menschliche Gehirn überlastet werden kann, bis jener Scheitelpunkt erreicht ist, an dem die eben noch erhaltene maximal effiziente Komplexität der maximal maximaldimensional vernetzten, zugleich optimal reduzierbar strukturierten Einzelheitenstrukturierungsstruktur unter dem Druck ihres Eigengewichts kollabiert zu einem unbrauchbaren Stück stinkenden schlammigen Schleims. Erschöpft, aufgelöst, weinend sitzt schließlich der rasend quälend rastlos Getriebene, natürlich zusammengebrochen unter seiner, wirklich die unübersehbare extensiv unendliche Mannigfaltigkeit der Wirklichkeit ins Auge fassenden und erschöpfend in allen ihren individuellen Bestandteilen beschreibenden und in ihrer kausalen Bedingtheit erfassenden, also tatsächlich als Wirklichkeitswissenschaft getriebenen Wissenschaft, fünf seiner besten Jahre am Fenster und starrt in nackte Baumkronen, stumpf stumpfend.

An was denkst du?

An nichts, wenn es gelingt.

Das ist Max Weber, Professor, 35, und es ist wie bei mir in München in Heidelberg Winter, und das Jahr ist 1899. Größter Respekt vor jedem armen Schwein, und gerade vor diesen besonders ekeligen armen Schweinen des armseligen ekeligen neunzehnten Jahrhunderts, ist geboten, wo der heroische Entschluß, die Dinge anzubeten, die Welt, die Kraft übersteigt, und die Reduktion auf den vitalen Grund resultiert, atmen Luft atmen, solange diese Kapitulation genannt wird, was sie ist, Kapitulation.

Hallo Philipp. München Stadt Weltberühmter Biere, sagt der Münchner Poststempel, das stimmt, und was macht unser lieber Hinterhof, be good, take care.

And now, everybody, let's hear it for the Kniebiesler.

Als es Frühling wurde, waren vormittags dauernd die Beerdigungen, zum Staatshaßschüren die Trauerfeier Zum Gedenken An Doktor Ernst Zimmermann, und zum Roteplatzstudieren, endlos, zu endlosen Trauermarschklängen, ohne Worte, die Tschernenko Beerdigung, das Bild, daß Schweigen Trauer ist, ein Verstummen, eine Abweisung, Hermetik, die natürlich die dumpfeste Rede auf sich zieht, Erläuterungen, Erklärungen, Mundnichthaltenkönnen, Gewäsch.

Die Rede kennt keine Widerlegung der Rede, jedes Gegenargument ist eine Zustimmung zu dem, wogegen es sich wehren will, Rede ist wehrlos verbindlich, noch der Haßausbruch ausgesprochen eine Liebeserklärung. Das stört sehr im Leben. Aber dann war ich im Kino, in Liebe Auf Der Flucht, wo es hieß, Ein Kunstwerk kann niemals eine Abrechnung sein, sonst ist es kein Kunstwerk. Das stimmt. Aber in Tumult stand via Virilio, Man muß das Undenkbare denken. Was natürlich Quatsch ist, das Gegenteil die Aufgabe, das Undenkbare nicht denken, schwierig genug. Man muß das Denkbare denken.

Geheiratet wird, wie die Fliegen, kein Mensch weiß, warum, drängt die Frau zur Ehe, oder der Mann, oder der Verkehr zwischen beiden, aus dem Nachkommenschaft resultieren kann, ein Sohn, der Wahnsinn, oder alles. Zur Ehe gehört Moral, zur Moral der Verrat, zum Verrat die Lüge. Man hat mit verheirateten Menschen zu tun, und es wird einem ununterbrochen beteuert, das Gesetz der Ehe, das die Besitzansprüche des Menschen auf den Menschen wünschenswert klar regelt, gelte denen nichts, die sich doch freiwillig ihm unterstellt haben. Eheleute sollen in Ehe leben, sie sollen Nichteheleute nicht mit ihrer Ehe behelligen, die natürlich nur ein einziges ununterbrochenes Ehebruchsbegehren ist. Jeder soll vernünftig wissen wollen, was er will, und der Vernunft die Herrschaft zusprechen, und sich dafür ruhig anschimpfen lassen als Moralist, denn sein Handeln ist bestimmt von Vernunft, Gewissen, Sitte, Gesetz. Und man kann sehen und es ist schön, daß was bleibt und dauert nicht der Affärenplural ist, sondern der eine Bund, der freiwillig betretene Kerker des Zuzweit.

Ich bin zum Beispiel nicht verheiratet. Außer mit Josef Quack, Professor Hinck, Lothar Baier, Heinrich Vormweg, Karlheinz Kramberg und wie sie alle heißen, die die Monogamie meines Archivs bevölkern. Das Feuilleton der Hochkultur wird zu Unrecht verachtet. Dem Fleißigen ist es ein gigantisch redseliges auskunftswütiges Auskunftsbüro, ein herrliches, unendlich wachsendes Lexikon, eine sagenhafte Sammelstelle haltlosesten Überschwangs, denn jeder, die Null und der Größte, plappert dort über die göttlichsten Gegenstände vollkommen schamlos entspannt darauf los, überzeugt, daß nichts wurschter sei als die gestrige Zeitung. Gesammelt über einen längeren Zeitraum hinweg stehen da gerade von den vielschreibenden Gewohnheitsfeuilletonisten der minderen Kategorie gigantische Monumente von hirnlos anintellektualisiertem alltäglichem Gebrabbel, die viel interessanter sind als die von einer bösen Denunziationsabsicht in die Übertreibung hinein ruinierten Flaubertschen Literaturparadedummköpfe Bouvard und Pécuchet, wirkliche Monumente von wirklichen Schreibern und wirklich heroisch, weil sie im Wissen ihrer Mittelmäßigkeit sich sicher an nichts mehr überheben, weil sie alles, was sie zum Hochheben anpacken, sicherheitshalber gleich gar nicht anpacken, und so hoch heben. Und bei alledem so schamlos offen, wie es das nur gibt bei denen, die an Scham und Selbstentblößung gar nicht denken, weil sie meinen, sie könnten etwas leisten, ohne sich selbst dabei zu entblößen und so hin zu geben.

Der regierende Kaiser von Feuilleton heißt Joachim, natürlich Kaiser, und er ist eine sehr kluge, gütige, mit den Jahren geradezu weise gewordene Monarchin. Die Frau hat teil an der Kultur der Rede, siehe Schleim, der Mann verrichtet seine Arbeit schweigend, und mit der Rede steht die Frau am Produktionsort des ansonsten dem Anglosachsen vorbehaltenen Das Jetzt Denken. Richtigkeit ist da Funktion des Tempos, das die Masse der unter maximaler Auflösung zum Zweck korrekter Richtig Falsch Kontrolle mikroskopierten Kleinstpartikel maximal massenhaft begrenzt. So wohnen Intelligenz und Rede selten in einem Kopf beisammen, ist es der Fall, ist er sensationell. Konsequenterweise diktiert Kaiser seine Erlasse, was Dümmere ihm dümmlicherweise gerne zum Vorwurf machen, aber das Diktierte liest sich tatsächlich wie mündliche Schrift, gleichzeitig Argument und erzählte Geschichte. Kaisers Stimme ist die Musik der Samstagnachmittage dieses Frühsommers gewesen, fünfundzwanzig Folgen lang Das Goldene Zeitalter Der Klaviermusik, zusammengehalten von seiner all die unendlichen Adjektivreihungen, die Präzisierungsparanoia, die vergrübeltsten Interpretationsdelirien von Herzen melancholisch intonierenden Stimme, die Melodie, Verehrte Hörer.

So ist das Feuilleton also das schönste Zuhause, das Zuhause aber ist der Frau. Dem Mann aber ist es zu eng. Denn der Mann muß hinaus in die Welt.

This is my lexicon of life. The lexicon of life is Live Is Life.

Mitten in der Mitte am besten gleich ganz am Schluß anfangen mit der Geschichte, weil sonst versinkt alles in den Massen des Materials. Plötzlich im Sommer, wenn die Herbst Programme der Verlage eingehen, lag es da, und ich bin rot geworden vor Scham und Wut, das März Verlagsprogramm, in das Schröder, das Schwein, einen alten Aufsatz von mir hinein gedruckt hatte, ohne mein Wissen, ohne meine Erlaubnis. Die Mammut Krise vom Jahr zuvor hatte mich also doch noch einmal eingeholt. Der Zorn kostete mich einen Tag, der lange zornige Brief an Schröder einen zweiten, und nur eine halbe Sekunde die Entscheidung, diesen Brief nicht abzuschicken. Man kann einen Schröder nicht ändern, der natürlich die seinem Tante Emma Verlag entsprechende Moral hat, die eine Zuhältermoral ist, und macht man sich so einem zum Ausbeutungsobjektdeppen, braucht man sich nicht beschweren, wenn man ausgebeutet wird. Ich habe nur nicht gewußt, wie schnell das geht, zwei Telefone, ein Abend mit Schröder, paar freundliche Briefe, dieses weithin bekannte umwerfend gewinnende Wesen von Schröder, stimmt alles, und natürlich stimmt auch, daß man nicht um keinen Preis mitten im Leben stehend ein gütiger Freund der Menschen ist, sondern das kostet täglich Schweinerei, ununterbrochen Verrat am nächstbesten Nächsten, Lügen tonnenweise. Der Spiegel hat nicht, wie Schröder behauptet, einen Mammut Verriß bei mir bestellt, so wie noch nie irgend ein Redakteur bei mir je einen Verriß bestellt hat in den letzten zehn Jahren, ganz abgesehen davon, daß ich doch nicht verrückt bin und meine Zeit an Verrisse verschwende, sondern ich selbst habe Harald Wieser für den Spiegel eine Mammut Hymne angeboten, bekam den Auftrag, und bin auf meine höchstprivate soundsovielseitige Weise daran gescheitert, weil keine Rezension entstehen wollte, sondern Delirium, wirklich nicht die erste Arbeit, die ich so in Sand gesetzt habe, und was wird schließlich auf Gottes Erdboden an Manuskripten alles nicht hin gedruckt und landet im Papierkorb, so weit so gut. Aber Schröder kommt mit einer billigen unzutreffenden Zensurinsinuation an, Worum Der Spiegel Sich Drückt: Das Drucken Wir, ja du liebe Güte klingt das ekelig, anstatt wirklich zu erzählen, was er weiß, warum der Spiegel keine Mammut Rezension gedruckt hat. Müßte dann die Geschichte der Siebten Etage umgeschrieben werden, natürlich nicht, aber sicher wäre es der große Spaß und lehrreich zu lesen, wie Schröders Geschichten eben sind. Und warum tut er es nicht? Aus Faulheit, blank und pur nur aus Faulheit. Denn da, wo Schröder lebt, der angeekelt von der Lächerlichkeit der seriösen Hochkultur seine eigene Firma aufgemacht hat auf einem anderen Planeten draußen in Underground Galaxy, wo, so dachte ich lange, alles gut ist, dort herrscht eine Faulheit, die alles unterdrückt, eine tatsächlich unbeschreibliche Faulheit und nichts als Faulheit. Dadurch ist Underground Galaxy ruiniert zu einer ganz normalen Haftanstalt sehr auf Erden, wo sich die Faulpelze dieser Welt mit allen noch armseligeren Idioten freiwillig interniert haben, um sich gegenseitig auf die Schulter klopfen zu können, und sie fühlen sich so vertrottelt fabelhaft, und gerne und heftig glauben sie an die abstrusesten Drahtziehertheorien, weil sie von den wirklichen Göttern der Welt, Arbeit, Kontrolle, Disziplin, Wissenschaft, nichts wissen, weil sie faul sind und faul bleiben weil sie faul bleiben wollen.

Name und Notwendigkeit. Er geh, rein alt jetzt. Aber man weiß nichts davon, es fällt jedem in den Rücken, von hinten bewirkt unkontrolliert Wirklichkeit Wirkung, unkontrollierbar. Jeder Fehler, den man nicht aktiv nicht macht, den macht man, automatisch, unweigerlich. So geht jeder, gerade weil er gnädigerweise die Wahl nicht hat, weil er gottseidank nichts von nichts weiß, den Weg, den der Name ihm gibt. Die ich die der ich sinn. Sobald man es versteht, ist es immer schon zu spät, auch hier, die Güte des Gegebenen, sichtbar. Und mehr noch als Name ist Körper Notwendigkeit, Gestalt Gesetz.

Die Hitze hatte sich verspätet, mit einem Schlag war sie da, aber alle waren verschwunden, es war so still, Stille herrschte, niemand antwortet, dein Refrain, antwortete ich, ich saß da, es war doch Tag, am Himmel Wolken, ich sah auf und davon galoppierende Pferde erstarrt, den Kopf im Nacken schaute ich über dem Fenster auf den Wecker in die Zeit, es war genau ein Uhr, ich sagte, schon wieder, schon wieder, panisch.

In der Stille war der Lärm der alten Stimmen. Politische Macht kommt aus dem Lauf der Gewehre. Es lebe die bewaffnete Revolution. Aber plötzlich war die Drohung der Bühne keine Drohung mehr, so wie das Glück des Frankie Goes To Hollywood Konzerts nicht die Explosion zum Schluß gewesen war, sondern die Todesangst davor, eingeschlossen von den Leibern tobender Jugend. Der Mensch soll also in sich gehen? Wer das Denken denkt, denkt, wer denkt, lebt nicht, wer nicht lebt, ist tot. Aber das Fleisch lebt. Da entsteht ein Widerspruch. Widerspruch muß auf Erden Widerspruch bleiben, denn was der Mensch getrennt hat, kann der Mensch nicht lösen. So studierte ich wieder das Fleisch, aber auch die Innere Medizin antwortet nicht. Ist der

Mensch innen ein Dreck? Warum? Nichts war faßbar als Verfall, die grundsätzliche körperliche Niedertracht. Das denken müssen, da ist nur ich und nichts, als ich, im Rückkoppelungskrach, was hören, wohl ein Lied, Never Understand.

Pops Glück ist, daß Pop kein Problem hat. Deshalb kann man Pop nicht denken, nicht kritisieren, nicht analytisch schreiben, sondern Pop ist Pop leben, fasziniert betrachten, besessen studieren, maximal materialreich erzählen, feiern. Es gibt keine andere vernünftige Weise über Pop zu reden, als hingerissen auf das Hinreißende zu zeigen, hey, super. Deshalb wirft Pop Probleme auf, für den denkenden Menschen, die aber Probleme des Denkens sind, nicht des Pop. So simpel diese Unterscheidung ist, so schwierig ist sie zu realisieren im Schreiben über Pop. Die Anstrengung ist, ununterbrochen die Abstraktionen auf die Beobachtungen zurück zu führen, von denen sie abgezogen wurden. Gerade dies fällt dem Menschen bekanntlich um so schwerer, je älter er wird. Mit dreißig ist leider jeder ein Philosoph, normalerweise ein Hausfrauenphilosophiephilosoph, der Intellektuelle meist nicht einmal das, sondern nur noch verblödet. Außerdem versteht man plötzlich, im Pop gnadenlos früh, das Neue nicht mehr. Man versteht das Glück nicht mehr. Man ist abgeschnitten vom Pop, vom Leben, vom Erzählen, von den Geschichten. Hat man früher selbstverständlich Glück geschrieben, schreibt man jetzt ebenso natürlich Schlechte Laune. So entsteht der nölend beleidigte Popschreibergrundton, der sich gerne abgeklärt arrogant gibt oder gesteigert schlau und kritisch, aber in Wirklichkeit ist alles plötzlich nur noch die alte ewige reaktionäre Rede und jeder Satz ist nur der eine Schrei, Angst. Jeder Satz schreit, ich verstehe kein Wort. Das interessiert aber keinen, weil jeder selber genügend nicht versteht. Pop selbst kümmert all das seit Jahrhunderten ohnehin nicht. Das Volk singt sich immer sein altes tröstliches wahres ewiges Lied vor, Life Is Life. Dann ist das Leben vorbei, danach ist man tot, vorher trinkt man noch paar Hektoliter Bier, daß man es besser aushält. Pop selbst betrachtet sich nicht als Kultur, befindet sich deshalb in keinem Kampf zu einer anderen

Kultur, etwa einer angeblichen Hochkultur. Diese Antagonismen sind Interpretenartefakte, meist Stuß, oft nützlich, weil sie einen Fehler als Fehler erkennbar machen. Außerdem ist es grundsätzlich besser, wenn Dinge die nicht zusammen gehören getrennt werden, als wenn umgekehrt Differentes nicht diskriminiert und nicht getrennt wird, Grenzauflösung die Verdummungsparole schlechthin, da Diskriminierung und Trennung des Differenten Voraussetzung ist für die Handhabung der Differenz zu Erkenntnisgewinn.

I have no memory. Every day is a new day because I don't remember the day before. Every minute is like the first minute of my life. I try to remember but I can't. That's why I got married – to my tape recorder. So er, ich auch – to my notebook.

Sehe ich eine Ziffer, muß ich rechnen, ist die Ziffer eine Jahreszahl, bricht Delirium aus. Die großen Ordnungssysteme kämpfen ihren intergalaktischen Kampf, jedes will sich die Ziffer dienstbar machen für ihren Zweck. Es geht immer um den Beweis einer historischen Spekulation, die wirklich hieb und stich fest werden möchte, Theorie. Jedem Ereignisse haftet eine Ziffer an und stellt über die Ziffer, die einem anderen Ereignis zugeordnet ist, eine notwendige Ereignisverbindung her, die so vieldeutig ist, wie der Zusammenhang, in dem jede Ziffer mit jeder Ziffer steht, unendlich vieldeutig, aber doch eindeutig als Zusammenhang. Allein die Zeitziffern ordnen sich in ein sich in unzählige Subsysteme ordnendes Ziffernsystem ein. Meine Lieblingszeitziffer ist natürlich die Jahreszahl, zweitliebste die separate Jahrhundertziffer, drittens Stunde, viertens Monat. An der Stundenziffer hängt zum Beispiel das Licht, am Licht der Monat, am Monat die Jahreszeit, an der Jahreszeit alles, an allem das Glück, am Glück die Kindheit, an der Kindheit 64, an 64 als Jahrhundert 18, an 18 Aufklärung, an Aufklärung 74, an 74 die Jahrhundertziffer 19, was schon einen Widerspruch ergibt, weil an 19 Finsternis hängt, an Finsternis 33, aber an 33 doch 69, an 69 aber 82, und an 82 natürlich Glück. Alles läuft immer zwingend auf den Beweis hinaus, daß diese augenblicklich gegenwärtigen Jahre aus zeitziffertechnischen Gründen extrem gesteigert begünstigte sind, daß wir wirklich in goldenen Jahren leben. Man kann es mathematisch ausrechnen und beweisen, das ist das schönste. Eigentlich ist alles klar. Das Delirium entsteht nur dadurch, daß alles was sich laufend immer wieder wiederholt, mich besonders anspricht, nicht besonders laut, eher besonders besonders, vielleicht seltsam, daß es also manchmal spricht zu mir, was stört. Dann kontrolliere ich es weg. Dann errechne ich schnell meine historische Pflicht.

Bild Kontrolle ist Selbstkontrolle, selbstverständlich eine Selbstverständlichkeit, keine Frage, kein Problem, was bekanntlich sehr viel schwieriger ist, als Fragen stellen, Antworten kriegen. Zum Beispiel der Seitensprung Test neulich, den ich gar nicht machen wollte, weil es mir egal sein kann, ob Sie anfällig für einen Seitensprung sind. Aber dann hatte ich doch mit einem Schlag 10 Punkte, was der obere Anschlagspunkt war, ohne Lügen, 10 Ja, 2 Nein, fertig. Dann, in der entsprechenden Stimmung, gleich noch der Witz, Kennen Sie den? Sag Liebling, meinst du es auch ernst, wenn du dich mit mir triffst? Was denkst du eigentlich? Glaubst du vielleicht ich treffe mich zum Vergnügen mit dir? Brunhilde Gleiner 25 Mark.

Liebe Frau Gleiner, apropos kleiner, A: Just a little piece... smaller... smaller, das war das Motto 1975, 1985 der Titel: America by Andy Warhol.

Der Fernseher hat etwas gesagt. Der Mann ist ein politischer Körper. Die Frau, das geile Fleisch, das geschundene Fleisch, der Mann. Der Fernseher stimmt immer.

Als ich Reagan durch Bittburg taumeln sah, habe ich es endlich verstanden. Daß er der Kennedy der achtziger Jahre ist, ist eh längst klar, ebenso, daß Amerika die Kultur des Infantilen ist. Aber es mußte dieser recht alte Herr erst wirklich ankommen, so haltlos fest festgeklammert an der Hand seiner sehr zerbrechlichen Frau, und durch die unbegreiflichen Wundmale dieses uralten Europa torkeln, vorbei an lauter Symbolen, die was symbolisieren, bloß was, Geschichte, History, Nancy, Jessers, Mutti, Tot, Groß, Viel, Stein, Oje oje, Viel viel tot, Yes yes, bis ich endlich das Glück wirklich sah, das eine derartig heutige nicht bis zum Hals im Morast der Geschichte versunkene Kinderexistenz segnet, wirklich kinderglaubensmäßig demütige Annahme des Gegebenen der Welt, zugleich ein allmachtsphantastischer Tatendrang, star wars. Die DDR ist auch deshalb benachteiligt, weil sie nicht wie wir das Gegenteil, sondern noch einmal sich selbst injiziert bekommen hat, Rußland, tiefstes Europa, eine uralte Greisin, traurig, müde, melancholisch, wie wir eben sind.

Auch Kohl hat der Fernseher erklärt, im Lauf von mittlerweile drei Jahren, die Macht dessen was ist, Gewöhnung, und die Macht der Macht, Güte, siehe oben. Noch viel mehr Hannelore, Frau Kohl, deren zertretenem Gesicht ich immer die übelsten Verwünschungen entgegengeschickt habe, bis ich es neulich zum ersten Mal gesehen habe. Es regiert wirklich das Volk, in seinem ganzen traurigen lachhaften rührenden Streben nach Höher, Mehr, Würde. Daher der Haßinstinkt, die Angstfaszination, diese Kohlwitzeobsession, weil Kohl dem Intellektuellen die ziemlich unübersehbare fleischgewordene Drohung ist, daß dies hier wirklich Demokratie ist, Volksherrschaft, daß plötzlich kein Adel mehr zählt, auch keiner des Geistes, keiner der distinguierten Kühle, kein Orgelspiel, und schon gar kein Adel der Bildung, daß scheints wirklich jeder Dahergelaufene daher laufen kann, vollkommen ausreichend ausgerüstet mit basalen Instinkten für Macht, Geld, Schläue, Gewurschtel, und schon ist er der Chef und sitzt da und geht nicht weg, diese Panik, daß plötzlich nicht mehr unsereiner das Volk regiert, sondern das Volk das Volk.

Genau umgekehrt W*********, der Machtlose, der Huldgewährer, Sichniederneiger, der Volksverächter, der aktuelle Beleg für die alte Wahrheit, daß der Liberalismus wirklich ein Faschismus ist, dem ich jedesmal wenn ich ihn sehe, wirklich nur eines wünsche, den Genickschuß.

Ich trat ans Fenster, und es war Nachmittag geworden, ich schaute hinaus, in ein fremdes ununterscheidbares Blättergetöse, zu nah, von hinten beleuchtet. Also wieder ein Fenster nach Westen, blutige Himmel, aber es stimmt nicht, daß die Sonne versinkt in dem See, der unten ein paar Quadratzentimeter Silber gleißend her spiegelt durch springende Blattgewirklöcher sich wirft, eine Eiche ist da zu erkennen, viel zu groß für den Krüppel, als der dieser Zeithaberbaum sich spastisch verwachsen aus der Unvordenklichkeit errichtet ins Jetzt, daneben eine Kastanie. Die Kastanie, bei deren Anblick man sich schämt, wie für den Doppelpunkt, sieht man einen Doppelpunkt, weil die Kastanie so eine abartige Zudringlichkeit ist, schon die Knospen, monströs und prall, sondern einen klebrigen Schleim ab, tropfen, später die lächerliche ekelerregende Brunst dieser hoch errichteten Kerzen, die in den Bäumen stehen, zwischen viel zu großen riesigen siebenfingrigen Blattfingern, die nach allem greifen, am meisten nach mir, ich wäre nämlich gerne eine Linde, die der Baum des heurigen Sommers war, denn die Linde hat geblüht wie jahrelang nicht, die Linde ist nämlich Geruch, nächtlich, Sehnsucht, die sanft aus der Blätterkrone nieder fällt dem Vorbeieilenden heimlich ins Herz fährt als Schreck, Erinnerung an das nie gelöste Versprechen der Jugend, daß alles kommen wird als Glück, denn die Linde ist meine Verlobung mit der Welt. Aber es war Herbst, und die zu nahe Kastanie war nur trübe abgelebtes Blattgehänge, zu dichtes Grün, aber keine Drohung, und dahinter die Sonne stand nämlich fest, unverrückt, unversunken, rot, so steht die Sonne am Himmel, beweisbar, die Blätter aber zuckten, vielleicht wirklich betrübt, man versteht es nicht, was denkt sich so ein Blatt, was die Sonne, was das Wasser, was Kristall. Also wieder die alte Melodie, der Nachmittagskehrvers, Nachmittage stehen still, Nachmittage kennen keine Zeit.

Zeit ist irreversibel Fortschritt der Welt in der Geschichte, historisch werden, individuell altern, verfallen, verblöden. Die Zeit zerstört das Ich, aber das Ich ist noch da, aber vernichtet, aber da, Widerspruchsregreß ad infinitum. So kann Denken nicht ins Leben fliehen, ohne zu verblöden, siehe Hegel. Der Denkspätling hatte am 27. August, zu spät im Jahr also, heuer seinen zu wenigsten, im Jahrhundert zu späten, nämlich erst 215. Geburtstag, was wohl für die schließlich nur noch von einem Turm zusammengehaltene Dichterexistenzzerrissenheit Hölderlins die ideale, für einen strengen Hirnarbeiter jedoch die definitiv ruinöse Geburtsjahresbasis sein mußte. Nineteen in eightynine, nineteen, das mußte eine Alkoholikerphilosophie ergeben, mit den bekannten verheerenden Folgen bis heute.

Daß die Welt also zerfällt, in Zillionen Unverbindbarkeiten oder vier große Begriffspaare, daß der unkontrollierbare Wust der Dinge, daß jedes Hü und Hott, daß wirklich alles ein einziger Philosophielächerlichkeitsbeweis ist, beweist nichts und vermag nichts, am wenigsten gegen das Denken. Dem Erbe entrinnt keiner. Aber Denken kann man nicht erzählen, was lästig ist, Argumente müssen Argumente machen, schwierig, Geschichten Geschichte haben, leicht zu leicht, und Bilder Bilder sein, Text Text. Trennen ist eine herkuleische Leistung, gegen das animalische Streben von allem immer alles zu sein, Bilder Worte, Geschichten eine Lehre, und Argumente erzählbar, Text Geschrei.

Neulich übrigens, das allerletzte, da schreibt mir einer einen Brief, so ein lachhafter Graf, irgendein Sepp von Pestfahlen oder noch fahler oder was, der natürlich auch nicht irgendwo wohnt, sondern in einer adeligen Straße, De la Paz Straße, München neunzehn, Nymphenburg, da fehlt sich nichts, so ein Mensch, der auf diversen Papieren in letzter Zeit so bißchen modern und locker rum gegrölt hat, daß man sich selber schon kaum mehr einen normal sprechenden Satz sagen traut, weil da inzwischen Idioten von dem seinem Schlag das Exklusivabonnement darauf haben, der ist also Redakteur bei irgendsoeinem lachhaften Kulturblatt, kurzum der labert mich nicht nur zwei lange Briefseiten lang etwa in dem verblödeten Ton voll, in dem ich hier rede, bloß noch blöder, schickt nicht nur seitenweise Kopien von irgendwelchen Aufsätzen von sich, die scheints irgendwo hin gedruckt worden sind, umhimmelswillen, das kommt vor, aber also immerhin da waren auch Postkarten dabei, vorbereitete, von ihm betippte, wo ich, aber nein, ich mag nicht mehr ich kann nicht mehr ich mag diese ganzen verblödeten Betriebsnudelgeschichten nie mehr hören und nie mehr erzählen, weil das alles Hirnaids ist, was die haben, Brigade Ludwig, Gaskammer.

Andy. Becker. Celan. Descartes. Er. Foucault, Le souci de soi, Gallimard Paris 1984. Green, Jugend. Hegel. I. Johnson. Kant, Prolegomena zu einer jeden künftigen Metaphysik die als Wissenschaft wird auftreten können, 1783. Niklas Luhmann, Soziale Systeme, Grundriß einer allgemeinen Theorie, Suhrkamp Frankfurt 1984. Musil. Ivan Nagel, Autonomie und Gnade, Über Mozarts Opern, Hanser München Wien 1985. Ordnungswidrigkeitsgesetz. Piper, Innere Medizin, Basistext Medizin, Springer Berlin Heidelberg New York 1974. Quellen. Robespierre, Reden, Berlin 1984. Schleef, Unruhe. Trotzki. 2 U. Voltaire. Oswald Wiener, Die Verbesserung von Mitteleuropa, Roman, rowohlt verlag reinbek bei hamburg 1969. Warhol.

And this has been our countdown of the twentysix most popular songs in the United States and we have been counting them down for you over the weeks and weeks so join us again this week and till then, keep your feet on the ground and keep reaching for the sky.

Zubettgehen, Zeitungszeit, Zeitungen, Zeitschriften, Zeitungen, die sich mir vorlesen, Geschichten, die mich in Schlaf murmeln, die vielen freundlichen Stimmen, die allen Jahren entsteigen, früher war ich ein Kind, natürlich auserwählt, dem gesungen wurde, Schlafe mein Prinzchen schlaf ein, die Gesänge, die Genossen, Zeitung, Zeitschrift, Genossin rechterhand, die mich durchbohrt, zerschneidet, mich von mir trennt, die Schrift, Genossin andererseits, die die Wacht hält über mich vernichtend, über alles geht, alles Ich zertritt, unerbittlich fort schreitet, die Zeit.

Dank

Subito, Klagenfurt, 25. Juni 1983
Was ist ein Klassiker, Süddeutsche Zeitung, 20. August 1983
Warum die Hose runter muß, Wahrheit Ist Arbeit, Dezember 1983
Gewinner und Verlierer, Spex, Februar 1984
Fleisch, Spex, Mai 1984
Männer Fahrten Abenteuer, Spex, August 1984
Kerker, Graz, 13. Oktober 1984
Neue Massen, Spex, November 1984
Der Attentäter, Merkur, Juni 1985
Und Blut, Spex, Oktober 1985